La importancia
de los peces fluorescentes

Spa FIC Solan

Solana, A.
La importancia de los peces
fluorescentes.
Kitchener Public Library
Main - Other Languages

ALMUDENA SOLANA

La importancia de los peces fluorescentes

Este libro es una obra de ficción.
Los personajes, los hechos y los diálogos
son producto de la imaginación
del autor y no deben ser considerados
como reales. Cualquier semejanza
con hechos o personas verdaderas, vivas
o muertas, es pura coincidencia.

© 2009, Almudena Solana
c/o Guillermo Schavelzon & Asoc., Agencia Literaria
© De esta edición: 2009, Santillana Ediciones Generales, S. L.
Torrelaguna, 60. 28043 Madrid
Teléfono 91 744 90 60
Telefax 91 744 92 24
www.sumadeletras.com

Diseño de cubierta: Elsa Suárez

Primera edición: marzo de 2009

ISBN: 978-84-8365-136-0
Depósito legal: M-3254-2009
Impreso en España por Lavel Industria Gráfica, S. A.
(Humanes de Madrid, Madrid)
Printed in Spain

Queda prohibida, salvo excepción prevista en la ley,
cualquier forma de reproducción, distribución,
comunicación pública y transformación de esta obra
sin contar con autorización de los titulares de la propiedad
intelectual. La infracción de los derechos mencionados
puede ser constitutiva de delito contra la propiedad
intelectual (arts. 270 y sgts. Código Penal).

A Jaime,
A Mateo,
A Rebeca.
Mis peces fluorescentes.

A los que no pueden dormir, noche tras noche.
A los que no quieren dejar de soñar,
cuando se ponen en pie.

Agradecimientos

Esta novela tardó en gestarse muchos años. Muchos sueños; y digo esto porque los personajes de las páginas que vienen a continuación, casi todos insomnes o con dificultades para conciliar el sueño por diversas causas, pidieron dormir en un cajón, tal vez como parte de su proceso creativo y reparador. Por eso, a la hora de ponerme a recordar los años de trabajo, entre el 2002 y el 2008, dándoles vida o dejándoles dormir, puede que olvide brazos de ayuda y apoyo fundamental en la fase de investigación.

A ellos, en primer lugar, a los que pueda olvidar, les doy las gracias.

Todo partió de un chispazo de luz, o gran impacto, que es casi lo mismo, en la consulta del doctor García Borreguero, entonces director de la Unidad del Sueño de la Fundación Jiménez Díaz, de Madrid, y actual director del Instituto de Investigaciones del Sueño. Gracias a su apoyo, y al de su equipo, ahí mismo se abrieron las puertas de más de ochenta enfermedades que hay relacionadas con el sueño y por las que he estado buceando, aunque luego sólo haya utilizado algunas. Agradezco las facilidades recibidas para pasar algunas noches en lo que era la Unidad del Sueño de esta clínica de Madrid, abriendo los ojos. Agradezco al técnico de la Unidad, Ildefonso López Blanco, que me dejara estar a su lado mientras trabajaba. También a Yolanda de la Llave, psicóloga, que sabe mucho de insomnio y me puso en camino hacia increíbles estudios y ensayos. Todo lo compartió conmigo, sin prisa. Gracias también al doctor Eduard Estivill que, desde Barcelona, siempre estuvo atento a mis correos electrónicos.

La primera persona que me habló del razonamiento escondido para los insomnes detrás de una chimenea de madera fue Isabel Pérez del Pulgar. Tanto me gustó la historia que la reflejé en la novela. Gracias.

Gracias a Ángel Carrascosa, del Teatro Real de Madrid, uno de esos sabios asequibles con el que tuve el gusto de hablar de Haendel. Gracias a Inés Tostón, también del Teatro Real de Madrid, un buen ejemplo de que para ser eficaz no es necesario perder la sonrisa.

Gracias a la empresa IGuzzini por atender mi llamada y compartir su entendimiento de la luz desde otra dimensión. Gracias, desde luego, a José Enrique Solana Bajo, por su cariño inmenso, su constante meticulosidad en el apoyo y su mente privilegiada.

Gracias a mi amiga Valeria Rico Pérez-del Pulgar. Vive en Los Ángeles y, como no podemos estar mucho tiempo sin vernos, hacemos añicos las distancias bajo mil disculpas. Esta novela, al viajar en mi cabeza durante años, ha sido testigo productivo de todas esas disculpas en su parte americana. Así surgió ese otro viaje de ficción que siempre quise que existiera en la estructura de esta novela: de Madrid a Los Ángeles; de la ciudad en la que viven los que no pueden dormir a la ciudad de los sueños.

Mi agradecimiento al doctor Nicolas Nicolov, de Beverly Hills. Sin duda fue muy valioso todo lo aprendido con el cirujano plástico de muchas de las estrellas del celuloide; un mundo que finalmente no utilicé más que en una pequeña medida pero que, tal vez, surgirá en próximas historias que, como ésta, serán de mentira.

... Cuando la noche impone su costumbre de insomnio,
Y convierte
Cada minuto en el aniversario
De todos los sucesos de una vida;
allí,
En la esquina más negra del desamparo, donde
El nunca y el ayer trazan su cruz de sombras,
Los recuerdos me asaltan...

(*A todo amor. Antología personal.* Ángel González)

La Alameda nunca vio tanta gente, ni los días de la verbena del Cuerpo Santo, allá por el veinte de agosto, cuando se queman los fuegos artificiales con la gran lamprea mítica, casi dragón y no lamprea, que empieza siendo roja, luego verde y, por fin, amarilla, y acaba deshaciéndose en millares de lampreítas que vuelan por el aire y después caen, y los chiquillos se colocan debajo a recibir aquella lluvia de peces encendidos...

(*La saga/fuga de J. B.* Gonzalo Torrente Ballester)

El cielo oscurecía en vano.
(*Tosca,* acto I, Illica y Giacosa / Puccini)

… Voy con el humo subiendo igual y puedo soñar con un mundo mejor, desde donde se ve la noche brillar… Allí, donde hay sólo azul y claridad…

—Oh, Perth, ¡daría cualquier cosa por subirme allí!
—¡Muy bien dicho! Yo también subiría a la chimenea… Las chimeneas son maravillosas, como una ventanita pequeña por la que uno se asoma al cielo y cuando el viento sopla a favor hace subir el humo.

(*Mary Poppins,* película basada en el libro de P. L. Travers)

He aquí que un día la oscuridad se percató de que la luz cada vez le estaba robando mayor espacio y decidió entonces ponerle un pleito. Tiempo después, llegó el día marcado para el juicio. La luz se personó en la sala antes de que lo hiciera la oscuridad. Llegaron los respectivos abogados y el juez. Transcurrió el tiempo, pero la oscuridad no aparecía. Finalmente, harto el juez y constatando que la parte demandante no acudía, falló a favor de la luz. ¿Qué había sucedido? ¿Cómo era posible que la oscuridad hubiera puesto un pleito y no se hubiera presentado? Nadie salía de su asombro, aunque la explicación era sencilla: la oscuridad estaba fuera de la sala, pero no se atrevió a entrar porque sabía que sería en el acto disipada por la luz.

(*Pleito a la luz*, cuento popular de la India)

Índice

Nota preliminar.. 21

Parte I. La noche de noche 31

Parte II. La noche de día 131

Parte III. Los peces fluorescentes 269

Nota preliminar

Pido permiso para entregar estos folios en la editorial X con la esperanza de que encuentren a bien publicar esta obra que llegó a mis manos. Su autora es Laura Lumpe, una mujer de la que no sé mucho, salvo que está muerta; algo que, seguramente, les hará declinar el interés. Harían mal, porque en este estudio o novela se ofrece una radiografía de la sociedad de hoy, de tanta gente que no puede dormir.

Laura Lumpe y yo fuimos compañeras de habitación en la Residencia Mayoral de Madrid hace unos años. Apenas coincidíamos por la noche, cuando cada una terminaba con sus ocupaciones. Ella redactaba su tesis doctoral sobre el insomnio y sus problemas, al tiempo que hacía prácticas de psiquiatría durante el día. Yo en cambio, en aquel momento, opositaba a judicaturas. Nos entendíamos bien, no sé si porque teníamos fácil trato o porque la vida de cada cual era lo suficientemente dispar como para que no se solapara la una con la de la otra. Yo estudiaba de día, mientras ella trabajaba. Yo dormía de noche, mientras ella escribía esto *que creí entender que era su tesis doctoral aunque, ya desde el principio no fue bien aceptada en el hospital. Decían que había falta de rigor académico y, en cambio, proliferación de datos comprometedores y, tal vez, demasiado novelados.*

Esas objeciones primarias se fueron multiplicando, de manera que las negativas adquirían cada vez mayor contundencia. Esto debió de provocarle, poco a poco, una reacción neuronal que no me siento capacitada para identificar, pero sí, desde luego, fui consciente de su reiterado desvarío. Empezó a ser mucho más impulsiva trabajando cada noche, sin descanso, y su estudio se declinó por la ficción absoluta aunque sin abandonar del todo su proyecto inicial de investigación sobre el sueño y sus desvelos.

En medio de la noche, la luz de la pantalla del ordenador hería especialmente su vista. Yo, desde la cama, si me despertaba, veía ese foco intenso de luz, tan lejano a mí como el casco de un minero iluminando al final de una mina. Sin embargo, ella, en medio de la habitación a oscuras, absorbía en su cara todo el daño de la claridad. A veces, se restregaba los ojos, como intentando borrar el daño producido por la mezcla de fatiga e hiriente luz. Entonces, elegía unos folios y se iba a trabajar con ellos a los pies de una lámpara de luz muy suave. Recuerdo que tenía forma de pez y estaba también en su mesa, justo en el extremo opuesto del ordenador.

No la conocí tanto como para saber qué parte de este manuscrito es real y qué parte es ficción, dónde se esconde el estudio riguroso y dónde la demencia... Qué vivió ella y qué, sencillamente, inventó. No tengo idea alguna sobre qué personajes de los que aparecen a continuación son reales y cuáles son meros instrumentos para transmitir lo que ella quería... Laura Lumpe, eso sí que es rigurosamente cierto, pensaba que desde la ficción se podía también aportar otro tipo de rigor académico. Así afrontó su tesis doctoral.

Hablaba del rigor académico de las mentiras, que es lo mismo que decir de la verdad fabulada, pero nadie la entendió.

Yo tampoco. Creo que a ella misma se le fue la mano; y dejó de saber lo que era rigor o presunción, lo que era sueño o simple cortesía de la mente; cuáles eran las pesadillas ajenas y cuáles eran las propias... Todo quedó mezclado a un lado y otro de la mente dañada, a un lado y otro del mundo, tal vez dañado también.

«Las enfermedades del sueño nos unen y acercan los continentes; todo se vuelve pequeño», solía decir. Ahora lo entiendo todo.

Su director de tesis, y también director de la Unidad del Sueño, el doctor Plancton, estaba impulsando en ese tiempo El Oráculo, un Centro de Nueva Medicina en Los Ángeles, especializado en combatir las nuevas enfermedades sociales, algo que encajaba de lleno en el estudio de Laura Lumpe. Por ello se sintió muy afortunada con el hecho de que tuviera vía libre para acudir a esa parte de Estados Unidos con la libertad que considerara y el trabajo y su propia economía le permitieran.

Cada vez viajaba más, y eso no hacía sino que me llevara mejor con su persona, simplemente porque sus alejamientos me permitieron estudiar aún mejor. En cierta manera, mi plaza de juez creo que se la debo a ella, por sus ausencias y su discreción... Pero ahora que está

muerta me siento mal por pensar así. Tal vez por eso, también, ahora que ella no puede, quiero defender su trabajo, algo que nunca hice en vida.
   Pero continúo.
   Laura volaba a menudo a Los Ángeles; me solía decir que ella misma era el puente que unía la vida sin sueño que estudiaba en Madrid y la vida en la ciudad de los sueños. Gozaba de esa virtud que le hacía generarse pronto la confianza del otro; pudiera parecer, incluso, que todo el mundo le había ido contando sus miserias... Sin embargo, yo creo que, en su obra, aparecen diálogos, fobias, pesadillas que son parte de su propia inventiva al servicio de la investigación... Tanto se adaptó a nuevas situaciones en ambos lados del mundo que se ha ido exhausta.
   Pero nos dejó esta obra.
   Nunca imaginé que fuera tan débil como para quitarse la vida. Un día que decidió no trabajar de noche (o, tal vez, coincidió que fue la noche en la que dio por terminado este trabajo que les envío) tomó demasiadas pastillas. Yo la dejé dormir esa mañana porque entendí que no tendría que ir a trabajar ese día al hospital. Recuerdo que, entonces, opté por estudiar en la biblioteca; me alegraba de que Laura, al fin, remoloneara en la cama, descansando profundamente, aunque sólo fuera una vez. Nunca la recuerdo descansando. Hasta que le llegó el descanso final.
   Por eso me veo ahora en la deuda de enviarles el resultado de sus esfuerzos. Siento no haberle servido de mucho cuando se acercaba en esos días... no sé si carentes de ánimo o, simplemente, llenos de cansancio. Sé que muchas veces venía a mí y se encontraba con un muro

porque yo no era capaz de entender sus desvelos, pero ella continuaba hablando. Yo, en el fondo, sabía que Laura Lumpe, psiquiatra, experta en enfermedades del sueño, tampoco era muy normal.

Lo que sí puedo decirles es que he quedado atrapada por este manuscrito que va mucho más allá de un cúmulo de hallazgos sobre el mundo del descanso y sus desórdenes. Ella se ha recreado en tres habitantes de un mismo hospital: Salvador, un enfermero al que prejubilan a los cincuenta y tres años y desde ese momento es insomne, aunque, después de ser el afortunado ganador de un concurso, su vida cambió.

(Tal vez les esté contando demasiado pero no sé hacerlo de otra manera. Créanme, para el mundo judicial en el que yo suelo moverme esto no son sino un puñado de vagos detalles que apenas servirían de punto de partida).

Continúo.

Además de Salvador, el enfermero prejubilado, está Luis, médico frustrado, convertido en el técnico de la Unidad del Sueño del hospital, adicto a los estudios sobre la luz y asiduo a un prostíbulo situado en la trastienda de un supermercado donde las señoras finas del barrio iban a hacer la compra, cosa que no sé si será verdad pero que yo también he descubierto con este manuscrito. Y, por último, el doctor Plancton, director de la Unidad del Sueño del mismo hospital.

Debió de conocerles muy bien a los tres o, tal vez, todo era una fantasía y lo que ocurrió es que su mente de escritora pudo sobre su mente de psiquiatra... Nunca lo sabremos. Tal vez, el trabajo mismo y la falta de horas de descanso la trastornaron... Un día, por ejemplo, qui-

so enseñarme unas imágenes que grabó en un viaje por las montañas de León y Asturias. Fue allí un fin de semana en busca de las resonancias recónditas de la naturaleza, pero, en cambio, se quedó embelesada con el sonido de los cencerros... Me dijo, muy seria:

—El cencerro es un instrumento triste, Pilar; en realidad, debe de ser el instrumento más triste que haya existido jamás. Nadie lo escucha.

Recuerdo muy bien aquellas frases. Ustedes sabrán si a este perfil son más proclives los dementes o los poetas.

Después proseguía:

—Nació el cencerro para no comer mientras otros comen, para no beber mientras otros beben...

Yo no encontraba que tuviera razón, por eso le decía:

—El cencerro es una simple cosa, un objeto. —Intentaba hablarle siempre con franqueza, tal vez demasiado dura—. ¡Y las cosas no comen, Laura!

—Schsssss. —Recuerdo que me mandó callar— ¡Escucha cómo suena! —insistió.

El sonido del cencerro se hacía oír a lo lejos de un prado muy verde en la pantalla de su ordenador portátil.

—¡Qué bonito! —Estaba ensimismada—. ¿Te has parado a pensar que el cencerro jamás ha conocido el silencio? Él mismo se lo prohíbe —preguntó y respondió tajante—. Sube y baja con la cabeza de una vaca cuando la acompaña a comer; avanza con ella en los paisajes..., pero el cencerro no puede estar nunca en silencio. No puede comer, no puede estar en silencio...

—Vale, Laura, vale. —No sabía cómo cortar...

—*Por eso es triste, Pilar* —*fue ella quien zanjó*—, *y porque, además, el cencerro siente que, en el fondo, debe de ser un instrumento odiado. Acumula en su hierro el frío del ambiente* —*seguía hablando sin dejar de mirar a la pantalla*—, *y la única respuesta que le llega es ésa, tan hueca, el eco de las montañas; tanta soledad...*

—*No sé qué tiene que ver todo esto con tu estudio del sueño. Tú sí que estás como un cencerro, Laura...* —*decía yo, pero ella continuaba.*

—*Y tanta gente que no duerme, Pilar, resulta que se ponen a contar corderos de noche, pero no saben que los corderos van con su cencerro, que son nuestros lamentos, y no nos dejan estar en silencio, ni cerrar los ojos, ni dormir... Yo me centro en un prejubilado insomne, pero luego me dejo llevar; la verdad es que lo estoy novelando un poco, podría dar mucho juego en una película. Tiene una historia alucinante. En realidad, creo que he escrito una película...* —*repitió sonriente, y cansada*—. *Pilar* —*añadió tras una pausa*—, *estoy enamorada de lo que he visto...*

—*¿Los cencerros?*

—*Cuánta tristeza, tan bella...*

Hoy, en cambio, creo que ella ya estaba mal en aquel momento y, además, enamorada de alguien que no le correspondía. Nunca me habló abiertamente pero, sin pretenderlo, el director de la Unidad del Sueño, el doctor Plancton, siempre estaba en su boca. En una ocasión, incluso, compartieron una botella de vino blanco al salir del hospital. Laura llegó muy contenta aquel día, pero se hizo ilusiones que estaban lejos de toda realidad. Ninguna de esas ilusiones se ha transmitido porque estos folios no los consideraba sino de investigación. Una in-

vestigación ajena a su entorno más íntimo, aunque no así al de los demás...

Era extraña Laura. Muy extraña.

*   *   *

El hospital organizó una misa en su memoria; acudió algo así como un puñado numeroso de compañeros. Nadie hizo alusión a los años de investigación en su tesis, ya entonces acabada.

Nadie dijo que su sueño final era la última frase.

Era fácil adivinar que, para todos ellos, lo que ella reunió en años de esfuerzo murió también. Murieron el rigor y la tenacidad. Eso bien lo puedo decir yo. Lo vi en vida y lo he comprobado al leerla, ya muerta. Precisamente, debido a su firmeza, por mucho que haya novelado su trabajo —si es que tal cosa es verdad— ha aludido a sí misma sólo lo estrictamente necesario. Ninguna alusión más. ¡Cuánto habrá tenido que frenar su mano! Y su propia vida.

Antonio Plancton podría reconocerse si ustedes tienen a bien publicar este manuscrito. Tal vez sea una película, como ella misma decía. La película de una vida y tres más. Los que no duermen; los que no dormimos.

Yo ni siquiera aparezco en su historia; debí de ser nada en su vida. Dejó de lado a esta correcta opositora que, tal vez, no iluminaba en nada sus hojas. Lo que no sabe es que, desde que se ha muerto, no duermo bien. Tal vez he tenido que ser insomne para descubrir cuánto la echo de menos. Yo creo que todo esto que me está pasando, al encontrar su manuscrito, es un ajuste de cuentas que me lanza la vida, nada más. Estoy segura *de que, el día que vea publicada esta historia, volveré a dormir en la cama, y no en los juzgados.*

Ella se fue a soñar definitivamente. La imagino con el bote de pastillas, inmediatamente después de haber situado al sol gordo y anaranjado acercándose al mar a la hora de su adiós. Así debió de irse ella, cediendo al sueño, poco a poco. Y, sin embargo, la imagino contenta. Contenta por terminar su tesis doctoral. Hemos de ayudarla a que este trabajo, tan actual, salga a la luz. Que, al menos, su trabajo despierte.

En hoja aparte les indico mis datos porque, en caso de estar interesados en la publicación del manuscrito, deberían ponerse en contacto con sus padres; esta obra de su hija les pertenece a ellos.
En caso de que no tengan interés, les agradecería una línea en señal de respuesta para afrontar otras oportunidades.
Ojalá dediquen sus mejores horas al manuscrito de Laura Lumpe. En un primer momento, su título era La chimenea de madera, *ya sabrán por qué, aunque, en realidad, al final, ella misma decidió este que aquí encuentran:* Los que no duermen. *Sin embargo, al final, como ven, fueron los peces fluorescentes los que ganaron la batalla.*
¿Ustedes duermen bien?
Perdonen la osadía de mi pregunta y la extensión de estos folios, tan largos.

Cordialmente,
Pilar Francés

LA IMPORTANCIA DE LOS PECES FLUORESCENTES

Tesis doctoral o la película de unas vidas.
Por Laura Lumpe

La noche de noche

PARTE I

Capítulo

1

No puedo dormir. Cuántas veces se escucha esta frase; en mi consulta, sin ir más lejos. No puedo responder a mis pacientes que yo tampoco, pero sí lo incluyo aquí como apunte empírico a añadir en esta investigación o visión personal, que, junto a otros apuntes y seguimientos empíricos, además de un riguroso estudio, componen mi trabajo sobre la inactividad del sueño. La realidad, aquí en la tierra, es que muchas personas no duermen... Sin embargo, la propia concepción del mundo arrancó de un Sueño; esto, que podría ser una contrariedad, es la bisagra de mi investigación.

¿Qué ha ocurrido? Hoy, en la calle, los sueños se tienen de día, con los ojos abiertos. En la oscuridad no se sueña ya más, ni se descansa. No se descansa porque no se duerme; los ojos, entonces, siguen abiertos. Las aspiraciones del día se desinflan de noche, y en el momento en el que sobreviene esa suave contractura, todas las impaciencias de la jornada se acurrucan sin luz en nuestra mente, buscando consuelo, porque su regreso al lecho ha sido con las manos vacías. Es como si una medusa inofensiva se instalara entre nuestros ojos y las sienes y allí en medio, sin mayor veneno que la calma, calmara su propia tristeza.

Así son los logros fallidos, las decepciones; pequeñas medusas sin veneno. Babas de gloria.

Entonces, todos los intentos sin resultados se convierten en rimbombancias nocturnas, como si fueran los mismos ecos de un cencerro vitoreando los sinsabores de la jornada. Esto es lo que les ocurre a las personas que no pueden dormir. Esto era lo que le ocurría a Salvador desde que le forzaron a prejubilarse y a decir adiós a lo que más quería, su trabajo como enfermero. Se acabaron las duras jornadas en el hospital y, con ellas, también las noches de merecido descanso.

La prejubilación y el insomnio llegaron a la vez.

Ahora tiene el tiempo y, por ello, detesta cada minuto que pasa aunque se levante temprano de mañana. Ahí está, ya pasea a su perro. Alguien ajeno a la escena se acerca. Es un coche camino de la rotonda lo que provoca que *Tusca*, el can, ladre. Eso tan sencillo, que ejemplifica la forma de las primeras conjugaciones de los verbos cuando se aprende español: «El perro ladra», eso, en cambio, hoy alteró al antiguo enfermero.

Había días en que Salvador filosofaba, y lo hacía, por ejemplo, mientras se le caía el agüilla del rocío en su misma nariz y tenía lugar el primer pis del perro de la mañana. En realidad, lo que hacía era quejarse del mundo con cualquier excusa con el fin de echar fuera tanta cosa doliente. Por ejemplo, se preguntaba por qué, cuando se estudia inglés, siempre el ejemplo a aprender era: *My tailor is rich.*

—Bastante es tener un sastre como para que encima ese sastre sea rico. *My tailor is rich.* ¡Hay que joderse! Luego, si es rico, trabaja por placer —continuaba pensando—, y los placeres son caros, de manera que si los quieres te haces con ellos, y, si no, vete a otro sastre que sea menos *rich* y jodeos los dos.

Según avanzaba con sus razonamientos se agrandaba la tormenta en su cabeza. Todo le enfadaba.

Cuando estudió inglés no pensaba en estas cosas pero ahora, prejubilado de un puesto de total responsabilidad en lo humano y en pleno rendimiento mental, se regodeaba con razonamientos insólitos, de esos que no interesan a nadie. Son los que se reservaba para el paseo por el bulevar de color verde camino de la rotonda en la que hacía pis su perro.

Vida perra le parecía hoy la suya. Nunca había tenido un traje a medida; ni siquiera le habían cogido el bajo del pantalón estándar en unos grandes almacenes... Él, hombre medio, no necesitó nunca un reajuste. La talla nacional era la suya, tanto en el armazón básico de la camisa como en el tiro del pantalón.

(Él intentaba hacer lo que su psiquiatra, que soy yo, le recomendaba, pero como no quiero figurar personalmente en la investigación, en lo sucesivo dejaré constancia sólo de mi nombre, Laura, como un personaje más. Necesito esa distancia que requiere siempre cualquier investigación que pretende ser sólida).

—¿Alguna vez le han hecho un traje a la medida? —preguntó el antiguo enfermero en una de sus consultas semanales.

—Hemos de afrontar el futuro. Sinceramente, Salvador, ¿cree que esto es un motivo para quitarle el sueño?

La importancia de los peces fluorescentes

Ponga en positivo su obsesión. Volvamos a lo que, básicamente, le preocupa, nos preocupa —enfatizó Laura—: Dejar de trabajar. ¿Cuándo empezó a dormir mal?

Los pensamientos del antiguo enfermero se fueron de su mente a un coche. No frenó.
—¡¡Animal!! ¡Pero puedes mirar un poco!

En Madrid, ante todo, hay que demostrar que tienes prisa, no vayan a pensar que eres un ocioso. Si caminas, corres. Si conduces, vuelas. Así eran las normas, también para las ciudades dormitorio.
Y si se muere tu perro, lloras. No fue el caso, porque *Tusca* reaccionó con mayor inteligencia de la que podría presuponerse en un animal de cuatro patas y un rabo, como ese al que ya acariciaba las orejas, cuando el asustado animal volvía a su lado.
—«El perro de mi abuela murió en la carretera»; esto es lo que aprenden por ahí fuera cuando hacen los ejercicios de español, *Tusca*... —hablaba suave Salvador—. Y nosotros a jodernos con los sastrecillos ajenos. Ni valientes, ni pollas. Ricos. Muchos *tailors, very rich*...
Se quedó aún pensando que el idioma propio ofrece la resistencia de las erres al hablar. Las erres del perro y las erres de la carretera; de ahí que hubiera que practicar. Eso es lo que diría si tuviera que plantear su pensamiento en positivo, pero en este día *perro* a las afueras de Madrid, Salvador, prejubilado de cincuenta y tres años, con un talento natural para el verbo, los números

y la lógica, amante de su trabajo ya inexistente, no lo quiso ver así y dio un puntapié a una piedra y descargó sobre ella la furia que le sobrevino con la llegada del primer sueldo de enfermero prejubilado.

Sólo estaba de mal humor con la gente sana. El resto era dulzura exquisita con sus enfermos, pero como ningún tribunal imaginario preguntó en ninguna ocasión a ningún enfermo, nunca supo nadie que, en realidad, lejos de ser lo que aparentaba, Salvador era un tipo dicharachero cuando hacía las rondas entre sus pacientes. Alegre. Así era él cuando caminaba entre las camas de su planta. Alegre, ocurrente, activo. Lo contrario que en su cama. En realidad, para los demás, para el resto de las personas sanas, o al menos, las no hospitalizadas, para los compañeros de Salvador y para el universo de todos los no tumbados del hospital, el enfermero era lo que se dice un ser abrumado.

Un día, cuando nada hacía presagiar la regulación de empleo en el hospital, un amigo le llegó a decir algo. Fue Luis, el *vigía* de la Unidad del Sueño.

—Lo que tú tienes es el síndrome de *burn out*, eres un enfermero quemado...

—¿Qué...?

—Lo leí en Internet. La enfermería es una de las profesiones más *quemantes* porque faltan las recompensas y el trabajador termina desmotivándose...

Sólo después de un buen rato, se escuchó:

—Tal vez.

Volaron imágenes en su cabeza al ritmo de una noche de urgencias y se vio corriendo entre pasillos despersonalizados, entre personas sin cara. Lo normal era encontrarse a veces sin tiempo para comer, o tomando un café cuando tendría que dormir… Las caras sólo cobraban vida cuando visitaba ordenadamente los números de las habitaciones de su planta, en orden ascendente o descendente, y en ellas, los enfermos le saludaban con esa sonrisa de saberse afortunados porque era Salvador, y no otro, el que aparecía con el termómetro o las gasas. Su cara se llenaba de muecas de halago, y su boca desprendía esas palabras tranquilas y llenas de sol que sus enfermos querían oír.

—¡Buenos días…! ¿Qué tal hemos dormido hoy?

Se ponía en la piel de los magullados, de los enfermos, de los desahuciados; de los anhelantes de noticias, de buenas noticias…

—¡Hace un día precioso! —decía casi todos los días.

Sólo al abandonar el cuarto se asustaba al intuirse a sí mismo tan despersonalizado como veía las batas del resto de compañeros en el pasillo. Acababa de hablar de la última victoria del Real Madrid con el enfermo de la habitación 207, cuando, en fracción de segundos —esos que transcurren desde el momento que se acaricia sobre la manta el pie del enfermo en señal de despedida y se acciona el picaporte de la habitación para salir— tras la frontera de esos segundos… Era otro. Digamos que, en lugar de ser la persona que acababa de hablar con una sensibilidad y una sonrisa exquisita con un viejecito enfermo que pide un vaso de agua, o con un hincha desinflado del Madrid con ganas de charla, al otro lado de la puerta no quedaba ni rastro de su talante. Su cara sólo transmitía lo que le forzaba el lado oscuro de su mente, era como si para los demás, erróneamente, los enfermos fueran esos seres pesados que tocaban el timbre una vez y otra más, fastidiándole el día...

Lo normal era que sus compañeros de planta, todo el personal sanitario, los médicos, el resto de enfermeros, los celadores, también el personal de la limpieza, esto es, sus compañeros de vida en el hospital, hombres y mujeres, no se extrañaran ya al verle con ese agrio rictus, más que facial, corporal. A veces, hasta el picaporte cerraba la habitación con un golpe más seco de lo habitual, pero los enfermos sólo pensaban que sería un hecho fortuito, aislado, dentro de ese magnífico día primaveral del que les había hablado Salvador. Incluso, alguno se reconfortaba pensando que la puerta se cerraba sola, igual que ocurría con el portalón de la casa del pueblo cuando venían las tardes de viento... Tal era el buen ánimo que les quedaba en el alma. Más de uno soñaba con los portazos del pasado, ya fueran debidos a los enfados, al trajín de la gente, a mil corrientes del ayer, siempre activo frente a ese paso inerte del tiempo en el recinto hospitalario, sin nubes, sin aire natural, sin viento, ni desaires ni prisas...

Sólo les quedaba el sol de regalo. La luz que les traía Salvador.

Oscuro Salvador. Dos versiones de un mismo ser. Escondidas la una de la otra. Lamentablemente para él, y afortunadamente para sus enfermos, la cara amable era para los demás. La amargura se quedaba con él, atrapada en su estómago y en el reflejo de los comentarios de los que le veían caminar por los pasillos, siempre cabizbajo entre las camillas.

Mentalmente su energía estaba carcomida porque al otro lado de la puerta de las habitaciones su vida era...

inexistente. Ni él mismo lo sabía. Si no salía al cine ni se refugiaba con la música en las pocas horas lúcidas de descanso en su casa era porque estaba escurrido entre los muelles de su propio sofá. Después, la rutina. Fruta, cervezas, jamón, un vídeo porno, poca cosa.

A todo ello había que añadir su visita a Laura, su psiquiatra desde que comenzó a ser insomne, y a quien, además, otorgó el permiso para utilizar como quisiera el contenido de sus consultas en la redacción de su tesis doctoral sobre el sueño y sus desvelos.

Una vida, como siempre ocurre, conecta con otras vidas. Nada podía hacer pensar entonces que a Salvador la suya le estuviera deparando sorpresas detrás de un caleidoscopio de brillantes colores. Pero aún faltaba para aquello cuando el enfermero apenas había comenzado a tratar su insomnio y el arranque de lo que parecía ser una ligera depresión con su psiquiatra.

—Hay una concavidad en nuestro cuerpo, estoy seguro, aunque no sé dónde se encuentra, pero sí...

Se quedaba mirando Salvador al techo de la consulta mientras hablaba en alto. Esto empezó a ocurrir cuando se volvió más hablador y, en lugar de una vez a la semana, se estipuló que la cita con la psiquiatra se extendiera a dos, algo que iba dando buenos resultados aunque quizá era pronto para adivinar la causa. No se sabía si podría ser debido a un efecto causal de carácter profesional o a la sencilla consecuencia de que el recién prejubilado tuviera otro día ocupado en la semana. En cualquier caso, la evolución le trajo a Salvador lo que su psiquiatra denominaba irónicamente días líricos, consecuencia, tal vez, de la calma temporal de sus desaires.

—Hay una concavidad —continuó explicando— así, como la palma de nuestra mano, ligeramente cerrada, como cuando queremos retener un poco del agua de la fuente... —Se incorporó ligeramente del diván hacia la derecha buscando a su terapeuta para mostrarle su mano izquierda en posición de media luna, e incluso mostró la otra mano también, apoyándose para ello en difícil equilibrio sobre el codo derecho. Dos manos en media luna, daba igual, creciente o decreciente. Salvador quería cerciorarse de que otros ojos a la escucha seguían la imagen de lo que trataba de decir—. El agua cae a chorros pero en las manos sólo permanece un poco, lo que seamos capaces de retener...

Habló de esas gotas que sobreviven en las palmas cóncavas de las manos. Él pensaba que algo así, bien protegido, estaba en alguna parte de nuestro cuerpo.

—En esa concavidad no pasan los años, se mantienen frescos los recuerdos de las cosas que nos han ocurrido por primera vez... El primer beso, el primer trabajo, la primera gloria, la primera decepción, el primer sueldo, la primera bofetada, la primera erección... La primera vez que vas al cine de noche, el primer poema, la primera declaración de amor... El primer muerto que se clavó ante tus ojos, el primer día de colegio, el primer suspenso, el primer baile...

—Muchas cosas caben en esa mano medio cerrada —intentó ir acotando Laura, su psiquiatra.

—No, eso es sólo la apariencia; la concavidad puede ser grande, con temperatura constante para que no se alteren los recuerdos, siempre fresca. Y sin desarrollo lineal... Por ejemplo, no está mejor dibujado el primer palmeo de un jefe que el primer reconocimiento de una profesora delante de los compañeros de clase aclamando lo bien que has estudiado los ríos de España y sus afluentes.

—¿Y qué está más nítido, el primer sueldo *(en activo,* quiso decir su terapeuta, pero lo obvió) o ese otro primer sueldo que te regala la existencia después de toda una vida laboral...?

Era rápido comprendiendo Salvador; no sólo el verbo era fluido, también su capacidad para atisbar los cambios de dirección que intentaba su interlocutora. Con la misma seguridad le respondió:

—No hay ninguno de estos días de hombre castrado, o prejubilado, como quiera. Ninguno de estos días apartados de mi trabajo merecería entrar ahí. Ni aunque visitara la cueva de mis recuerdos dentro de quince años, estos días de rabia no estarían ahí, compartiendo las flores y desavenencias de mi vida.

—Flores y desavenencias, así ha dicho. Lo tremendo hoy no es tan trágico mañana. Piense, ¿qué hará con su sueldo?

—Regalar tiempo. Pagaría por comprar un poco de estrés ajeno. —Volvió a incorporarse.

Fue al recostarse de nuevo cuando intentó hablar de lo que hizo con su primer sueldo...

—Recuerdo que era poco, pero me dio para comprar un equipo de música...

—Salvador —atajó Laura—, ¿no tiene ya suficiente estrés de ese que quiere comprar? Dígame otra cosa que haría con su dinero.

—Compraría tiempo de sueño, para dormir. —Se quedó pensativo—. Y regalaría tiempo de día para soñar... Me sobra, no tengo tantos sueños con los que ocupar el día y, sin embargo, todos desaparecen de noche...

—Insomnio, Salvador. Depresión. ¿Estamos de acuerdo?

—Las definiciones no ayudan a solucionar los problemas.

—Pero estar de acuerdo en que existe un problema nos ayudará a buscar la luz.

La luz. La odiaba de noche, la anhelaba de día. Pero eso ya no lo dijo, no aportaría más datos a la psiquiatra, quien ya miraba el reloj. Se acabó la conversación para él. La primera cita del día para ella, después enlazaría con la siguiente mientras él se pondría las gafas de sol para tapar las ojeras y unos ojos sin luz. A sus cincuenta y tres años, Salvador guardaba con recelo esa distinción que le hacía… distinto. Se dijeron adiós, hasta el martes. Y así fue.

Capítulo

2

Los jueves, Luis Ferrero, el técnico de la Unidad del Sueño, salía un poco más tarde. Una vez superada la noche, la luz del día le tenía atrapado. No había prisa por marchar hacia casa. De hecho, aguantaba en pie hasta la hora de comer y, así, podía convertir su descanso en una siesta sin fin. Una siesta que le acercara a las 9.30 de la noche, la hora de volver a la planta novena del hospital.

Allí exactamente, al fondo del pasillo, donde las luces indican: «Unidad del Sueño. Guarden silencio».

Veinticinco años ya con esta rutina. Cada noche compartía unas instalaciones diminutas con el paciente que le derivara el director de la Unidad del Sueño, el doctor Plancton, porque considerase que había que estudiar a fondo las horas de descanso y descartar una apnea del sueño, el mal de las piernas inquietas, el extraño rechinar de los dientes al dormir, la narcolepsia o cómo es la realidad escondida detrás del mismo insomnio. Un mundo de más de ochenta enfermedades vinculadas con la falta de sueño que hacía fluir a la superficie una larga lista de espera de pacientes con los ojos bien abiertos y que tenía a Luis Ferrero, eslabón importante de la Unidad, al borde del colapso.

Ése era su trabajo, analizar el sueño de los que no duermen.

* * *

En toda su trayectoria profesional nunca había tenido un auge como el actual. Un ritmo que costaba dinamizar porque no podía atender a más de dos pacientes por noche. Los problemas de fondo eran siempre los mismos: ansiedad, depresión, estrés, dependencia del alcohol o las pastillas… Era cuestión de verificar lo aparente para que, después, se continuaran los tratamientos oportunos, ya fuera de su alcance y de sus dependencias.

Hoy (cada noche era una sorpresa) le acompañaba una mujer del sur. Venía con una amiga, dispuestas a compartir la noche hospitalaria, algo que ella misma descubrió que era imposible al ver las dimensiones del habitáculo.

—Esto es como un minivagón de tren con dos compartimentos —decía siempre Luis Ferrero para romper el hielo de los primeros minutos—. Puede cambiarse, ponerse cómoda para dormir, aquí tiene el baño.

La estancia era como una E mayúscula tumbada vista desde el aire. En el palo vertical, estrecho, tenía Luis su mesa con un ordenador y dos monitores de frente, en la pared, que le hablaban de cuanto transcurría por el cerebro de quien dormía o intentaba dormir detrás de él.

La letra E mayúscula continuaba con la primera de las líneas horizontales. Ahí estaba una cama y apenas nada más, si no se tomaba en cuenta la puerta. En la segunda línea horizontal, más corta, se encontraba un baño, aunque también podría considerarse un mero cambiador con lavabo y retrete. Por último, la estancia terminaba con la tercera raya horizontal, exactamente igual que la primera. Otra cama, otra puerta. Nada más. Los abrigos se colocaban en el camino de acceso central, el que comunica la E mayúscula con el pasillo de la planta novena del hospital.

Aun en el baño, la paciente de Sevilla salió con su amiga. Situación absurda que duraría poco. Pronto se despidieron, no había espacio para continuar ahí las dos por más tiempo.

—Mañana te llamo al móvil, guapa. Descansa...
—Eso espero —le respondió—. Ya te contaré.

E inmediatamente después, la futura durmiente miró a los ojos de Luis Ferrero, a la espera de que sus órdenes le hicieran aquello más llevadero. De repente, la señora se soltó a hablar con el desparpajo que uno mantiene, efectivamente, en el tren cuando va con un compañero de viaje inesperado.

—Mi marido es el que tendría que estar aquí, y no yo. Con lo que ronca... —dijo al tumbarse sobre la estrecha cama.

Luis Ferrero sabía que comenzaba el momento de las confesiones. La sinceridad absoluta y las pistas de mil problemas se hacían oír justo cuando el técnico de la Unidad del Sueño comenzaba a colocar los electrodos en distintas partes del cuerpo. De paso, daba todo tipo de explicaciones de por qué un cable es de color amarillo, por qué otro es azul, por qué se colocan en la cabeza o por qué en este dedo...

Las cuerdas vocales de su paciente de hoy no daban tregua al descanso antes de que llegara el silencio total de la noche en un lugar desconocido y en compañía de un ser experto en monitorizar los altibajos de sus desvelos. ¡Cómo no hablar!

Luis Ferrero pronto adquiriría el papel de un confesor, un psicólogo, un amigo, un marido bondadoso, un amigo entregado...

—Así que ronca su marido, ¿eh? Tendrá apnea del sueño...

—Pues no lo sé, ¡pero es como para irse a dormir a otra habitación, no hay quien lo aguante! Al principio se calmaba y dejaba de roncar cuando le daba con el codo pero ahora, ni eso... Y yo me digo, venga, Lucía, total, si estás despierta, ¿qué más te da...?, y ya lo dejo por imposible.

—¡Claro, está despierta porque no le deja dormir! —le decía el técnico en su faceta de universal entendedor...

—No, si a mí lo que me quitó el sueño fueron las niñas... Desde que nacieron las gemelas, no sé, todo me preocupa, con lo que se oye por la tele...

Luis, mientras, avanzaba conectando los cables azules, rojos y amarillos, ahora en el tobillo derecho. Ella ya ni lo apreciaba.

—Aunque en realidad, lo que yo creo que me fastidió fueron los veintisiete chiquillos de clase.

—Ah, ¿es usted maestra?

—No, ya no... Lo dejé al nacer las niñas. En principio iba a ser por un año pero luego lo dejé definitivamente. Eran ricos los niños, vaya lo que aprenden...

Se notó la nostalgia, la añoranza, la angustia, la ansiedad... todo eso lo olfateaban ya los pocos enseres que no adornaban la estancia.

—¿Y qué edad tienen sus niñas?

—Bueno, mis niñas... ¡Ya están empezando Derecho, las dos!

En ese momento llegó el segundo paciente. Un chaval de la edad de sus hijas, tal vez por eso Lucía volvió a acordarse de su amiga, la que había venido con ella desde Sevilla. Realmente, en un lugar tan pequeño, ella, que ya había vencido el estar tumbada, en camisón, con los secretos de su vida pululando en el ambiente... volvió a callar. Fue el técnico de la Unidad el que dijo al joven recién llegado:

—Espera ahí en esa silla un momento, que ya termino y estoy contigo. Ve cambiándote, ponte un pijama, o lo que hayas traído... —A él sí le tuteaba.

Al poco, ya cómodo, el muchacho abrió un portátil y conectó el móvil al mismo tiempo. Pensaba chatear hasta que le tocara el turno. En realidad era lo que hacía todas las noches, sin noción del tiempo, porque las horas eran diferentes según si hablaba con sus colegas de una u otra parte del mundo. El reloj era algo arbitrario, por eso a veces llegaba la hora de ir a clase y no había ni siquiera abierto la cama de su habitación. En blanco. Y su cuerpo empezaba a decirle, ¡eh, basta! Su madre le convenció forzosamente para ir a la consulta del doctor Plancton; el chico ya había accedido a regañadientes como para encima estar ahí, y además, escuchar...

—Oye, no... Aquí no se pueden conectar móviles ni ordenadores...

—¿Ni ése tampoco? —respondió él con chulería, señalando al propio ordenador de Luis.

No hubo ni respuesta. El técnico sabía reconfortar a las personas con palabras, pero también utilizaba las artes de poner a la gente en su sitio con silencios… Hoy tenía de las dos cosas, ¡vaya noche!, se decía. En eso pensaba él, cuando el recién llegado se acordaba de su madre y, en cambio, la señora de al lado aún llamaba a su amiga sin palabras, mirando al techo…

Pero comoquiera que sea que las situaciones tensas no duran siempre, cada uno de ellos eliminó las malas vibraciones, no porque hubiera con qué suplirlas, sino porque entre lo malo y lo bueno hay otros estadios que son neutrales, llevaderos. Los tres estarían unidos en esa escena durante, al menos, ocho horas más y había que aplicar el sentido adulto de la supervivencia.

Luis Ferrero obvió los veinticinco años de trabajo en ese mismo lugar ya cumplidos la semana anterior. Dos décadas y media no interrumpidas ni por un catarro mal curado. Ningún recordatorio, o detalle, o tarjeta, o palabra, por parte del hospital… La mujer recordó que debería pasar por alto en su mente la reunión de las antiguas compañeras de promoción, en aparente ascenso y confort, y el chico recordó a su profesor de gimnasia, ese que siempre le tenía a tiro a él, y sólo a él, en el momento de las broncas.

Segundos fuera. Pensamientos al alza. La situación, de repente, se mostró refrescante, fructífera, cotidianamente natural.

La mujer volvió a hablar…

—Fíjese, Luis, que hay veces que veo bichitos en el techo cuando no duermo. Lo mismo le pasaba a mi prima. Mi marido dice que estoy de atar...

—Bueno, ahora a dormir. Usted como si estuviera en su casa...

—Entonces... —le interrumpió ella.

—Aunque note los cables, puede moverse cuanto quiera, usted olvídese de ellos, respire hondo, busque su postura... Intente descansar —le decía todo esto mientras casi la arrullaba en la cama; hay veces en que el tratamiento de usted no impide una tremenda cercanía—. Yo estoy al otro lado de la puerta, en mi mesa, cualquier cosa que le incomode me avisa, no puedo irme muy lejos...

—Bien —dijo ella, incrédula. Mientras, Luis ya se disponía a atender al segundo y último de sus pacientes de la larga noche que tenía por delante.

«Cuando no puedo dormir veo bichitos en el techo», Lucía, Sevilla, cuarenta y nueve años.

Se habían marchado ya los dos; la mujer, dispuesta a degustar un desayuno completo, y el chaval adicto a Internet, con la intención de ir directamente a clase. Los dos habían dormido bien. Ella insistía que no, que había dado muchas vueltas pero, en realidad, se encontraba de un humor excelente, y con hambre.

—¡Mira que si va a ser un problema de las aguas que pasan por debajo de mi edificio, en Sevilla! Eso me dijo una vez una amiga, que la situación de los edificios y de las mismas camas influye a la hora de dormir...

—O será que usted sólo puede dormir bien en Madrid... —añadió Luis, con sonrisa, ya casi mueca, a estas horas de la mañana. Sólo pretendía continuar el discurso de su paciente a modo de despedida.

Luis Ferrero tenía la teoría de que la conversación cercana, en un caso de ansiedad o depresión, era la mejor medicina. Después de despejarse hablando con él, la mujer sevillana quedó liberada momentáneamente de su problema. Pero ella no lo sabía y él tampoco se lo podía decir porque, con la vuelta a su rutina obsesiva y solitaria, lamentablemente esta noche en el hospital no constituiría más que una aislada excepción para su problema. En cualquier caso, sus teorías no eran siempre científicas, ni siquiera médicas. Mera intuición de un técnico después de veinticinco años de experiencia. El paso siguiente para sus pacientes de esa noche vendría, como siempre, de la mano del profesional que indicara el doctor Plancton.

Su trabajo terminaba con las hojas que pautaban desde el ordenador los ciclos del sueño de sus dos pacientes. Y eso es lo que estaba ultimando a estas horas de la mañana, antes de abandonar sus papeles y marcharse del hospital. El chico también durmió bien después del no tajante al ordenador. Sus intercambiadores de frases en el *chat* del otro lado del mar, de mucho más allá de las líneas que limitan las aguas internacionales, esos interlocutores sin nombre real (gente siempre despierta), ni siquiera le habían echado de menos. En realidad, apenas le conocían.

En el mundo virtual, la añoranza viene de otra manera. Si no, cómo explicar que ninguno de los fieles, aunque desconocidos colegas, cómo explicar… que nadie le enviara un mensaje, unas palabras de recuerdo, unas líneas de preocupación a ese intercambiador cotidiano de frases que, desde España, pasaba las noches en vela cada jornada, y todo para conseguir vivir dos vidas,

La importancia de los peces fluorescentes

la suya y la del más allá... Y así un año entero. Cada día, cada noche. Dos vidas en una cuando lograba pasar las horas en su dormitorio sin levantar sospechas en sus padres. Le hacían dormido y por eso no entendían su cansancio y su flaqueza. Desconocían que esos ojos sin tonalidad habían pasado la noche abiertos, alumbrados con la luz cian de la pantalla de su ordenador... Así entendía el chico lo que era el coraje y la camaradería. Fiel hasta el alba, hasta el desayuno incluso, si es que había aún tiempo para el café y las tostadas antes de echar a correr a clase.

Fiel hasta el desvanecimiento.

Aquella noche que pasó en la Unidad del Sueño, sólo hubo dos intentos de conexión con el internauta; dos intentos que no obtuvieron respuesta y, al no haber respuesta, no había tiempo que perder; no hay huella en ese ordenador que no registró ningún recado y que, por una noche, descansó a los pies de la cama de un hospital. Las líneas que marcaban los ciclos de sueño del adolescente no podían ser más claras. Descanso profundo, sin duda largamente necesitado. Un oasis clínico dentro de una dependencia atroz que volvería esa misma noche.

Luis Ferrero aún anotaba nuevas frases en su libro. Tenía un cuaderno con anécdotas y pensamientos lanzados al aire entre electrodos desde las cabezas de sus pacientes, algo asustados por tener que compartir la piel y el espacio con cables de colores y oscuras paredes que un día debieron de presentar una tonalidad parecida a la de una insípida crema de calabacín. Pensamientos previos al sueño. Veinticinco años de frases inconexas unas con otras; una obra maestra venial escrita a muchas bandas, un cadáver exquisito, un secreto como otro cualquiera elaborado con el saber artesano que aporta la constancia.

Tenía nueve cuadernos completos con huellas de distintos pacientes. A veces eran ellos mismos quienes firmaban en su libro pero sólo lo hacían los muy allegados, los especiales, algunos de los que, incluso, se hicieron amigos para toda la vida... Tenía hasta dibujos de pintores de cierta fama que pasaron por allí; frases, deseos, vivencias, preocupaciones con nombre que el paso del tiempo convirtió en anónimos recelos de la mente. Sólo con la base de una férrea laboriosidad a través de los años, esos rastros adquirieron categoría de digno reconocimiento.

Pero era un secreto.

Si, por ejemplo, hubiera habido ocasión de conocer al director del área de la que dependía su trabajo, el doctor Plancton, que trabajaba de día mientras él lo hacía de noche y con quien nunca intercambió palabra... Si, pongamos por caso, hubiera surgido la ocasión, en torno a un pincho y un mosto, el día de su aniversario laboral, de haberse acordado el departamento de Recursos Humanos de su hospital de que se acercaban las bodas de plata con la noche para un empleado eficaz, silencioso... Si hubieran transformado por una vez su jornada nocturna en otra que tuviera lugar a la luz del día... Sólo una vez. Esa ocasión, para coincidir con los compañeros y festejar en aperitivo compartido la celebración de esos veinticinco años... Si eso hubiera ocurrido, tal vez habría hablado al calor del contacto, de esos nueve, casi diez, cuadernos llenos de posos de experiencia, materia para un doctorado cum laude. Así era su cuaderno de bitácora después de veinticinco años compartiendo los obsequiosos pensamientos que lanzaban algunos desconocidos antes del sueño.

Una de esas personas fue Salvador Maza, insomne desde fechas recientes. El número de expediente 1.615 de los tres mil compañeros del hospital; enfermero como él, en realidad, aunque no tenían el gusto de haberse cruzado nunca por ningún lugar del edificio. Como siempre, la vida de Luis transcurría al revés que la del resto de los mortales. Pero, si bien es cierto que al inicio se saludaron con cierta frialdad, al terminar la noche, en cambio, Salvador, quien entonces era un enfermero en activo, se había convertido en uno de los autores de las frases del libro de Luis.

Salvador Maza se acababa de separar de su mujer cuando acudió por primera vez a la Unidad del Sueño, por eso su número de expediente, de diez años atrás, era más antiguo que las fechas que indicaban la actualidad. En aquella ocasión, el entonces enfermero en activo se acostumbró al dormir ligero. Pero se acostumbró también a querer dormir mejor, acudiendo a mil sustancias de la familia de la benzodiacepinas. Entendió por qué eran las sustancias farmacológicas más prescritas del mundo, ya se llamaran Diacepan, Triazolam, Oxacepam, Loracepam, Temacepam... Todas ellas permitían dormir. Cada día necesitaba acumular más fármaco en su cuerpo porque ese cuerpo se había acostumbrado a él; por ello crecían las dosis alternas de relajantes, sedantes, estimulantes, y también alguna cerveza de más... Mezclas imposibles que hacían que los fármacos no siempre obedecieran a sus prospectos porque el carrusel en el que se mecían cada noche era inimaginable.

Salvador Maza, en cambio, echaba la culpa unos días a la almohada, otros días al colchón.

—Desde que el hombre dormía en el suelo ya utilizaba almohada —dijo Salvador a una dependienta de El Corte Inglés—. Por eso, debe de ser fundamental... ¡Quiero la mejor!

Dudó entre una de látex, otra de plumilla de oca y hasta tonteó con un cojín de aire. Al final se llevó las tres y añadió a su cuenta de gasto un colchón con abalorios de cerámica, como los que utilizan en las Unidades de Quemados de los hospitales. No lo tenían allí en ese momento, pero el encargo quedó formalizado.

No es que empezara a dormir después de esas inversiones pero sí, al menos, comenzó a afrontar su problema. Fue el punto de partida en el tratamiento que inició esa misma noche en la Unidad del Sueño y continuó después con el apoyo del cuadro de psicólogos y psiquiatras del doctor Plancton que siempre reconocieron la férrea voluntad del enfermero de la segunda planta, y, a la vez, enfermo de la novena planta del mismo hospital.

Salvador Maza empezó a tomar periódicamente las pastillas al mismo tiempo que se enganchó a su amistad con Luis Ferrero. Ya habían pasado más de diez años de aquello. En ese tiempo aprendió a vivir cada vez con menos. Sin mujer estable, sin cortinas, sin aperitivos los domingos... Ahora, unos años más tarde, estaba intentando conseguir hacerlo también sin trabajo y sin descanso. Un binomio de difícil resolución, se decía a sí mismo, porque sin cansancio físico no hay descanso, ni físico ni psíquico, y, al final, por extrañas piruetas de la mente, todo queda transfigurado, como si un mago con-

La importancia de los peces fluorescentes

virtiera a un conejo en lombriz... Como si hiciera del agua dulce un grifo de mar.

Pero el agua salada no calma la sed, aún más, la envilece. La mente no descansa. Nunca descansa, ni aun cuando se consigue duramente superar la primera fase, aparentemente básica, que consiste en importunar al cuerpo, abatirlo, apedrearlo si es preciso; cansarlo, agotarlo, sólo para desear la cama. La cama no escondía para él, tampoco para Luis Ferrero, ningún fetiche.

No les aportaba placer ni compañía, tan sólo soledad, desvarío y extraños acompañamientos.

En ese momento se encontraba Salvador Maza, bien lo sabía Luis. Dejó unas palabras envueltas con tinta estilográfica de color marrón. Por la fecha, correspondía a los momentos de separación de su mujer. Estaba tan abatido que ahora se comprende por qué sólo escribió:

Cálmate, pena, que aún falta el dolor.
Cálmate, dolor, que viene la noche.

Había otras líneas de Salvador, más recientes, también de color marrón. Transcribían en verdad un poema de Mario Benedetti con la perfecta caligrafía de quien sabía embalar palabras con sumo respeto y sin prisa. Esa inscripción debió de realizarse en una de las tranquilas visitas de Salvador al puesto de trabajo de Luis, cuando se sentaba tranquilamente en su mesa al salir de la sesión de noche del cine, mientras el técnico estaba en uno de los dos compartimentos-vagón con sus pacientes iniciando la jornada laboral.

*El sueño se peleó con la mañana
la colmó de desvelos incumplidos...*

*... Su final es lo mágico del alba
cuando el alba es la llave de otro sueño.*

Luis descubrió hoy el poema. Se cruzó con él desde una de las páginas cuando terminaba otras anotaciones. Le gustó la sorpresa en esos momentos en los que revivía con la luz del día... Eran sus horas de descompresión, hasta la comida, y la siesta, y el sueño, y volver a ponerse en pie.

«El cuerpo de luz en el que debe de habitar el alma lo crea uno mismo», le dijo una vez alguien. Ahí estaba, anotado. Pero ahora releía las últimas letras en color marrón...

*... Su final es lo mágico del alba
cuando el alba es la llave de otro sueño.*

Nuevo día. Hacia delante. Hoy sí iría a la trastienda de la galería comercial. No tenía nombre aunque ya se conocía como tal. Podría parecer una cafetería nocturna ligeramente camuflada a espaldas de los locales comerciales, a esas horas ya con incipiente actividad; sin duda era un lugar de encuentro. Los asiduos ya sabían que disponía de un acceso directo desde el mismo supermercado. Lo único que no le gustaba a Luis Ferrero era que la luz era tenue, demasiado tenue para alguien que viene de trabajar de noche y, sin embargo —comprendía—, perfecta para las asiduas al local, básicamente mujeres que salían de casa para hacer la compra, sin prisas y, por ello, antes o después, se detenían en La Trastienda para comenzar la ceremonia de las gotitas de coñac suavemente escanciadas sobre el té.

Capítulo
3

Qué buena coincidencia. Ya me iba… —dijo una señora a la que ya conocía de otro día.
—Quédate, ¿no te puedo invitar a algo caliente? —la sujetó Luis de un brazo.
—Bueno… —le sonrió ella mirando hacia abajo, con la ilusión de que le estaban haciendo ardientes proposiciones.

El primero que le habló a Luis de La Trastienda fue Salvador; de hecho habían ido varias veces juntos en esas primeras horas del día cuando uno no soportaba más ni la inactividad en su cama ni la insatisfacción de la noche en blanco y el otro salía del trabajo a engancharse a la luz del día, aunque permitiéndose retardar el ansia por ver qué tonalidad tendrían las nubes.

Hoy Luis iba solo. Se dejó caer en el supermercado; pagó la bolsa de sal gorda y las cuchillas de afeitar en la caja del fondo, la que conectaba con La Trastienda, y no en la que tenía más cercana, lo que ya significaba que quería tomar algo caliente, en compañía. Una vez dentro, ya pensaría qué hacer con el resto de la mañana antes de comprar pescado fresco, de camino a casa.

—Déjame —se animó a decir ella—, yo te echo el coñac.

Pronto tenían dos tazas de té servidas en la barra y una botella para escanciar al gusto.

—Espera, deja por aquí las bolsas. Ponte cómoda, mujer... —Y ubicó los plásticos a los pies del taburete alto de la barra y la ayudó después a alzarse hacia la cima del asiento. Al poco, se preocupó por su chaquetón.

La alivió del calor y de la pesadumbre de la compra y ella se sintió más ligera, aunque aún preocupada por los derroteros del pliegue de su falda. Desde luego esas banquetas —pensó— serían perfectas para las chicas de los anuncios que van vestidas siempre de cuero negro y no necesitan ningún empeño para estar en equilibrio... El cuerpo de Dolores, en cambio, terminaba a dos cuartas del suelo, algo que aparentemente no era nada, pero le hacía tener la sensación de sentirse suspendida en el más profundo de los acantilados. Menos mal que la banqueta contaba con un hierro transversal en algún lugar cercano al tacón y, eso, afortunadamente, le servía de ayuda.

Las banquetas, es verdad, podría pensarse que son para las chicas de piernas largas, para los vaqueros de salón, para los chimpancés del sexo, para los camareros de la noche o los expertos depredadores en las máquinas tragaperras... Sin embargo, en La Trastienda, las alturas no mostraban más que otro inconveniente a batir en el difícil y apasionante mundo de lo que va antes, o después, de la compra diaria o semanal.

—Dame tu abrigo, mujer... —Él se encargó de buscarle acomodo—. Ya estás mucho mejor, ¿a que sí?

Y en ese momento le puso las dos manos bien abiertas en los costados, en la frontera que delimita la parte de atrás con la parte de delante del cuerpo, donde las vértebras siguen su curvatura... En ese sitio tan aparentemente neutral, a medio camino entre las axilas y el ombligo, nunca nadie había reparado antes. Luis notó confundida sorpresa y gustoso escozor en la cara de su amiga, sin duda, ruborizada. Él no pudo sentir; había una férrea corsetería que a ella le hacía estar prieta, lejana, aparatosamente inalcanzable.

Fue cuando Dolores pudo reconducirse iniciando los movimientos algo voluptuosos con la botella de coñac. Era lo más desinhibido que sabía hacer hasta el momento porque, en realidad, era una de las primeras cosas que se aprendían al empezar a frecuentar La Trastienda. El sello de la casa. Sin embargo, semejante ajetreo con el brazo mostraba de ella la imagen de una mujer que quiere inhibir los dictados de su mente tímida según delataban el propio caparazón de sus mejillas y su ropa interior.

A Luis esta situación le hacía gracia. Si bien es cierto que llegaba allí cansado después de una noche de trabajo en el hospital, con el sueño desquiciado y sin ganas de conquista, también es justo reconocer que en nada se veía ayudado por su acompañante en La Trastienda, también falta de energía porque toda se había quedado en casa, al cuidado de los cuidados de la familia. Pero en el bar de las infusiones nadie preguntaba. Nadie era experto pero ninguno escatimaba una caricia, tal era la necesidad de roce entre las parejas que coincidían fortuitamente. Y esta necesidad —unida a las ganas de olvidar los años de experiencia baldía— era lo que convertía a este lugar en un discreto pero revolucionario espacio en el que las llamas no chispean, ni queman, pero calientan con mucha mayor fruición que cualquier hornillo.

Más allá de la barra y las banquetas aparecía ante los ojos una distribución anárquica de sofás, desplazados a gusto de la clientela y sin tropezarse los unos con los otros. Problemas de espacio no había, y eso ya era decir bastante, cuando estamos hablando de una de las zonas más caras del centro de Madrid. Incluso había dos habitaciones camufladas como si fueran oficinas y, sin duda, más amplias que las del lugar de trabajo del hospital.

Luis todavía no había entrado allí con nadie.

Por ahora todo quedaba en el galanteo, en la lenta conquista de unas mujeres que coincidían en tener su acelerador y su freno en una misma palanca.

Dolores le gustaba; le gustaba ver cómo ella misma se encendía de puro deseo con las mínimas chispas, y eso, para Luis Ferrero, se convirtió en un juego delicioso, como ahora, que ella acaricia las manos de él, y se las mira una y otra vez, como si estuviera eligiendo el mejor algodón para hacer un mantel y seis servilletas. Ella, con tres hijos ya trabajando y medianamente independizados y un marido profesor emérito de la Universidad… Ella, después de dejar atrás los cincuenta hace años. Ella aún conservaba una cara ciertamente virginal.

«Las manos expresan la luz del alma por medio de sus habilidades», escribió una vez un paciente en el cuaderno de Luis, después de una larga conversación sobre la luz y sus formas.

Llevaban ya un rato hablando. Cada poco Luis ayudaba en la hipotética necesidad de su pareja en el acomodo de su pelo, del cuello de su blusa, del pliegue de su falda, del frío en sus rodillas. Ella, ya algo más cómoda, le decía que sí, que le gustaba más el nombre de Lola que el de Dolores, pero que de esta manera era como la llamaba todo el mundo, aunque a él le daba a elegir. Ya sabía que Luis trabajaba de noche y se quedó a las puertas de ser médico, sólo a falta de unas asignaturas que se le atascaron. Por eso, un día no pudo más y dio por concluida la carrera, y a partir de entonces empezó a verse a sí mismo como enfermero aunque fue la oportunidad de trabajar en algo de lo que entonces no sabía mucho, la Unidad del Sueño, lo que le hizo trabajar por siempre postrado a los pies de la luna, una luna a la que dejó de ver y le convirtió en técnico para toda la vida. Así, al menos, decía su contrato.

Desde entonces sólo tenía ojos para la vida, para el día, para sus estudios sobre la luz y sobre cómo ella, diosa de los días, influía en los humanos, en los animales y hasta en las mismas cosas. La noche le daba de comer, más que eso, alimentó su alma. No la quería oscura, ni débil, ni quebradiza… Todo aquello ya quedaba reflejado en las ojeras de sus pacientes. Él también las tenía, pero eran benignas, como las que tiene un niño después de dormir en casa de un amigo por primera vez.

—Podrías ser cirujano… —ella le volvió a coger las manos. En realidad quería verlas posadas con fuerza sobre sus costados, otra vez. Quisiera, aún más, desabrocharse sin disimulo un botón de la blusa, adquirir una repentina destreza para aupar sus piernas hacia él,

La importancia de los peces fluorescentes

de banqueta a banqueta, como cuando de niña saltaba sin miedo en el carrusel de la feria; de los elefantes a los leones, del coche de bomberos a punto de apagar un incendio hasta el leopardo, de la jirafa a la moto… Todo en un viaje, giro tras giro con la misma canción. Pero sus pensamientos no quedaban reflejados en su cara, ni en sus ademanes, aún formales. Todo, por tanto, continuaba igual. Eso sí, le sorprendió un beso. No el primer beso de té y coñac que recibía Dolores, pero sí el primero que la transportó a ese mundo de luz del que le hablaba Luis.

Largo beso en equilibrio.

—Habrá que marcharse… —dijo él con una de esas caras que a su interlocutora le resultó merecedora de caricia.

A Luis nunca se le cerraban los ojos a esas horas. De constante inercia permanecían abiertos hasta para sostener un beso sin tregua. Aún se quedó mirando un rato a esa mujer que tenía bien cerca. Apenas sabía nada de ella, ni necesitaba saber. Escuchaba demasiado entre cables, en su lugar de trabajo. Era suficiente. A ella tampoco le hubiera gustado especialmente hablar. Quería, sin más, zambullirse en la corriente de esa otra vida que, para ella, se infiltraba entre la cola de la fruta y la cola en el banco, apenas unos minutos… Así eran las pautas de los asiduos al local. Tampoco se preguntaban al marchar cuándo sería la próxima coincidencia. La despedida en la puerta cambiaba de rumbo muy rápido a través del tono de unas frases cortas que no excedían del fraseo matinal entre el propietario y el portero de un inmueble. En el nuevo espacio imperaba la escueta dialéctica entre el tiempo que hacía y el tiempo que iba a hacer. Nada más. Vuelta a la vida sin la intensidad del interior. Sin embargo, para Luis, este picaporte de salida accionaba el saludo definitivo al oxígeno, a las plantas, a los coches, a los colores aparentemente iguales de los ladrillos de los edificios, a los diferentes grises de las aceras…

Las caricias quedaron atrás, diluidas en el ambiente con la misma rapidez con la que desaparece por las rejas de una alcantarilla cualquier remolino formado por una mezcla de agua y detergente.

El jabón se queda pero el agua se va. Rápidamente.

* * *

Cada mañana, se restriegan los ojos, se limpian los rostros y los cuerpos, se refrescan los dientes, las aceras; se limpian las esquinas de las escaleras de los inmuebles, se repasan los suelos de los locales comerciales, se evacuan los líquidos, se ingieren los nuevos…

La vida en movimiento. Agua va…

Y agua se avecina. Las nubes prometen tormenta pero no por ello los viandantes dejan de esconder sus caras detrás de las gafas de sol. Esto no lo entendía Luis. Él no usaba gafas oscuras ni siquiera los días de sol; las detestaba. Al salir del trabajo miraba al gran astro con los ojos abiertos provocando en sus retinas un nuevo daño que no era sino otro gesto a añadir en el desvarío de su vida. Hoy miraba las nubes y le parecía que estaban refinadas con unas veladuras de color verde grisáceo; pero tal vez fuera sólo el recuerdo cromático del local del que provenía, o de la misma botella de coñac.

Paseaba sin prisa, respirando hondo, con tal fe ciega que los aires contaminados de la mañana le parecían portar olores todavía de campo; flores silvestres, camomila, clorofila, margaritas... Todo en uno.

Así vivía el día, bastante intensidad, espejismo. Bastante mentira.

Su mujer, Rocío, estaba en casa de manera excepcional porque hoy no se encontraba bien. Trabajaba en la oficina de una sucursal bancaria, sólo las mañanas. En condiciones normales, ella y su marido se veían a la hora de comer y hasta el momento de la siesta de Luis. Así era su rutina. Un inteligentísimo hijo en común, ingeniero ya establecido en la sede de una multinacional en París, y poco más. Por ello decidieron incluir las ausencias como parte de su vida matrimonial, treinta y tres años en total, aunque al poco de regresar de la luna de miel ya vivían al revés. Él con su trabajo de noche, ella con su trabajo de mañana. En la comida, los dos en la mesa, compartían los problemas cotidianos: esas facturas de la luz que llegan dos veces, y cómo puede ser eso, déjame a mí que ya les llamo, o los plazos del apartamento en la playa que se están demorando mucho y no va a estar terminado para el mes de agosto, mañana mismo hablo con la constructora, sin falta... En los postres, si acaso, comentaban desavenencias ajenas de los amigos, problemas ajenos. Fíjate, quién lo iba a decir... Era una forma, como otra cualquiera, de obviar los propios.

Después, todo era silencio. Rocío disfrutaba de su tiempo en la tarde y él dormía la siesta hasta la hora de volver a trabajar. Ni se despedían. La cita siguiente sería en el almuerzo posterior. Las comidas favoritas aportaban algo apetecible al paladar de los cónyuges y a esa extraña vida en común.

Hoy habría pescado; dorada, bien grande. Luis la prepararía a la sal después de ir a la tienda de manualidades de la que era asiduo. Le faltaban unas piezas para continuar con su último trabajo de vidrieras, ya iniciado.

Sólo las vidrieras le acompañaban en las horas más duras de la noche, cuando los pacientes dormían, sin creer que lo estaban consiguiendo, cuando incluso hasta Salvador lograba conciliar un breve sueño, no lejos de su perro *Tusca,* o cuando cualquier interlocutor dormía más allá de la línea del teléfono de color gris que Luis Ferrero tenía a su disposición en el trabajo y le resultaba totalmente inservible salvo para conectarse a Internet y ahondar aún más en los estudios sobre la luz y sus deslumbrantes efectos secundarios.

Capítulo
4

Salvador, el enfermero prejubilado, sabía bien que existían alimentos que inducían al sueño.

Pero ya estaba harto de masticar nueces, y tragarlas con leche caliente. Harto de no dormir. Salvador se iba poniendo algo agresivo según hablaba aunque, tal vez, esto fuera algo exagerado decirlo así. Se encontraba ante su psiquiatra, sin duda, en un día de piedras y arena, no de poesía. Tiempo sin ver a Luis, su amigo, ni a una mujer, ni siquiera una película en el cine. Despotricó contra el periódico del día.

—¿Sabe qué dice hoy el periódico? Que la sociedad está enferma, ¡qué manera de echar balones fuera, joder! ¿Qué es eso de *la sociedad?*, ¿qué es eso de la *opinión pública?* ¿Cuántas opiniones hacen falta para que formen una pública y magnánima opinión? ¡Eso es una falsedad! La opinión no es un sujeto, no es un ser que pueda salir de paseo a comprar nueces, la opinión es algo que, con un poco de suerte, se tiene… Y no hay más…

Sus ojos eran verde turmalina. Ni aun enfadado perdían el resplandor. Resultaba difícil comprender cómo esos ojos no perdían el brillo a pesar de una noche y otra noche siempre abiertos.

Lo que no imaginaba el antiguo enfermero es que la suerte, igual que la opinión, con otro poco de fortuna, también se tiene. Desde luego, se había depositado justo en él y en ese estómago invadido de frutos secos a los que Salvador era asiduo después de que hubiera leído en alguna parte que, ingeridos de noche, inducían al sueño. No fue así; no consiguieron las nueces que Salvador durmiera. En cambio le devolvieron con creces el susto del precio bien rentabilizado cuando eligió esa bolsa que decía «Auténticas nueces de California. Descúbralas y sorpréndase con el inconfundible sabor de la Costa Oeste de Estados Unidos».

Rellenó la nuez silueteada en papel tostado que había en el interior siguiendo las líneas que interrogaban acerca de los datos del consumidor que quisiera jugar a su suerte un viaje transoceánico. Después de unas semanas resultó que Salvador, impulsivo depredador de esos frutos del otoño que no le regalaron el sueño, se convirtió en el designado por las briznas de la suerte. Un viaje, dos personas, todo pagado.

En ese momento, como se supo después, lejos de donde estaba: la consulta de la psiquiatra, un notario daba fe de la estrella de ese consumidor, natural de Madrid, de nombre Salvador, que había rellenado correctamente todos los datos, incluido el teléfono al que se le podía llamar en caso hipotético de resultar ser el afortunado ganador. Él aún no sabía nada. Tal vez ni con ello se le hubiera ido el enfado que hoy le correspondía tener…

—Y yo, como me llamo Salvador —continuaba—, puedo asegurar que las opiniones de los que no dormimos no salen de unas cabezas enfermas, coño, sino, simplemente cansadas..., y son opiniones con nombre y apellidos. No hay una pública y unánime opinión, ¡a ver si se creen!... ¿que somos gilipollas...? Somos mequetrefes opinando, migajas desordenadas, si acaso... personas de acuerdo o en desacuerdo. ¡Opinión... Pública! Hay que joderse...

—Son, en cualquier caso —intervino su psiquiatra—, opiniones lanzadas por personas desconcentradas, tan enfadadas como lo que estamos viendo ahora... Esto ya lo sabemos, ¿acaso ayuda recordarlo, Salvador?

—Pero vamos a ver... ¿Para cuándo un artículo sobre cómo cambiar los hábitos de vida? A ver cuándo entrevistan a quien me castró a los cincuenta y tres años, que me ha dejado sin trabajo y sin nada que hacer... O que me pregunten a mí, sí, ¡que me pregunten..., que yo les cuento rápidamente las enfermedades sociales de dónde vienen...! Si quieren les hago una tesis doctoral sobre los cambios en los hábitos de vida, ¡qué leche!

—Eso está en su voluntad. ¿Qué les diría? —se interesó su terapeuta.

—Hablaría de las comidas rápidas, de los rápidos sueños, de las ilusiones... Investigaría en este ámbito de soledad, en este entorno en el que las edades pronto son lapidarias y entonces vienen los aparcamientos forzosos en los trabajos, alejando del mundo profesional a quien ya echó raíces en él, justo en el momento en el que el trabajador más interrogantes se hacía... Justo cuando el empleado ya ha aprendido a decir «no»... A lo mejor el esfuerzo por aprender a decir «no» te ha llevado toda una vida, y justo cuando lo sabes hacer es cuando ya no te dejan decirlo más. ¿No es curioso? —Miró a su interlocutora y pronto concluyó—: La vida entera diciendo «sí» a todo, y cuando tienes más capacidad para diferenciar los distintos pliegues que tienen las cosas, cuanta más solera, cuantas más herramientas tienes para defender el no…, te obligan a seguir diciendo «sí». Salvador Maza, prejubilado, sí, claro, cómo no…

—Salvador —le interrumpió ella con suave tono—, tal vez nos definimos demasiado por nuestra profesión u oficio… Y el Salvador que yo tengo delante es antes persona que enfermero prejubilado. No pierda esto de vista; no es bueno seguir martirizándose.

—No, claro. No.

—Pensemos. ¿Qué es lo que más le gustaría hacer?

—Desaparecer. Ésa es la verdad.

—¿Un viaje?

Laura, su psiquiatra, se arrepintió enseguida de semejante propuesta. Estás desviando a tu paciente, se dijo, ¿acaso te lo quieres quitar de encima?, sabes que incitar a la huida no es lo más adecuado y le estás animando en su afán por desaparecer… La conciencia profesional hacía *tam tam* en los tímpanos de la terapeuta. A cambio, para resarcirse, optó por ofrecerle algo que durante tiempo ella misma había evitado: invitó a Salvador a participar en la terapia del grupo de tarde de los viernes. Justa compensación a su desliz.

—¿Yo encajo ahí? ¿Quiénes más van?

—Bueno, eso ya lo verá. Personas… como usted. Unas veces son dóciles, incluso razonables, dispuestas a ser felices… Y otras, no tanto.

—Ya…

Se hizo un silencio. Uno de esos silencios en los que sólo hablan los pensamientos, hasta que vuelve una voz.

La importancia de los peces fluorescentes

—Hace mucho que no me recita ningún verso —volvió a tratarle con distancia la psiquiatra—. Esos días que llega usted aquí tan lírico…

—¿Quiere un poema? ¡Pues le voy a decir uno, Laura, y no son cosas mías, no, sino de Rafael Alberti, ni más ni menos; aquí lo tengo, piensa como yo, bien clarito lo dice, que lo acabo de leer… Aquí está, se titula *Paraíso perdido*… Sacó el libro que le acababan de remitir en el envío mensual del Círculo de Lectores; mientras, su psiquiatra miraba de reojo el reloj.

Silencio. Más silencio.
Inmóviles los pulsos
Del sinfín de la noche.

¡Paraíso perdido!
Perdido por buscarte,
Yo, sin luz, para siempre.

Al dejar su conversación pagada —como llamaba Salvador a la consulta con su psiquiatra cuando estaba de mal humor—, no apreciaba bien la propuesta de acudir también los viernes al hospital. Su nueva vida iba a parecer que le forzaba a jornadas laborales completas; eso es lo que pensaba cuando añadió un tercer día en sus visitas facultativas al recinto sanitario. Dos días en la planta cuarta, en la consulta de Laura, un día en la planta quinta, donde acudiría hoy por primera vez a la terapia de grupo a conversar con desconocidos, y eso si no se repara en la planta novena y en sus visitas a Luis Ferrero, de la Unidad del Sueño. De cualquier manera, el hospital era grande, tanto que permitía acoger pequeñas ciudades en un mismo espacio, distintas circunstancias para una misma persona que un día quiere ser y otro, no ser. Por ejemplo, Salvador Maza sólo conocía como enfermo a su terapeuta; nada sabía de ella con anterioridad cuando, supuestamente, eran compañeros de trabajo o, al menos, de lugar de trabajo. Lo cierto es que le parecía imposible estar unos pasillos más arriba o más abajo de donde transcurrió su vida de enfermero de la segunda planta.

Enfermero entonces, enfermo ahora.

* * *

Nunca se había acicalado tanto cuando era un profesional sanitario. No es que escatimara en la presunción, simplemente no disponía de tanto tiempo. Pero hoy, su primer viernes, la limpieza de los dientes después de comer vino acompañada de una ligera somnolencia en la butaca. Ligera y también tensa, para no despeinarse ni que le quedaran huellas de descanso apelmazado en su pelo. Colonia, después, revisión de los zapatos… La camisa blanca fue la última prenda que incorporó a su vestimenta. No quería que dejara de poseer ese tacto suave y duro a la vez que sólo ofrecen las prendas de algodón cien por cien, severamente limpias y nada maceradas.

Los que le vieron aparecer, algo tarde para su puntualidad habitual, se encontraron a un hombre maduro, pero no mayor. Es importante destacar que su piel aún no había fagocitado ese aspecto que adquieren los ya jubilados o prejubilados… Ese talante grisáceo de los excluidos, de los prescindibles, de los excedentes, de los… desocupados. Su rictus era aún ajeno a las circunstancias, como le ocurre al aspecto de un miope que aún no parece que lo sea, simplemente porque lleva poco tiempo siéndolo… Sólo el relajo del calendario y la acumulación de jornadas consiguen que a un jubilado se le distinga, por ejemplo, por los chalecos de lana que ha incorporado debajo de la americana, igual que a un miope se le adivina por la huella que deja la montura de las gafas en las paredes laterales de su cara, por ejemplo, después de una larga película con subtítulos.

Salvador aún podría ser lo que quisiera decir que era. Dicho de otra manera, podría ofrecer aún algún despiste sobre su apariencia; en pocas palabras, aún no parecía ser lo que la vida le había forzado a ser, esto es, un prejubilado.

Y no se dice esto por su planta agradable, su considerable estatura, un pelo abundante; ni siquiera por tener la espalda bastante firme para ser insomne. Era, sobre todo, su actitud; cómo decir…, aún tranquila, pero activa a la vez.

Todos se iban sentando en círculo. La psiquiatra tuvo la deferencia de guardar dos sitios a su lado. Uno para el nuevo visitante y otro para el doctor Plancton, el director de la Unidad del Sueño, que hoy había prometido visita, aunque esto ocurría con frecuencia pero luego las cosas se complicaban y nadie le veía aparecer. De hecho, la mayoría de los pacientes no le conocían.

—¿Hoy vendrá el doctor Plancton? —preguntó una señora.

—Tal vez sí, tal vez hoy le veamos por aquí —respondió Laura—. A quien sí tenemos es a Salvador, que se va a sumar a nuestro grupo a partir de hoy. ¿Verdad, Salvador?

Él asintió con la cabeza. Sin ganas.

En la mente del antiguo enfermero se dibujó el arrepentimiento; su cara mostraba mil preguntas, todas igualmente directas, *qué-coño-estoy-haciendo-aquí*. Por decirlo de otro modo, era el momento en el que caen con rapidez, pero sin convencimiento, las gravillas de las laderas que bordean el asfalto. Nada le atraía. Ni siquiera se había molestado en observar las caras de los que tenía delante ni a los lados, y esto casi fue mejor. Sus nuevos compañeros le miraban con el mismo talante; como un retrato de Modigliani, todos a una, haciendo una mueca por sonrisa.

Sin embargo, es el momento de resaltar que si Salvador hubiera abierto los brazos ampliamente hacia arriba desde su posición en la silla, formando con ellos un gran semicírculo, se habría dibujado sobre su persona y la de sus acompañantes lo que tan fácilmente se apreciaba desde arriba: un gran laurel humano.

Eran los elegidos por la otra gloria, no tan victoriosa, pero sí elocuente. Los que esperan, los que hablan, los que confían en reconducir sus vidas en la tierra hacia otros *moto prix* o vueltas ciclistas, o campeonatos…, los que aún no se entristecen cuando ven una gloria ajena porque también ellos, un día, la quieren poseer. Así eran los insomnes del grupo de los viernes.

Si compartieran afinidades, las personas que Salvador tenía delante, además de las recetas de los medicamentos con buenos resultados, tenían otras cosas en común. Todos ellos estaban unidos por una cadena invisible de sustancias estimulantes que atravesaban todos los caminos que van del decaimiento a la euforia. Divanes y sonrisas, pastillas para dormir y café, descansos de mentiras... Sus pies se balanceaban entre el crédito y el débito del sueño.

Pero había algo más..., porque, de noche, las verdades son más ciertas; por eso los ojos de los insomnes son especiales.

Y eso les unía. Les unía la noche, esa oscuridad que plasma de frente la más cegadora certeza. Les unía la carencia ante el descanso. Ahí sí que radicaba la verdad, la no vida. ¡Cómo, si no, habría de entenderse ese infortunio! Nada es tan doloroso como esa clarividencia que sólo aporta lo certero cuando es transparente y cruel: los desvelos incumplidos, los sueños fracasados, todas esas torpezas de la propia vida que se crecen de noche y se pavonean de una manera impertinente ante unos ojos que no se pueden cerrar mientras los demás seres humanos duermen.

Es el párpado, en su caída majestuosa, el que marca la diferencia entre la guerra y la paz. Cuando se hace caricia, todas las partes del cuerpo saludan la vida al abandonarse al sueño; se dejan querer por la noche mientras las pestañas aún revuelven su plumaje y transforman la no luz de la noche en brillo y deseo. Fuegos artificiales que acompañen en el camino hacia el descanso... Fuegos sin fuego; enormes espermatozoides de luz que ascienden hasta estallar allá, en el cielo, entre retretas de gloria, para después descender, como si tal cosa, transformados en grandilocuentes palmeras de colores que invaden la tierra desde lo alto. Mil colores entre chispas sin chispa, aplausos sin sonido, mudos estruendos, ruidos sin ruido... Como un gran carnaval sin sonido en la tele.

Eso querían todos. Una gran imagen muda retransmitiendo un carnaval. Desde luego, eso era la visión del descanso. ¿Acaso alguien encuentra otra definición?

—Yo creo que lo mejor es que os presentéis para que Salvador os vaya conociendo… —apuntó la terapeuta.

—Pero que empiece él, ¿no? —dijo el más pequeño del grupo, con una madurez inusitada a su edad. Con sus dieciocho años no desentonaba en un grupo en el que la media rondaba los cuarenta y cinco. Así lo consideró el doctor Plancton una vez que hubo examinado los resultados de la noche transcurrida en la Unidad del Sueño y una vez hubo hablado con él y sus padres sobre las causas de su fatiga crónica.

—Soy Salvador, no duermo bien. Bueno, ni bien ni mal. No duermo. —No se esforzó en decir más el recién llegado.

—Insomnio… —dijeron todos a la vez mientras desentumecían las piernas y las mandíbulas… Casi parecía que les fuera a llegar la risa de un momento a otro, algo que descolocó en cierta manera a Salvador aunque, más que risa, sus compañeros disfrutaban de un profundo relajo…

¡Otro más…!, podrían decir en alto los pensamientos de siete personas mientras ellas se preparaban para el inicio de la sesión, moviendo los pies, estirando el cuello…, como si fueran niños acomodándose en la silla una y otra vez minutos antes del inicio de la función en el circo.

Aparentemente tenían en común el buen talante. Hasta la psiquiatra poseía hoy un aire diferente, más festivo. No en vano era viernes por la tarde y eso, para los que son activos en el mundo laboral y para los que

La importancia de los peces fluorescentes

duermen sin problemas, siempre era un motivo de dicha porque el viernes anuncia una jornada de excesos en la diversión y en el sueño. La codicia por el descanso correspondido.

Salvador, en cambio, no podría ir a La Trastienda al día siguiente, que también en eso pensaba. Los sábados estaba vacío el local; las amas de casa y las mujeres en general nunca acudían a la cita del té con coñac los fines de semana. La compra y los deslices quedaban reservados para los días de labor.

Ni ante él, ni en su interior, había actividad a la vista. Por eso no se esforzaba por ocultar su mal humor, era una manera como otra cualquiera de beneficiarse de las causas de ser un insomne. «Al menos, que se nos permita estar de mala leche si nos da la gana, ¡qué hostia!...» —reivindicaba muchas veces como él solía, enfadado absolutamente, pero sin parecerlo del todo—. Nada hacía recordar el mimo con el que se había echado colonia apenas una hora antes. Así eran sus cambios de humor.

Sin embargo la vida, en su maravilla, siempre muestra una de sus caras impredecibles. Esa tarde, a última hora, al llegar a casa, Salvador cogió el teléfono y se encontró con una voz, de esas que suenan a claro marketing porque no sabes si corresponden a un humano o a un robot y ante las cuales él siempre decía «no, gracias», y colgaba... Una de esas voces, en concreto la de una teleoperadora adscrita al departamento de Marketing de la firma Nueces de California, una empleada temporal exhausta ya a esas horas del viernes, tenía el encargo impositivo de no abandonar su mesa de trabajo hasta dar con el ganador del sorteo y adelantarle que el director de Marketing se pondría en contacto «personalmente» con él… Ella, de nombre Rosa, le dio la enhorabuena aunque no le pudo ofrecer ninguna información en detalle porque nada le habían comentado. Sólo sabía el número de teléfono, el nombre del ganador y la insistencia que debía mantener hasta conseguir que alguien escuchara al otro lado del hilo telefónico. Nada más. Así, Salvador, escéptico como siempre, se enteró de que era el único afortunado ganador de un viaje a Los Ángeles, California. El país de las nueces… La ciudad de los delirios.

Se fue a la cama con una sonrisa. A la mierda el sueño, pero hoy justo sí que descansó. Tenía que reponerse de las emociones, que siempre se esconden por algún lugar, que no hay que ser tan borde, anda la leche y ahora a Los Ángeles y qué se me ha perdido a mí allí, vaya qué bueno, que tampoco está todo tan mal… Y así, haciendo recuento de su suerte, recordó las presentaciones de sus contertulios insomnes del grupo de apoyo… Se notaba que eran conocidos de largo, tal vez no en el tiempo pero sí en la intensidad, por eso no había hueco para la timidez. Entre todos componían una mezcla bien equilibrada de depresivos y ansiosos. Laura, la psiquiatra, siempre defendía que la ansiedad y el decaimiento eran buenos aliados para trabajar en común y cambiar malos hábitos, incitar al juego, incentivar el ocio dirigido, el diálogo, los talleres…

Hasta que le llegara el sueño, Salvador se propuso recordar a todos.

—Soy Ángeles, pero me llaman Gela. Estoy gorda como un tonel, como se puede ver… —dijo una mujer a modo de triste guasa ante sí misma y los demás.

—Gela, ya estamos… —la interrumpió Laura—. Eso no es importante. Danos pistas sobre lo que no se ve de ti, ¿no te parece que sería más interesante?

—Y no duermo bien. Y como no duermo, me levanto y, al levantarme, como. Como galletas… Y así es siempre —quiso concluir en cuanto fue consciente de sus palabras.

Tumbado en la cama, Salvador la recordó entre una media sonrisa hueca. Frente a un cuerpo descomunal, visualizó la tersura de su piel joven; esa juventud en el rostro que sólo tienen las pieles bien llenas de carne. Y así, de sus carrillos, se fue a la sonrisa blanca, grande y amable de otra señora de la que no recordaba el nombre aunque sí que era adicta a las euforias y a las tristezas en la misma proporción. Algo callado parecía un señor de mediana edad que, sin embargo, tenía muy buena mirada y eso, los insomnes, igual que el resto de los mortales, lo valoraban muy positivamente. Otra mujer, enferma de afecto —como los demás— y de nombre Ruth, creía recordar, tenía depresión aunque no lo parecía, al verla parapetada detrás de todas sus joyas, con ropa de última moda y coloretes pardos de extraño efecto multicolor en sus mejillas. Ésta se llevaba muy bien —le parecía a Salvador— con el chico de dieciocho años, adicto a Internet y a las horas muertas frente al televisor.

Era mal estudiante simplemente porque cuando intentaba atender en clase su cerebro quería estar en la cama. El doctor Plancton ya le había dicho muchas veces, a él y a sus padres, que su bajo rendimiento era producto de esa fatiga crónica que tienen los que no dejan descansar la mente. «El sueño es la fábrica de nuestro día. Durante el sueño el organismo fabrica todo lo que gastará en la jornada siguiente. Además —insistía el doctor Plancton mirándole a él y a sus padres—, los que no duermen suficientes horas tienen menos probabilidades de responder positivamente a las cosas positivas del entorno, y más probabilidad de responder negativamente a las negativas». Esto fue determinante para que los padres del chico decidieran comenzar un tratamiento a la medida de su hijo.

Estos detalles no los conocía Salvador; tampoco los demás sabían de su vida. Sólo eran impresiones que iban del blanco y negro al color, según sus pestañas quisieran o no obedecer las órdenes de sus recuerdos. Así es como resulta fácil entender que Salvador dejara de tensar la cuerda con una fuerza innecesaria en sus brazos y, ya tumbado en la cama, comenzara a sentir cómo se le relajaban los tobillos, las piernas, las manos… Ese relax que le decían una y otra vez que se podía provocar desde la mente tan sólo con seguir unos ejercicios de relajación que tenía mil veces apuntados por fases y que hoy no fueron necesarios.

No siento los pies, no siento los pies…
No siento las piernas, no siento las piernas…

La noche cayó. Por fin, un viernes fue viernes. Agotamiento de semana, como cuando trabajaba de enfermero en el hospital, como cuando salía a bailar y reía con su mujer hasta altas horas de la mañana, como cuando se acurrucaba de niño en la cama, con esa alegría que aporta el contacto de unas sábanas frescas que te acompañarán sin prisa, lentamente, desde la oscuridad del viernes hasta la luz del sábado.

—¡Qué buenas las galletas que trajiste el otro día —apuntaron dos o tres contertulios intentando aliviar a su gruesa compañera del grupo de apoyo.

—Pura mantequilla —zanjó ella.

Éstas fueron las últimas imágenes que aún revoloteaban en voz baja en la mente casi dormida de Salvador. También se le aparecían los rostros que le quedaban por recordar entre sus compañeros del laurel humano, como aquel profesor... Y las nueces, flotando en el limbo de las mentes ingrávidas... Galletas, leche caliente, nueces... Las auténticas Nueces de California nombradas por una desconocida voz que le llamó por su nombre desde el otro lado del teléfono con un tono que ahora, lejos de parecer metalizado, incluso se mostraba en ese espejismo de la noche como el dulce murmullo de la voz de su madre cuando, de pequeño, le cantaba bajito una nana.

Capítulo
5

Al fondo del pasillo. Unidad del Sueño. Guarden silencio. Buenas noches. Un saludo a su puesto de trabajo.

Esa misma mañana, Luis se había dejado unas piezas de su mosaico encima de su mesa. Afortunadamente no habían desaparecido porque, de día, alguien tuvo a bien guardarlas en el único cajón que no estaba bajo llave. La vida no sería lo que es si no fuera por los resquicios abiertos, esos lugares comunes sin miedo ni desconfianza, por ejemplo ese cajón sin seguridad, único entre tanta cerradura...

¿Qué sería de nuestra vida sin las excepciones?

Gracias a que había un cajón sin llave, las piezas de mosaicos encontraron pronto acomodo a los ojos de la limpiadora del hospital. Caos bajo control, si no fuera por Rosita. Seguro que fue ella quien se ocupó de terminar con su desorden. De noche, sin luz, si las cosas bailan fuera de lugar no llaman especialmente la atención. En realidad, de noche pocas cosas llaman la atención porque de noche... los gatos cambian de color, las lechuzas son tuertas y los búhos, unos perezosos. Por eso la noche es permisiva, tolerante, alcahueta y cómplice de muchas vidas en desorden. Rosita, en cambio, llegaba de mañana, a la fresca del día, como ella solía decir. Apenas intercambiaba dos palabras con Luis porque, como siempre, cuando él se iba, el mundo arrancaba para los demás. Sin embargo dos palabras multiplicadas por una ya larga vida laboral son muchas frases, párrafos completos, largas explicaciones que llevan a conocimientos compartidos.

Llegaba Rosita repeinada, oliendo a colonia fresca, y comenzaba el orden, la vida según los cánones. Cada persona en su lugar. Cada cosa en su sitio. Ella simbolizaba para Luis esa vida que él no conocía desde hacía veinticinco años, y es que cuando se come se come, y cuando se duerme se duerme. Así, muy sencillo, lo decía Rosita, pero detrás de esas palabras se escondía toda una filosofía de vida que la mujer arrastraba desde su infancia, cuando le impedían jugar comiendo porque cuando se juega se juega, y cuando se come se come.

—No sé si me explico.

—Sí, Rosita —le decía Luis—. Se entiende muy bien.

—Yo veo hoy a los niños que saben de todo, a lo mejor son más listos, pero tanto desorden los pobres chicos, que no sé ni cómo pueden con esas carteras del colegio. ¡Pero si no deben ni de dormir esos chavales, se los llevarán sus padres por ahí o qué sé yo! Un niño debe cenar y a la cama. Pero claro, lo que se dice cenar, y no las porquerías que salen en la tele... ¡Que me los dejaran a mí unos días, ya verían cómo les cambiaba esas caras tristes, caramba!... —decía tomando de manera muy enérgica la bayeta con la que limpiaba las espaldas del ordenador.

Tenía auténticas cualidades que la capacitaban para ser la número uno en su trabajo. No sólo era la cuestión de la limpieza, sino más que eso, el orden. Sabía devolver cada cosa al sitio donde le gustaría a su dueño que estuviera. Sabía preservar los papeles turbios y los informes despistados. Sabía, en definitiva, que había cosas que no se podían tocar y que otras, más aún, no se debían tirar aunque aparentemente estuvieran en la recta final de sus días.

—Usted, al ordenador, que yo ordeno... —decía ella siempre a los técnicos con los que se cruzaba en su jornada laboral del turno de mañana—. Que si no estuviera esto sucio, ¿de qué iba a vivir yo?

Era muy práctica Rosita. Tenía el gran don de ser feliz con lo que algunos consideraban poco y lo que otros, casualmente los que más tenían, consideraban mucho. Esto es, era capaz de disfrutar de lo que tenía, y lo hacía con tal intensidad, que al final parecía que su hacienda era mayor que la del más acaudalado del barrio.

Resultaba increíble, por ejemplo, cómo disfrutaba sacando lustre a la bayeta para que estuviera en buenas condiciones la siguiente jornada, y la apuraba hasta que no diera más de sí, que aún encontraba vida en ella aunque aparecieran ya los primeros agujeros. Así velaba por la economía del hospital y sus presupuestos —palabra que desconocía—. Simplemente actuaba fuera de casa igual que en la propia, algo que también le habían enseñado de pequeña.

—¡Esta bayeta tiene que dar guerra todavía toda esta semana! —Y la sacudía con fuerza contra su cadera.

Eliminaba así, enérgicamente, los restos de agua al terminar la jornada laboral. Después, colgaba el trapo amarillo en un cordel que improvisó un día al hacer un puente de hilo grueso entre dos archivos que ocupaban inútilmente un espacio en el cuarto de limpieza.

Cuando el trapo estaba allí, húmedo, pellizcado por una pinza, significaba que Rosita estuvo y ya se fue. Antes, se quitaba su uniforme azul, muy parecido en el color al de los mismos cirujanos. Y, sin embargo, tan distinto.

Le gustaba echar la primitiva al salir del trabajo con su amiga, la empleada del estanco.

—Vale, vale, pues si nos toca y tú no lo quieres me lo das a mí, Rosita…

Un problema le vendría del cielo si la hicieran millonaria. Ella, que todo lo que tenía lo había amarrado con mil pequeños vaivenes… El puesto en el hospital, la letra para las mejoras de la casa del pueblo, el alquiler de su piso en Madrid, los estudios de los chicos… Para ella sería un problema verse sobredimensionada; le costaría acomodarse a las grandes sumas porque a Rosita no le hacía falta nada, lo decía siempre con mucha gracia, con un acento andaluz del todo postizo porque ella, en realidad, nació en la meseta. Estaba acostumbrada a las grandes hazañas con mil calcetines, como cuando reunió lo suficiente para que a su niña no le faltara ese traje de organdí que lucían el resto de las compañeras del colegio en el día de su Primera Comunión.

* * *

La vida de la periferia de una ciudad sin vida es aún más periférica. Las rotondas asumen coches, uno tras otro, deslizándose hacia una gran circunferencia con diferentes entradas, como si fuera un falso corazón y sus arterias.

Así eran las rotondas de la población de Salvador que tanto paseaba en su nueva vida de prejubilado. Ése era el espacio que estaba al alcance de sus ojos.

Muchas arterias y poco corazón.

Ese paisaje en circunferencia podría recordar lo que siempre fueron las plazas. Pero una plaza, dicho así, siempre se imagina con vida: quioscos de prensa, combas, saltos, peleas y hasta manzanas de caramelo rojo; abuelos, amantes, traficantes. En las ciudades dormitorio que denunciaba Salvador ante su psiquiatra, los espacios estaban regidos por unos semáforos que se llamaban inteligentes, aunque tan deshumanizados —decía él— que hasta se agradecía que, en ellos, hicieran su aparición centelleante e intermitente el peatón dibujado en rojo y el peatón dibujado en verde. Los semáforos siempre estaban solos, contaba Salvador. Laura sentía que su paciente se encontraba, realmente, solo. Por eso, en medio de la retahíla de quejas le dejaba burlarse mostrando simpatía ante cualquier mínima humanidad, aunque fuera fría y estática, en verde, en rojo..., como esos reguladores de tráfico que indican cuándo cruzas, y cuándo no.

En la periferia de Salvador ni siquiera había semáforos, sólo rotondas. Por eso su vida, limitada y solitaria, decía que estaba más cerca del concepto que él tenía de una cárcel que del de una plaza urbana. Lo demás eran jardines y jardineras, y árboles, y un mundo de vallas, casas y carreteras; un universo de apariencia feliz, sin papeles en el suelo. Sólo flores, rotondas y adoquines. Si acaso, un gran centro comercial. Éste era el mundo de Salvador, el mundo por el que paseaba a *Tusca*, de circunferencia a circunferencia, como si estuviera jugando con su perro, *de oca a oca y tiro porque me toca.*

Los dos, el animal y su dueño, solían llegar hasta una rotonda a la que se accedía irremediablemente por una escalera metálica, a modo de puente, en realidad. Fue una extraña obra de la constructora de unas casas adosadas con necesidad de espacio común para ese parque infantil que prometían las escrituras. Como no quedaba terreno, después de numerosos acuerdos con el gobierno municipal se consolidó la idea de ofrecer el acceso en exclusiva —algo que gustaría a los propietarios— a una zona verde, en realidad de carácter municipal pero con uso privativo.

Y fue así, más o menos resumido, como se instaló un parque infantil en medio de una rotonda. Así llegó a la vida una zona de recreo entre barrotes para las veinte *exclusivas* familias que se instalaran en el nuevo conjunto residencial a las afueras de Madrid. Incluso un vigilante jurado se encontraba en el acceso a lo que, entre ellos, llamaban *jardín privado;* ¡toboganes y columpios en medio de una rotonda! Esto pareció algo impensable al principio —de pura lógica—, ante la inseguridad de los propios niños. ¿Y si había un accidente? Pero la constructora pensó en todo, por ello cercó la rotonda con una valla con garantía de resistencia ante posibles impactos. Una valla de color verde, algo más fuerte que el verde de la hierba. A modo de corralito infantil, los niños pasaban las horas, custodiados a tres bandas: por niñeras, por la verja metálica y por un vigilante de seguridad. Salvador habría querido conocer la vista que se ofrecía a los niños desde lo alto del tobogán, que desde arriba siempre se ve lo mejor, pero... los niños tenían a sus pies coches en tránsito, vidas en fuga permanente. Parecía el corralito de una supuesta cárcel infantil, así lo imaginaba Salvador, aunque nunca subió al tobogán privado, porque, además de la edad, él no pertenecía a esa urbanización y el vigilante le habría impedido el paso a esa propiedad privada situada mitad en el aire y mitad en la tierra.

Él y su perro se quedaban mirando esa isla infantil al llegar a ese destino final de su paseo, y no se sabe si era por absoluta incomunicación entre ellos o por la imposibilidad de articular palabra, el caso es que ante semejante espectáculo guardaban, al menos, un minuto de silencio.

Un parque infantil en una rotonda, un escalofrío, pero no llegó a escandalizar. Porque se ve una vez y otra más y otra más, y ya la costumbre de lo que aparece ante nuestros ojos puede amainar todas las barbaridades y eso lo saben bien los que mienten y tanto repiten la misma mentira que se creen ellos mismos que se convierte en verdad. De igual forma, la rotonda por la que se elevaban los columpios, o por la que sobresalía algún niño saludando desde lo alto de un tobogán, se convirtió en un elemento animado dentro de un paisaje artificial. Aún más, se convirtió en ejemplo de sostenibilidad y aprovechamiento del entorno, un paso hacia delante en el mobiliario externo de las ciudades dormitorio, un reclamo positivo de todas las constructoras de la zona que empezaron a imitar a aquellos de la competencia que arrancaron con la idea de incrementar los precios de las viviendas a costa de vender a las supuestamente selectas familias de la zona una amplia gama de espacios verdes, abiertos y estrictamente vigilados.

Éste era el entorno de Salvador. Cuando vivía con su mujer, en aquellos remotos tiempos felices, incluso cuando vivía sin ella pero trabajaba cada día en Madrid, en su puesto de enfermero del hospital, cuando todo aquello ocurría... este entorno se le hacía menos hostil. Pero ese paisaje, acompañando a una vida de hombre separado, y forzado a una jubilación anticipada, se le tornó como algo directamente indeseable.

—Diriges tu malestar a tu propia vivienda, Salvador —le decía su psiquiatra.

Tal vez era cierto. A lo mejor todo era más sencillo todavía, y no se encontraba tan mal en realidad. Tal vez sólo buscaba su reunión particular con Laura, su psiquiatra, las visitas a su amigo Luis, el de la Unidad del Sueño, y aun las reuniones de la terapia de grupo de los viernes... para huir de su casa, de su entorno, de ese mundo aséptico y picante. Era como si se presentara un río frondoso al final de su cama pero al meter los pies entre sus aguas descubriera que ese caudal, tan opulento, era de agua oxigenada. Si estás bien, ni lo aprecias. Un buen baño reconfortante para aliviar el calor, pero si estás mal, si hay alguna herida en tu cuerpo, el agua oxigenada pincha y pincha sobre la herida como si mil alfileres quisieran martirizar las intenciones de baño.

Él quería huir. Así mismo se lo recomendó su terapeuta, aunque después ella se arrepintiera. Pero llegaron las nueces y voló a Los Ángeles y allí, inmerso en el mundo de los sueños, a Salvador la vida le ofreció el contrapunto que sólo sienten, a veces, los patitos feos que se convierten en cisnes.

Pero eso lo veremos más tarde.

Ahora sólo apuntaremos que el premio del ganador absoluto en España del sorteo de las Nueces de California incluía un viaje para dos personas y que a Luis se le partió el alma de emoción cuando su paciente, su amigo, le dijo que ese billete, el segundo, era para él, que nada le gustaría más al enfermero insomne que fuera Luis, el trabajador de la noche, quien estudiara, directamente, en la ciudad de Los Ángeles, los efectos beneficiosos de la luz.

Pero no pudo ser. Luis recibió una respuesta negativa por parte del hospital. Su puesto era imprescindible para el buen funcionamiento de la Unidad, que hasta le hicieron creer sus superiores que, en ausencia coincidente con el doctor Plancton, él y sólo él era la persona capacitada para tomar las riendas en esa área del hospital. Y Luis, que en veinticinco años de trabajo ni conocía a su director, lo quiso creer (aunque no fuera verdad) para sufrir menos, que ese viaje a Los Ángeles hubiera sido el deslumbre definitorio de tantos años en la oscuridad dedicados a saber un poco más sobre los efectos buenos de la luz.

Pero quedó en la noche. Otra jornada laboral por delante. Los dos enfermos de hoy ya aparecían por el pasillo. Luis revisa sus piezas del mosaico y esta vez sí que las guarda bajo llave. Después saca los informes en blanco, unos informes que irán cobrando vida cuando sus durmientes duerman a sus espaldas, en esos habitáculos distribuidos a modo de compartimento de tren.

Ojalá pudieran irse de viaje, los tres desconocidos, daba igual. Por tierra, da igual, pero lejos del hospital. Eso es lo que quería Luis, con eso se conformaría…

—¿Apellidos? —preguntó al primer paciente, iniciando así su rutina.

Aún no sabía el técnico de la Unidad del Sueño que su amigo Salvador tardaría en volver. Era imposible imaginar que, en una semana y un pizco, Salvador Maza tuviera varias invitaciones para cenar, una oferta laboral y una visita programada a un centro de inspiración griega, El Oráculo, el más selecto de los nuevos clubes de salud y ocio, no sólo de Los Ángeles, sino de ambas costas de Estados Unidos. Pero más difícil era aún creer que esa visita le proporcionaría un ajuste de cuentas con el doctor Plancton, el ser que más odiaban tanto él como Salvador, aquel que firmó la prejubilación de uno e ignoró durante veinticinco años al otro. Y no sólo con esto, le negó el viaje a la ciudad de los sueños.

El Oráculo había sido inspirado por ese ser, el doctor Plancton, quien también dirigía la tesis de la psiquiatra de Salvador. Ella era la primera que pensaba que su director de tesis y de Unidad hacía demasiadas cosas en una sola vida; por eso, últimamente, él se ausentaba a menudo del hospital de Madrid. Laura siguió sola el desarrollo de su investigación empírica, sin embargo no le guardaba rencor, más al contrario, sabía reconocer que sólo fue la prodigiosa mente de su director la que supo crear con El Oráculo un *Espacio* revolucionario en el que curar las llamadas enfermedades sociales en general y del sueño en particular, aspecto dañado este último al que tampoco fue ajeno el propio doctor, desde un mundo de ansiedad y pesadillas, aunque esto sólo lo conocía ella.

Los insomnes del mundo saben que no es fácil olvidar, que los lastres de la memoria no desaparecen así, en un abrir y cerrar de ojos, sobre todo cuando, durante años, esos ojos han permanecido abiertos...

Así estaban también los ojos de Salvador en sus últimas noches en Madrid; así estaba él, tendido en la cama, mirando irremediablemente hacia arriba, como un muñeco de latón en su último suspiro antes de quedarse, definitivamente, sin pilas.

Capítulo
6

Quisieron hoy sus huesos que Luis terminara sentado en un taburete de La Trastienda. Quiso su impulso electrizante y su mal humor que fuera hoy y justo hoy, cuando conociera el local hasta el final, y esto significaba adentrarse en una de aquellas dos habitaciones del fondo a las que hasta ahora nunca había accedido. El técnico de la Unidad del Sueño se había pasado toda la noche navegando en Internet, intercambiando opiniones con colegas aficionados, como él, a los avances de las propiedades de la energía. Después —que la noche es larga— deambuló por la ciudad de Los Ángeles, imaginándose allí, invitado hacia la Luz. Era tal su mimetismo que incluso percibía esa electricidad en el aire que poseía la ciudad californiana, según corroboraba otro aficionado a estos temas, un viejo conocido del *chat*. En las conversaciones cibernéticas de hoy se hablaba con pasión de Baudrillard. Un nostálgico del oeste americano citaba a este pensador francés a la hora de explicar que no había nada como un vuelo nocturno por encima de la ciudad de Los Ángeles: «Nada comparable con esa inmensidad luminosa, geométrica, incandescente e infinita que se va colando entre las nubes...».

Te recomiendo que leas lo que apunta Baudrillard, le decían a Luis unos y otros...

Él ni conocía a Baudrillard ni la ciudad de Los Ángeles... Pero, en cambio, sí podría ver el valle de San Fernando a través de los ojos de ese pensador. Reproducía Luis en imágenes todo cuanto le contaban sobre las palabras del pensador cuando aseveraban que un avión sobre esta ciudad puede mostrar lo que es la infinitud horizontal en todas sus dimensiones. Lo único que había que hacer, le decían, era seguir las pequeñas lucecitas que aparecían en el suelo, allá abajo, donde la inmensidad empapuzaba los ojos, especialmente cuando quedaba atrás la montaña. Aunque fuera en el ordenador, ahí la tenía, de bruces. Una ciudad iluminada todavía diez veces más inmensa... Sentía la plenitud frente a él.

En otra pantalla, un poco más arriba, las órdenes de unos cables dibujaban los sueños de una paciente que, con su cuerpo en silencio, le acompañaba a sus espaldas. Era una mujer rota por dentro de tanta actividad interrumpida durante el día e interrumpida de noche, con pequeños ciclos de sueños no consumados. Estrés, agotamiento, insatisfacción, no se sabía bien lo que era, pero el caso es que, efectivamente, aunque permanecía quieta y tranquila, no dormía.

A su lado, en el otro habitáculo, un hombre con ronquidos: tabaco, exceso de peso, malos hábitos... No hacía falta que terminara la noche para corroborar con toda garantía que padecía apnea del sueño; en más de una ocasión le faltaba el oxígeno al respirar. Pero ni los ruidos del varón de la izquierda, ni la quietud del cuerpo femenino despierto de la derecha, distraían al técnico de la Unidad del Sueño de sus conversaciones escritas en las horas profundas de la noche.

Luis, de mal humor;

el hombre, sin oxígeno suficiente, cansado pese al descanso,

la mujer paciente, consumida.

Una vez más, tres desconocidos compartían apenas unos metros de insoportable intimidad.

* * *

Abrió la puerta de La Trastienda... Hoy no se frenaría ante ninguna posibilidad. Todas las mujeres que aparecían ante sus ojos eran igual de desconocidas que las que pasaban por el hospital. Apenas había diferencia, salvo que las asiduas al local contiguo al supermercado no deseaban conciliar la paz, más bien todo lo contrario.

Una vez allí dentro, cada cual enseñaba sus credenciales.

—Sí, gustosamente, me apunto —respondió rápidamente Luis al ofrecimiento de un té con unas gotitas de coñac de la primera mujer que se sentó a su lado, recién incorporado sobre el taburete de la barra.

Ella le giró la mandíbula hacia sí para que Luis dejara de mirar de frente a la pared, con cierto autismo, y sólo la observara a ella meneando la botella antes de conseguir que esas gotas resbaladizas llegaran a la taza de té. Sus movimientos, desde luego, le hicieron desentumecerse mentalmente con rapidez. Todo se iba tornando provocativo, o algo ocurrió tras una concatenación de minúsculas combinaciones químicas que desprendían los poros de la piel de ambos, porque la escena se fue desencadenando con una cierta aceleración, de manera que, antes de cuestionarse si querían o no azúcar en su infusión, ya estaban los dos enlazados en una actitud que ella orquestó rápidamente. Las piernas de Luis quedaron abiertas como unas tijeras forzadas al máximo de sus posibilidades. Ella, en cambio, acercó su taburete y encajó sus piernas en el vértice de su acompañante. Allí, sus rodillas encontraron suave calor.

A partir de ese momento se iba desenfocando el entorno y cobraba mayor importancia el plano medio, como si alguien hubiera activado el zoom a una cámara de vídeo. Al poco chocaban sus tazas de té y, no se sabe cómo, Luis entendió que no tenía por qué frenar sus impulsos en ese día especialmente electrizante, de manera que, sin mayores preámbulos, hizo lo que la carne de sus caprichos le iba pidiendo a cada instante. Otro día, quién sabe, más indeciso, más dormido, con menos reflejos o menos energía, no se hubiera atrevido a actuar con semejante decisión, pero esa mañana de frío noviembre no le costó nada hacer lo que hizo. Dejó reposar suavemente la taza de té con coñac apenas hubo mojado los labios. Cuando ocurrió, esto es, cuando el plato sintió encima de sí el peso de la taza abandonada sobre él, los labios de Luis también se apoyaron en los labios de su acompañante lanzando toda cuanta electricidad podía tener contenida después de una noche al habla sobre la luz y su anhelante consuelo.

Aquella mujer, morena, provocativa y sin remilgos ya a su edad, no encontró parangón en toda su vida con la excitación en sus labios. Sentía una y otra vez gozosos escalofríos que casi le hacían perder el control. Era tal la repentina fruición en su espalda a través de las manos de su acompañante, cada vez más caprichosas, que ella comenzó a sentir unos espasmos respiratorios que podrían definirse como algo parecido a una apnea del placer; le faltaba la respiración y la espalda…, la espalda era imposible de mantener erguida sobre el taburete. Sólo consiguió que no se arqueara hacia atrás compensándose al apretar sus piernas hacia sí, una y otra vez, al tiempo que él la sujetaba con fuerza.

No llegaron ni a probar el té cuando ya estaban en la habitación, también decorada en tonos verdes como el resto del local. Ella se desprendió del sujetador aunque no de su blusa, como había aprendido a hacer en las lejanas clases de gimnasia del colegio. Apenas concluyó la operación, Luis, ese hombre nocturno que ya casi relinchaba de cansancio y excitación, se lanzó sobre ella.

Todo ocurrió cuando los comercios saludaban las primeras horas del día.

Fueron casi treinta minutos de pasión con esa mujer de la que no supo el nombre. Podría ser denominada de cualquier manera, todos los nombres los mostraría con naturalidad como esos tatuajes en el hombro derecho o ese lunar prohibido que dejaba ver su vello púbico perfectamente depilado. Exhaustos, se poseyeron como no recordaba ninguno haber poseído así en mucho tiempo.

Se hicieron felices un poco más antes de salir e ignorarse por completo, es decir, cuando él pedía la cuenta al camarero y ella recogía suavemente sus bolsas con agua tónica, un litro de aceite y repollo.

En esos momentos, en el foro de Luis, aún seguían hablando de Los Ángeles, sobre los ángeles, sobre la luz. Cada vez se incorporaban mayor número de europeos al debate y esto hacía más llevadera las ausencias de los americanos del oeste, sin insomnio ni trabajo nocturno y que, por tanto, se iban a dormir. En las pantallas de los conectados aparecían nuevas señales de humo que inauguraban nuevos puntos de inflexión. Luis, igual que los americanos del oeste, ya estaba ausente porque, en realidad, su ritmo vital y sus ciclos de sueño tenían más en común con aquel lugar que con su cercano domicilio. Unos y otros desconocían las últimas palabras que convertían en jardín las pantallas de algunos buscadores de luz.

Take a drive and breathe the air of ashes.
What are you doing after the orgy?

Sin respuesta quedaban las palabras inertes en el espacio... Y de la luz se iba pasando al fuego, que en realidad ambos reflejos ciegan por igual.

Luis, hoy con los pies aún más cansinos, tomó rumbo a la tienda de mosaicos antes de comprar unas chuletas de cordero para la hora de comer. El cordero, igual que la dorada a la sal, le gustaba mucho a Rocío, su mujer, su compañera de casa.

Por alguna ventana abierta llegaban hasta la calle los sonidos que dejaban bien claro la actividad de la vivienda, ya aireándose a estas horas de la mañana. Una casa ambientada con el ritmo de una música ligera. Una morada llena de vida, con el único recuerdo de sus ausentes habitantes en las sábanas que se dejaban airear por unas manos activas, que parecía que siguieran las pautas de un ligero palmeo flamenco desde el alféizar de la ventana.

Si te dijera, amor mío, que temo a la madrugada
No sé qué estrellas son éstas que hieren como amenazas,
ni sé que sangra la luna, al filo de su guadaña.
Presiento que tras la noche vendrá la noche más larga
Quiero que no me abandones, amor mío, al alba.
Al alba, al alba, al alba...

Luis, preso de la luz, caminaba como un sonámbulo por las calles mientras el doctor Plancton, muy lejos, aún arañaba horas de trabajo a la lámpara de su hotel de Malibú. Releía los escritos de un tal Artemidoro; los libros de este pensador griego del siglo II le interesaban más que Jung o el propio Freud. Artemidoro y su *Interpretación de los sueños* era su acompañante de cabecera, al menos en ese viaje a Los Ángeles. En ello estaba el doctor cuando Luis aún elevaba su zapato para alcanzar la altura de una simple acera. Era tremendo el esfuerzo. La elevación final, la cima del Everest tras el paso de cebra por el que avanzaban sin dificultad otros peatones más despiertos en pleno centro de Madrid.

Capítulo
7

Los días se sucedían con rapidez en los calendarios escolares, incluso con cierta aceleración también en los calendarios laborales, en los cartoncillos que tachaban múltiples asalariados esperando que así, a base de tachaduras sobre los números del mes, llegara antes el fin de semana. Las jornadas nocturnas eran doblemente laborales, triplemente duras.

Había noches en que el técnico de la Unidad del Sueño exhibía sin remedio su furia, más que furia, las tensiones, los daños. Incluso, necesitaba lastimarse para compartir las dolencias, hacerlas más democráticas; hay veces, también es cierto, que las cosas ocurrían de puro aburrimiento. Nada era premeditado; en la soledad de la noche, por ejemplo, empezaba a clavar la uña de su dedo pulgar en la encía y transcurrían los minutos sin que él apreciase que la parte afectada se resentía. El dolor aún podría decirse que, en sus primeras fases, hasta le resultaba atractivo; estaba dentro de esa gama de pequeños dolores que, pese a todo, resultaban extrañamente agradables, como lo podían ser un elixir bucal sobre una llaga o un ligero nudo en el pelo en manos de un suave cepillo.

Pero la constancia es muy mala cuando se habla de sufrimiento, aunque sea leve. Ensimismarse en las horas profundas de la noche frente a una pared gris, sin mayor actividad que una uña escarbando en una encía, resultaba algo peligroso. Tal vez, maltratándose, el técnico de la Unidad del Sueño sólo perseguía que los dolores psíquicos se abrazaran con los físicos; y todo porque, de manera oscura, su mente entendía que así la pena quedaba más equilibrada.

Hoy era uno de esos días en que parecía que el corazón trasladaba sus latidos a las encías y ellas mismas le pedían acción; conocía la sensación, le ocurría a veces. Las muelas, poco a poco, sin moverse, se empezaban a manifestar dentro de su boca. En esta profunda sensación de cosquilleo e intranquilidad que provenía desde el mismo anclaje donde se unían el esmalte y la carne, las piezas blancas pareciera que se transformaban en cucarachas; negras cucarachas que escarban con sus patitas sin parar. No le ocurría a menudo, pero cuando esta desazón le llegaba no podía concentrarse ni en el mosaico, ni en las conexiones al *chat* de la luz, ni en los crucigramas, ni en nada. Para el experto de la Unidad del Sueño, lo que a él le ocurría era algo parecido al mal de las piernas inquietas, pero en la boca, donde se encontraban esas muelas fijas a la carne y al hueso, que ni con mil pellizcos podían escapar de su anclaje.

Igual que hay gente que, cuando duerme, siente hormigueo en sus extremidades y necesita moverlas imperiosamente, o ellas mismas se independizan en golpes bruscos en pleno sueño, por qué no podía ser que él tuviera algo así en la boca. Pero las muelas nunca se movían, ésa era la diferencia. Por eso las pellizcaba, por si en algo ayudaba.

El enfermo en observación que esa noche dormía a sus espaldas padecía este mal de las piernas inquietas, una enfermedad común para el diez por ciento de la población. Empezaban esos espasmos musculares, inconfundibles. Él dormía, pero sus piernas, de repente, salían disparadas hacia los lados, ajenas al tronco y la cabeza del durmiente. Luis pulsó *play* y elevó suavemente la luz del habitáculo donde dormía su hospedado. La cámara de la habitación, accionada rápidamente por control remoto desde la mesa del técnico, empezó a grabar. No había casi distancia entre la pequeña habitación y el puesto de Luis Ferrero; sin embargo, la rapidez era fundamental en estos casos en los que más valía no estar adormilado ni lento de reflejos para accionar la cámara en el mismo instante en el que empezaban las sacudidas. Podían durar apenas unos segundos. Enseguida aparecían movimientos en el monitor que se mostraba en blanco y negro; no hacían falta los colores para registrar los movimientos de la noche dentro de una habitación gris.

No son exorcismos lo que delataban esos sobresaltos de las piernas que superaron casi el minuto, aunque una retina ignorante en estas patologías del sueño pudiera hacer pensar que sí. Quedó registrado casi al completo en la cinta de vídeo; exactamente habían transcurrido cincuenta y cinco segundos hasta que Luis accionó el *stop*. Elevaciones de la zanca derecha, una y otra vez; ahora simultaneándose, derecha e izquierda, con elevaciones que, a veces, hacían encumbrar hasta la cadera. Todo quedaría reflejado en un completo informe. No siempre un paciente con el mal de las piernas inquietas tenía la suerte de que, justo la noche que pernoctaba en observación, esas piernas quisieran moverse y dejar una clara prueba de su rebeldía. Ni siquiera el enfermo daría credibilidad a esos vaivenes debajo de las sábanas; nunca los pacientes se reconocían al ver sus cuerpos abandonados a la grabación en semejante actitud descontrolada y tan lejos del punto de mira de sus ojos, siempre cerrados cuando venían los espasmos.

Los minutos de acción en una parte se complementaban con la tranquilidad en el otro lado de la letra E mayúscula que formaba la Unidad del Sueño. Ahí, de nuevo, un varón dormía. El taxista llegó a las diez de la noche realmente asustado.

—Es una sensación de modorra la que me viene a veces que, encima estando todo el día al volante... Es como ese sopor que, comúnmente, se tiene después de comer... Pero a mí me pasa en el momento más inesperado. Los párpados pesan, uno se queda como flojo.

El taxista aún no sabía que tenía esos ataques de sueño que recibían el nombre de «narcolepsia» y que llegaban de manera peligrosamente repentina. Cualquier intervalo del día podía convertirse en un lapso de ensoñación, en un rápido sueño, un instante de feroz descanso. Dependiendo de la actividad en la que sorprendiera a cada cual, podía traer la muerte, ya fuera en la oficina o en el andamio, en el autobús o en una importante reunión de negocios, un martes o un domingo, en el metro o una mesa de operaciones. El sueño se instalaba por unos leves instantes en la cabeza, sin avisar, algo dramático, por ejemplo, para el taxista. Apenas le daba tiempo a retirarse del carril central, cuando se encontraba al volante y las visiones se volvían borrosas e inmediatamente todo se tornaba del color de un extraño fuego. Un fuego negro, reparador y suicida.

Todo en uno. Acción y silencio. Faena y mutismo, afonía. Como en la Unidad del Sueño de la planta novena del Hospital Central de Madrid.

Pero el silencio se come cualquier mínima acción, como esa que produce el roce de un cuerpo al girarse en una sábana, o una tos, o un bolígrafo que se le escapa hasta el suelo a quien vigila los monitores; o un ronquido, o el deambular de las máquinas. Poca cosa, porque cuando los ruidos son sólo ruidos inertes, el acompañamiento se vuelve sordo.

Cuando Luis Ferrero regresó a su silla, de nuevo la uña se instaló en su encía con la misma fruición con la que alguien comienza a rascarse y no puede parar. Se inició en esta práctica en sus años de estudiante, antes de decidir, definitivamente, abandonar la carrera de Medicina, cuando luchaba contra aquellas páginas del sistema reproductor en el transcurso de largas noches de estudio y pastillas para no dormir. No lo consiguió. Se le atravesó esa asignatura en la recta final de la carrera. Sólo una. Una odiada asignatura de cuarto curso: Ginecología y Obstetricia, al menos así nombraba a la materia antes de que fuera innombrable para el resto de su vida. Por ella abandonó los estudios, a falta sólo de un puñado de asignaturas para terminar. Una vez decidido aquello actuó rápidamente. Se casó con su novia de siempre y, coincidiendo con su matrimonio, aceptó un trabajo seguro en la Unidad del Sueño. Se alegró de poseer sus estudios en Medicina, le sirvieron de ayuda en la

La importancia de los peces fluorescentes

decisión final en la que se enfrentaba a otros candidatos para el puesto de técnico de la Unidad. Es más, los cuerpos dolientes por falta de sueño lograban recordarle al principio las clases de Anatomía.

Anatomía, esa asignatura de segundo curso, una de las más difíciles de la carrera. Hubiera habido suspenso general en su clase, de no haber existido un ramillete de alumnos brillantes que rompieron las predicciones, entre otros, Luis Ferrero. Aprobó sin problemas; se encontraba en los primeros años de estudios superiores, cuando todo hacía prever que aquella carrera universitaria estaba hecha a su medida y en nada se dibujaba un abandono.

En cualquier caso, cuando reorientó sus pasos en los primeros años de trabajo en el hospital, se sentía igualmente grande con su bata blanca. Era el conocedor absoluto de los porqués de sus enfermos, aquel que respondía siempre con sabiduría real cada vez que instalaba a sus «huéspedes» un cable, ahora rojo, ahora verde, amarillo... antes de seguirles de cerca en sus ciclos de sueño. Repasaba sobre ellos todos los discernimientos aprendidos del cuerpo humano y los aplicaba en suave conversación sobre cualquiera que fuera la patología que acompañara a su enfermo, y eso le hacía sentirse bien, aunque, con el tiempo, fue descubriendo que la mayor parte de las dolencias de sus enfermos se situaban en la mente y no en esos cuerpos que él tan bien conocía, según registraba su calificación de Anatomía.

Pasaron los años, y el desgaste que ofrece siempre toda rutina se complicó. No conocía apenas a los compañeros de otros turnos, no quisieron saber de él. Ni siquiera aquel que podía haber sido su colega de Universidad, el doctor Plancton, se presentó ante su subordinado. Nunca le hizo llamar a pesar de que los dos entraron a la vez en el hospital.

A Luis Ferrero le quedaba su propio esfuerzo. Por ejemplo, buscaba que cada noche tuviera su aliciente (de ahí los mosaicos, su cuaderno de anotaciones sobre la luz, la charla animosa con sus pacientes antes del sueño) aunque, a veces, esto era tan difícil como pedirle a un enfermo de narcolepsia que no cerrase los ojos cuando ya se estaba durmiendo, o requerirle al empleado de una tienda de fotocopias que diferencie el tacto de entre todas las hojas que escupe la máquina; que distinga exactamente la reproducción número siete, de la número ocho, y de la nueve y de la veintiuno y la treinta y tres... Y que busque la singularidad entre sus fotocopias con el mismo ahínco con el que un padre busca las diferencias entre sus quintillizos.

* * *

Vida de sombra. Así la veía. La veía sin verla. Sombra.

Se sentó una vez más en su silla de trabajo, ligeramente acolchada con un cojín cosido por su mujer a base de unir telas de diferentes colores. El dolor le tenía atrapado; suave dolor. A él volvía con una nueva uña, allí, al incisivo superior izquierdo. Sobre él y sus carnes escarbaría, sin saberlo, en esa frustración de lo que quería haber sido y no fue.

Se levantó al baño, y al pasar por ese espejo se detuvo en el mismo lugar en el que deparaban todos los habitantes de la Unidad del Sueño al despedirse por la mañana. Esa noche se miró en medio de una sumisa luz, sólo ayudada por una pequeña lámpara y dos pantallas de ordenadores. Apenas alcanzó a ver una sombra con bata blanca, una sombra con muelas inquietas y uñas amenazantes.

—Tienes las ojeras como las de esos perros de patas cortas y las orejas caídas... ¿Cómo se llaman...? —le preguntó su mujer ese mismo día al terminar de comer.

—¿Qué? —respondió él, cansino.

—Que cómo se llaman esos perros, como el que anunciaba aquellos zapatos...

—¿*Basset hound*?

—Bueno, no sé. Será. Así tienes la cara, Luis. Con las mismas ojeras que esos perros, ¿pero tú te has visto?

También Luis tenía las piernas cortas, le salvaba la corpulencia. Al final, su estatura superaba la media, pero no por lo que aportaban sus extremidades, que también a él le bailaban un poco en los taburetes elevados de La Trastienda. Sobre esas piernas se sostenía de pie frente al espejo. Luis se encontró con una cara triste, un *basset hound*, le decía su mujer. Y era eso mismo lo que él veía. Pliegues de piel; piel floja y elástica, como la de los perros perezosos y desobedientes, esos que siempre son los primeros en quitarle el sillón favorito a su dueño: un *basset hound*. Y se quedó corta su mujer, también podría ser un dogo de Burdeos. En ello pensaba cuando veía los plisados de piel descendiendo por su cara. Ojeras, sombras, ojos sin luz...

—Qué poco favorecedor es este espejo, Luis —le dijo una vez su mujer cuando le llevó el cojín casero después de ir al cine—. Uno no puede mirarse en él, hay que hacer como con los espejos de los ascensores. ¡Darles la espalda!

Y después reía. Reía Rocío, la mujer de Luis, joven, sonriente casi siempre, y embarazada del primer y único hijo de la pareja. Apenas la recordaba así Luis, había pasado tiempo de aquello, sí, veinticuatro años.

—¡Pero mira qué gordita estás! —le decía cariñoso—. Menos mal que este espejo es pequeño, no cabe esta barrigota...

Y se abrazaban antes de la despedida. Para Rocío ese embarazo casi en solitario, con un marido que vivía al revés, fue, sin duda, una experiencia difícil. Por eso acudía a verle algunas noches al inicio de su jornada laboral y le daba besos una y otra vez cuando le decía que se iba, y no lo hacía, y venga que me voy, un beso; enseguida te veo, se animaba mintiéndose, y otro beso más. Incluso hubo alguna ocasión que hasta los enfermos se quedaban embobados con la escena, sin prisa por tumbarse en los catres, dormidos al fin con la imagen del amor ajeno.

Ese espejo era el mismo. Se mantenía en su sitio. Sólo era aquello que reproducía lo que iba variando. El objeto se mantenía con el mismo rictus y, sin embargo, los que se asomaban a su ventana caían en las simples redes del paso del tiempo, más que eso, el paso de las ilusiones. Los enfermos no lo apreciaban; en realidad verían ese espejo, cara a cara, pero mirándose a sí mismos, sin mirarle a él. Pero Luis, en cambio, lo conocía bien; sabía de sus desconchones, de la evolución de los óxidos que aparecían alrededor de las grandes chinchetas de metal que lo sujetaban a la pared, sabía hasta que eran trece las pecas que caprichosamente se quedaron instaladas en su alargada planicie... Pero ese espejo también conocía al técnico, ese profesional de la noche que hoy le miraba al ir y al volver del baño. Ahí, instalado, con cara de perro de compañía, no como la de *Tusca*, un viejo perro labrador, sino como uno de los que le citó su mujer, uno de esos cansinos y perezosos canes de estructura robusta, patas cortas e infinita bondad.

Esa estancia en la que se desenvolvía notaba el paso del tiempo, envejeciendo a la par que el técnico. Desde el estreno de la Unidad del Sueño, vivió todos sus retoques, ahora, con una capa de pintura, ahora sin ella, desconchones, reparaciones, cambio de monitores... Muchas cosas pueden ocurrir en un pequeño espacio visto año tras año, y así hasta veinticinco. Siempre allí.

Desde luego, Luis tenía lo que se llama buena salud. Ese ligero escozor de la encía no era motivo suficiente para que la uña se detuviera y desaparecieran los actos mecánicos más apetecibles de la noche. Sólo el paciente que tenía a sus espaldas, acorralado de nuevo por un desasosiego en sus piernas todavía mayor, consiguió desviar las atenciones de aquel que ni era médico, ni era enfermero, ni era auxiliar y, sin embargo, bajo la aséptica denominación contractual de técnico de la Unidad del Sueño, se sentía un poco de cada cosa. Un buen mastín, un *basset hound*, un dogo de Burdeos, un viejo labrador. Un pobre hombre, infeliz. Pero en eso ya no pensaba cuando él, el eficaz Luis Ferrero, comenzó a grabar de nuevo los espasmos musculares de su paciente.

* * *

Las mañanas no proporcionaban muchas evasiones para Luis, especialmente en esos días en que Salvador estaba más ocupado que de costumbre con el pasaporte y el cambio de moneda. El técnico de la Unidad del Sueño se había acostumbrado a disponer del tiempo de su amigo, tanto que muchas veces lo primero que hacía al llegar al trabajo era llamar al ex enfermero para que acudiera a recogerle, y él, deseoso de ocupar su tiempo, siempre le respondía que sí a las intenciones de verse ambos en esas horas raras de la mañana, cuando la gente se va a trabajar; pero su amigo, en cambio, terminaba la noche y él… tomaba con ímpetu el transporte público, intentando engañar a su mente, como si no supiera todavía que ya no hacía cómputo de los días laborables.

Para los dos, el verse en esas horas hacía que el día fuera diferente, antes de caer en el sueño reparador que lanzara al técnico a una nueva predisposición para volver posteriormente a trabajar. Las mañanas eran como un pequeño fin de semana, como un viernes comprimido. En ocasiones, Salvador, incluso sin llamar, se presentaba en la Unidad del Sueño para recoger a su amigo. Se lo imponía, incluso, como fórmula psicológica para poder dormir mejor, sabiendo que el despertador sonaría bien fuerte de mañana, algo que ocurría siempre. Durmiera o no durmiera.

Pero las cosas habían cambiado. Luis notaba ya la ausencia de Salvador, y eso que aún no se había ido. El técnico, además, asumía como podía que él no volaría a Los Ángeles, y que, incluso, la oportunidad se perdería del todo porque Salvador no cedió a nadie más el segundo billete. La decepción acentuó la soledad. Luis, al salir del trabajo, sin compañía, sin paseos… se convirtió en un asiduo de La Trastienda.

El técnico se instaló en una parte de la barra, dando la espalda a todo y más concentrado en su pocillo, hoy con mucho coñac y poco té. Lo miraba como intentando adivinar qué color se escondía en ese líquido mestizo que colmaba la taza. Los ojos estaban tan proyectados sobre ese cuenco como el hocico de los perros hacia la bandeja cuando olfatean la comida. Un *basset hound* dormilón y sin dormir. Un ser cansado. Un hombre con ojeras.

—¿Me puedo sentar a tu lado? —Le tocaron la espalda por detrás.

—Haz lo que quieras —respondió despectivamente y sin mirar.

Dolores ya sabía que era Luis aquel que ni levantó la cabeza. Por eso hoy se atrevió a algo que sólo había hecho una vez, y en sueños, justo la noche posterior al primer y único encuentro con ese hombre que trabajaba en la noche, y le acarició el costado y le sostuvo las bolsas de la compra y la besó con dura delicadeza, como sólo saben hacer los héroes de las películas de amor. Luego todo se multiplicó en sus sueños porque ella, inhábil real para el desenfreno del cuerpo, le colmó en sus ensoñaciones con pequeños coqueteos de adolescente pasión. Así hacía ahora; lo mismo que en sueños, cuando ella le sorprendió por detrás. Apoyó su cuerpo sobre la espalda de Luis. Al estar ella de pie y él sentado, aunque elevado sobre un taburete espigado, apenas pudo hacer notar algo hacia la mitad del espinazo del técnico; un peso en los riñones que ahora eran abrazados. Él sólo veía dos manos a la altura de su cintura si agachaba la cabeza, más allá de su taza. Esas manos no le resultaban familiares, aunque sí ese duro caparazón que protegía los dos senos que rozaban su espalda; aquel corsé que parecía una camisa de fuerza.

Adivinó que era Lola antes de darse la vuelta. Intentó recordar algo concreto sobre ella, aunque sólo había pasado un mes y medio desde aquella otra mañana en la que coincidieron por primera vez. En realidad no solía darse que las casualidades reincidieran entre los asiduos a La Trastienda, a no ser que los implicados lo pactaran de antemano, algo poco habitual, porque aquello no era un lugar de reencuentros sino de probabilidades.

Visualizó esas manos acariciando las suyas. Era aquella mujer la que le había dicho en un día de gloria que tenía manos de cirujano; aquella que quería hacer y no hacía. Aquella que se ruborizaba con facilidad y no se sabía muy bien si era por pasión o pudor o las dos cosas a la vez. Resultó divertido. Luis se giró en su taburete para dejar de dar la espalda a quien le agradaría volver a ver, y se encontró con aquella que ya no era una desconocida del todo.

—Hola, Lola. —Le gustó recordar su nombre, más aún le gustó a ella.

—¿Cómo estás, Luis? —Y le acarició las piernas, entre la cadera y la rodilla, aquello que tenía más cerca de sus manos.

Luis pidió perdón por su falta de reflejos y se alzó del taburete para, rápidamente, buscarle acomodo. Fue al volver con la banqueta cuando él le agarró por esa cintura, también apretada por la doma de sus prendas interiores. La acomodó a su lado y le ofreció beber de su taza.

—Hoy es todo coñac —le dijo.

—Estás perdiendo las costumbres, Luis. Déjame que yo pida mientras apuras tu taza.

La importancia de los peces fluorescentes

Ella miraba y él lo notaba. Sabía que le estaba encontrando poco favorecido, cansado, cansino. Tampoco Dolores resultaba hoy tan atractiva ante los ojos del técnico, con ese carmín rojo granate en los labios y esa crema no transpirada en la piel de su cara. La Trastienda no permitía mentiras; quien entraba ahí sabía que iba a tener que mentir fuera... pero no dentro.

—Déjame que te quite este color. —No lo pudo evitar. Le pasó unas servilletas por los labios, quedándose ella entre sorprendida y extrañamente halagada.

Hicieron falta varias servilletas; todas quedaron manchadas de una especie de crema de vino tinto. Ella odió la barra de labios, nunca más la usaría. Luis aún se animó con nuevas telas de papel; ahora eliminaba la grasa de las mejillas de su compañera mientras decía:

—Cuánta crema usáis las mujeres... Os pensáis que encierran mil propiedades, pero todo eso es mentira...

No le gustó a Lola ese plural cuando era ella y sólo ella la que estaba allí. Le agradaba, en cambio, el mimo con el que acometía su acción, casi sanitaria, tanto que parecía que las servilletas no fueran, en realidad, de papel crujiente sino de la más suave gasa que hubiera tenido a mano su amigo del hospital. Suavidad, ahora alrededor de los ojos, sin dañar la máscara de las pestañas, sin estropear tanto aderezo.

—Mucho mejor —sonrió Luis al terminar, y con ello iluminó un poco su cara.

—Pues tú si tienes la piel muy seca, Luis... Está cuarteada, fíjate... —Y le tocaba cerca de su boca.

—Es la piel de un perro.

—¿Qué dices? Déjame, tengo una crema de cuerpo que acabo de comprar. Eso te irá bien… ¡Mejor que nada! —Y se agachó hacia su bolsa de la compra.

No le costó que Luis se dejara hidratar la cara aunque, a cada momento, le confesaba que no creía en esas cosas.

—Ya se nota —le respondía ella.

Y conversaron algo más esa mañana. Fue lo que se dice un encuentro terapéutico. Conscientes del desgaste que ejerce el tiempo sobre el cuerpo, sintieron eso que siempre se siente a solas, cuando uno se observa y no se engaña. Así lo vio Luis en su espejo del hospital, así lo vio ella cuando se arregló esa mañana y metió color y más color en una cara subida de tono, tanto para sus posibilidades reales como para el momento de la mañana en el que surgían estos encuentros, cuando la luz directa enaltecía las miserias de cada cual como en ningún otro momento del día.

Sin embargo, ahí dentro, en La Trastienda, el color verde de la sala esperanzaba cualquier contorno. Así se estuvieron mirando largo rato, ella rejuvenecida sin colores estridentes, él hidratado como si fuera un niño después de pasar por la bañera.

—Quiero ver cómo escancias otro té, Lola.

—¿Otro más? —Y le acarició la cara.

—Sí, hoy me voy a ir directamente a dormir. No quiero ni comer, sólo necesito un largo sueño hasta las ocho de la tarde…

—A esa hora habrá noche cerrada; no sé qué estaré haciendo yo en ese momento, pero me acordaré de ti. Ya verás, tendrás mucha mejor cara cuando descanses.

Se encontró animando a Lola, y ella, en lo más profundo de sí, se escuchaba furiosa; tenía el mismo registro en su voz que cuando reconfortaba a su emérito marido en alguno de sus achaques cotidianos. Que no, que no… Que estoy en La Trastienda, se decía cuando Luis ya bebía su coñac número tres y ella ya sabía que hoy su idolatrado cirujano de mentiras no le tomaría por el costado con la bravura de aquella primera y única vez.

—¿Sabes qué estuve pensando el otro día después de hablar contigo?

—¿Qué?

—Que deberías retomar esas pocas asignaturas que te quedan y terminar la carrera. Yo creo que a esta edad ya no exigen tanto para aprobar, seguro que te las quitabas de encima sin problemas…

—¿Y después qué?

—¡Qué sé yo, Luis! —Le habló como si se conocieran desde hace mucho más tiempo—. Por el camino se van descubriendo nuevas cosas, quién sabe…

—Aquella asignatura ya me robó bastante.

—¿Cuál?

—Ginecología y Obstetricia… —Se quedó mirando su taza—. No hay nada que me pueda dar ahora.

—No entiendo. —Lola buscó acomodo en su taburete.

—Ginecología me cerró seguir, me impidió ser pediatra, quién sabe si también esa asignatura es la culpable de que no haya sabido querer ni a mi mujer ni a mi hijo. Tiene gracia, coinciden las asignaturas con la vida… Ginecología y Obstetricia y Pediatría —repitió—. Mi mujer avanzó casi a solas con el embarazo de nuestro hijo. Yo apenas percibía cómo le crecía la barriga, semana a semana. Nació mi hijo y cuando daba malas noches, con aquellos cólicos de lactante, yo nunca estaba. Sólo intuía sus quejidos desde la Unidad del Sueño. ¡Mira qué pediatra he sido! —Hubo un silencio—. A veces me pregunto cómo he recibido semejante castigo en vida... —La miró sin consuelo posible—. No pude atender ni siquiera los mocos de mi hijo cuando tenía un simple catarro —continuó—, siempre estaba trabajando de noche, y durmiendo de día, mientras él pasaba las horas en el colegio. Cuando yo, al fin, me levantaba, a las ocho o nueve de la noche, él ya estaba bañado y con su pijama. Oliendo a gel de niños, me decía hasta mañana cada noche y se iba a descansar. Menos mal que me salió buen chico. Vive en Francia, ¿sabes? —Miró a quien le escuchaba con una mano sobre su pierna—. Es ingeniero y ya está casado y todo.

—Bueno, te puedes ejercitar como abuelo... ¡Puedes llegar a ser el pediatra de tu nieto!

—No bromees... Es difícil. Cuando no has cumplido como padre es difícil conseguirlo como abuelo. Además, están lejos, quién sabe... Son muy jóvenes, demasiado. También yo lo soy. Apenas he cumplido los cincuenta y cuatro todavía. —Volvió a mirarla como buscando una aprobación que no llegaba—. Aunque me veas tan destrozado... —concluyó.

—Es la edad perfecta para volver a empezar.

—¿A estudiar Medicina? Tú estás loca... —Ella le abrazó con un abrazo venial. Sincero.

—Medicina, y lo que haga falta. —Se apretó más hacia él.

Y aquél fue un abrazo menos venial, pero sin respuesta.

Capítulo
8

Bueno, ya seguimos a la vuelta.
Salvador apareció detrás de la puerta de la consulta de su psiquiatra para decir adiós. A él le ocurría lo que a todas las personas del mundo que viajan muy poco; estaba más tiempo despidiéndose que, en realidad, la semana que iba a durar su viaje. En eso sí tenía un cierto rictus de prejubilado...

—Pase, pase... —le pidió su psiquiatra.

Él incluso se sentó, pero no estaba quieto en la silla.

—Dígales adiós a los compañeros del viernes. Van a pensar que me he rilado en sólo dos días...

Salvador, en realidad, fue a despedirse de Laura, su terapeuta, pero terminó conversando como un día cualquiera de consulta, aunque sin seguir, aparentemente, directrices.

—Veo que me ha hecho caso al realizar un viaje. —Laura volvió a creer que el efecto sería, de todo punto, beneficioso.

—Ya sabe, ha sido la suerte, que se ha situado, por una vez, en mi cabeza. ¡Lo que pueden llegar a dar de sí las nueces…!

—En realidad —dijo ella—, este fruto ya es, en cierta manera, un cerebro. ¿Se ha detenido a observar tranquilamente una nuez? —La psiquiatra mostró una, bien grande; era un pisapapeles dorado que tenía a mano.

—… ¡Déjemela!… ¡Pero creí que sólo era yo el que estaba grillado! La cáscara de una nuez es algo perfecto, compacto. Es como si se viera la mano de Dios en ella… Es algo férreo pero muy ligero a la vez. Así entiendo yo la humildad. Así me imagino a Dios. El gran Hacedor, tan humilde…

—Bueno…

—Tengo ganas de conocer la factoría —continuó Salvador.

—¿Cómo es eso?

—A todos los que hemos resultado seleccionados de Europa…

—Los ganadores…

—Bueno, los que hemos tenido suerte con la papeleta, sin más…

—¡Déjese arropar por las circunstancias, Salvador! Considérese ganador… No sea siempre tan meticuloso con la vida… Siga, los ganadores de Europa, ¿qué pasa con ellos, Salvador?

—Pues —dudó, pero lo dejó pasar—, visitaremos el proceso en la factoría de las Nueces de California. Claro, a eso vamos; en eso debe de consistir el premio…

—Se va a convertir en el embajador de esas nueces por el mundo…

—¡Algo habrá encerrado en este asunto!

—Salvador, relájese. Le veo contento, ¿verdad?

—Bueno, el viaje es largo.

—Lo sé. Suelo ir a menudo.

—¿Que va usted a menudo a Los Ángeles?

—Sí, forma parte de mi investigación, me centro en Madrid y me centro en Los Ángeles; están más próximos de lo que parece.

—Pues para mí es como mezclar la panceta con...

—Ya verá cómo no —le interrumpió ella—. Usted mismo se va a dar cuenta de que el mundo es un todo compacto, observado desde diferentes perspectivas. Desde Madrid, la ciudad en la que acude a la Unidad del Sueño, usted va a realizar un largo viaje a la ciudad de los sueños... En realidad, su viaje y mi tesis coinciden bastante.

—No tendré mucho tiempo; no creo que me suelten más allá de las nueces...

—En Los Ángeles, el día cunde mucho. Ya lo verá. Cuando menos se dé cuenta la luz le animará a abrir los ojos... Muy pronto, de mañana.

—Espero que allí, en esa ciudad de los sueños, se pueda dormir. Ojalá aprendiera a dormir —concluyó somnoliento.

—Dormirá...

—Y esa tesis que escribe... —recuperó de nuevo la atención a modo de lento interrogante.

—Ahora mismo estaba en ello pero, sobre todo, es por las noches cuando más trabajo... Sí, por las noches —repitió— me sitúo con mi cabeza en Los Ángeles y es como si el día continuara para mí... Entonces transcribo recuerdos o imagino aspectos que me pueden dar relevancia científica...

—¡Ah, quiere volver a aquello del empirismo que estudiábamos en la escuela! La fuerza de la observación para defender grandes tesis...

—Más allá todavía... Mi base es la imaginación con dos grandes anclajes: el estudio y su contrapunto en la ficción de la vida.

—¡Pero ahí no hay nada real! La imaginación siempre ha sido mentira.

—Pues ahora, al menos eso defiendo, hay más veracidad en las fábulas que en las calles, de ahí el valor de mi tesis... Por primera vez se va a demostrar que la imaginación esconde el mismo rigor científico que cualquier otro método tradicional.

—Y su director de tesis, el doctor Plancton, ¿qué dice?

—Él, por el momento, no lo comparte pero sigue siendo mi director de tesis, al menos eso creo... Me deja seguir de cerca sus pasos que son, de todo punto, fundamentales.

—Todo el mundo desea ver al doctor Plancton. Nadie sabe dónde está... No imagino cómo puede ser... Ni Luis, después de veinticinco años, le conoce. ¿Cómo le voy a conocer yo...?

—Tal vez en el momento que menos lo espere... ¿Quién sabe? Ahora él, precisamente, está por allí.

—Por eso no ha podido venirse Luis Ferrero conmigo. Pobre Luis. Esto no es justo.

—¿Quién ha dicho que la vida lo sea? ¿Acaso cree que yo veo al doctor tanto como quisiera? —Hubo unos ojos en la psiquiatra que Salvador no supo interpretar.

—Nada sirve de excusa…

—Cuando está aquí —ella continuó—, trabaja tanto que nunca se le puede ver, salvo sus pacientes y su secretaria. El resto del tiempo, está en Los Ángeles.

—¡Coño con esa ciudad! Pero si ahora resulta que va a estar aquí al lado, tomas la línea 2 de metro y ya estás.

—El mundo es pequeño, Salvador.

—Y los problemas grandes.

—No sé si grandes, o los hacemos grandes. En cualquier caso son muy similares. Aquí y allí.

—¿Esa tesis suya es aquella con la que me pidió permiso hace tiempo para poder utilizar situaciones, conversaciones reales…?

—Sí, en efecto. Eso es mi tesis doctoral. O mi obra; en fin, un compendio práctico de las enfermedades de nuestros tiempos desde el punto de vista de una psiquiatra… fantasiosa.

—Sí, una psiquiatra todo lo fantasiosa que quiera, pero que duerme bien… ¡Nos ha fastidiado!

—Los anhelos nos visitan a todos de noche, Salvador. Nadie está exento…

—Cada uno con su cencerro…, ya me lo dijo un día —sonrió levemente Salvador.

—Tiene buena memoria.

—¿Ha hablado con Luis Ferrero, el de la Unidad del Sueño?

—Sí, claro, muchas veces. Hay poca gente de la Unidad del Sueño con la que no haya hablado, médicos, enfermeros, técnicos, pacientes…; con Luis, además, suelo detenerme, no sólo para hablar de lo que le ocurre en su día a día sino también de lo que se le ocurre…

—Él tiene un cuaderno de experiencias...
—Sí, lo conozco. Es muy interesante.
—También él podría escribir otra tesis... si terminara antes la carrera. Tendría que venir conmigo a Los Ángeles. Es injusto...
—Me gustó especialmente su teoría..., déjeme ver... —La psiquiatra, sin escuchar las últimas palabras de Salvador, buscó entre sus hojas—. Sí, aquí está. Él me decía que casi la totalidad de sus pacientes (que son los míos, como sabe, claro, y los del doctor Plancton) tienen en común el desequilibrio... —continuó leyendo— por no asumir el tambaleo enorme que hay entre el afán de infinito que reina, irremediablemente, en cada uno de nosotros y la indiferencia del entorno. Ésa es la base de todas las enfermedades y dependencias de nuestros tiempos, la descompensación entre los sueños y la realidad.
—Es decir, se refiere a... personas como yo, gente que no digerimos bien los envites de la vida... Y así nos quedamos, como piltrafas, coño, porque ni soñamos de noche, ni soñamos de día...
—Pensémoslo mejor como que son personas con un talante especial... que no consiguen metabolizar bien lo inalcanzable de la vida.
—La vida es un juego de ping-pong. No hay más.
—No, Salvador. Hay mucho más.
Hablaron aún. La hora que pensaba dedicar la terapeuta a su tesis doctoral se esfumó conversando con Salvador, pero no le importó. Su ausencia en los siguientes días le dejaría tiempo en blanco para aprovechar las horas entre unas y otras consultas, individuales y de grupo. La psiquiatra tenía especial interés en que su pa-

ciente se preparara para asistir a un viaje al otro lado del espejo. Así afrontaba ella misma su investigación: el mundo de aquí, el mundo de allí. Le pidió que, para un mejor aprovechamiento —e incluso para que ese viaje sirviera como continuación a su terapia—, olvidara su mundo de aquí. Le insistió en que debía dejar atrás muchos recuerdos que no serían sino lastres inoportunos e incómodos que ralentizarían sus pasos en el nuevo mundo. Fue tajante al pedirle que olvidara su vida de enfermero prejubilado, pero no sólo eso sino también a su amigo Luis, el de la Unidad del Sueño, las rotondas de su municipio, sus recuerdos, el hospital, incluso a su perro... Todo. Le pedía que afrontara el viaje como una oportunidad que le brindaba la vida para conocer cosas de sí mismo que desconocía.

—Llévese la ropa más nueva que tenga. Y si puede estrenar casi todo, mejor.

—Sí, claro, ¿pero usted sabe lo que dice?

—Son detalles, Salvador. Vaya al fondo de la cuestión. No le digo que se vaya de compras, lo que le estoy diciendo es que, cuando haga la maleta...

—Ya la tengo hecha...

—Cuando haga la maleta... —quiso terminar la frase— incluya cosas que, tal vez, no se ha puesto jamás.

—Ya la tengo hecha, desde hace mucho... —repitió él.

—¡Pues vacíela y vuelva a empezar! —Su psiquiatra fue contundente.

Capítulo
9

En el interior del avión, tras unas horas en el vuelo Madrid-Los Ángeles una vez hecha la escala en París, se pidió a los pasajeros que, por favor, bajaran los parasoles de las ventanillas; así, se decía como sin decir, llegaba la noche para unos, o una película de vídeo para otros. No importaba que el gran astro que acompañaba al avión de una manera tan fiel ahí fuera, en lo alto, permaneciera estable y deslumbrante como nunca se veía desde la tierra. En ese momento, al decir a la luz hasta luego, las pestañas de Salvador se volvieron de suave pluma de pato, ligeras volaban de arriba abajo, suavemente. Fue el primer gesto de mimo al que Salvador se iría acostumbrando. Somnolencia.

Las pastillas siempre le habían inducido al sueño de mentira; la falsa desaparición del sol al cerrar las compuertas de la luz, en cambio, consiguieron engañarle mejor. Dormía bien. Ésas eran sus primeras impresiones. Pronto descubriría, además, que el *jet lag* existía para el resto de los mortales o el resto de los insomnes, pero él, Salvador Maza, se olvidó de lo que era no dormir, en cualquier circunstancia, aunque fuera adversa, al menos durante su estancia en California.

—Sí que inducen al sueño las nueces… —sonrió por primera vez consciente de su fortuna.

Las películas por el aire, las azafatas y los refrescos, los cacahuetes y las almendras… No daba abasto ante tanta actividad. El resto lo ocupaba el sueño recostado en ese cojín de cierto lujo que tienen los aviones en las clases importantes. Salvador Maza disfrutó solo su premio, por lo que, en compensación, le obsequiaron con un billete en primera clase, abierto a todas las posibilidades en el aire y en el regreso a la tierra. Fue un gesto empresarial de último momento por parte del director de Marketing de la Compañía, una vez que el afortunado ganador confirmó que, en esas fechas de noviembre, no había encontrado a nadie adecuado y desocupado a la vez a quien poder invitar. Así de claro lo dijo.

—Encontré a uno, pero en el trabajo no le han dado facilidades —comentó con total desprecio cuando Salvador aún poseía ese mal carácter que le hacía ignorar los buenos y los malos tonos.

La verdad es que este brusco desenlace llegó sólo unos días previos al vuelo. Luis Ferrero ya incluso había sacado la maleta del trastero; la ilusión era grande. Cada noche apuntaba nuevos locales californianos de interés; tenía ya un amplio directorio de lo más *in* en la ciudad de la luz. Soñaba con ese ocio luminoso, soñaba despierto… Su viaje a *the land of eternal sunshine…*, se decía en alto en cualquier momento de su oscura jornada laboral cuando todavía había motivos para la dicha.

Su mujer entendía su regocijo cuando avanzaban los días y aún pensaba que podría ir, vaya oportunidad,

Luis, no la dejes escapar. Vete, disfruta, le insistía, como extraña muestra de amor. Se ofreció, incluso, a quedarse con *Tusca*, el perro de Salvador, para que no hubiera ningún resquemor ante sus buenas intenciones. Pero llegó la notificación por escrito. Fue un día cualquiera, si es que algún día puede ser *cualquiera*, especialmente en las jornadas previas a un viaje tan deseado.

Al final ella se quedó con *Tusca* y con su marido. No pudo ser.

Salvador recordaba a su amigo Luis Ferrero por los aires cuando ubicaba la servilleta de hilo sobre sus piernas y miraba la más suave noche dentro del avión. Oscuridad no dañina, no enemiga esta vez.

Sería la última vez. Según le había pedido su terapeuta todos los recuerdos quedaron atrás, como si hubiera sido posible abrir las ventanas del avión y tirar y tirar las cosas hacia abajo como hacen las parejas en plenas crisis de amor y una le pide a la otra que se vaya, que se vaya ya, que coja sus cosas y desaparezca…

Así desaparecieron los recuerdos para Salvador, como si el avión se hubiera convertido en una centrifugadora del pasado o, tal vez porque, simplemente, la influencia del no clima, no luz, no tiempo que había en el interior de la cabina… ejerció su consecuencia. Salvador Maza estaba activo pero inerte a la vez, en movimiento pero sentado… Con sueño que venía y se marchaba, dulcemente. Demasiadas cosas nuevas para el nuevo Salvador, que ya, según indicaba la pantalla de su butaca con la información del vuelo, estaba cruzando los mares. Se veía claramente la imagen de un avión en medio de dos continentes pero él, más que viajero, se sintió astronauta.

No le preocupaba saber la hora, ni el punto de situación en el que se encontraba el avión en medio del océano, ni en relación con la ciudad de partida ni tampoco con la ciudad de destino. Sólo tenía la certeza de que era el momento de tomar —según le había ofrecido una azafata— unos dátiles y un buen vino.

* * *

Los Ángeles es la ciudad que está ahora en el punto de mira. Olvidemos, si podemos, el pasado. Y, si no podemos, bailemos con él pero nada más que eso, como si fuera un lento baile apenas recordado en el duermevela de una noche lejana. Hagamos como Salvador, sometámonos a un proceso de descompresión y aventurémonos a vivir.

Si lo conseguimos, si seguimos escuchando con suma atención a los que nos hablan, podremos, tal vez, comprender a los seres dañados de hoy, a principios del siglo XXI. En cierta forma ésa es la intención de este estudio: escenificar desde la observación de la realidad algo que puede estar a medio camino entre la auscultación y el diagnóstico. Veremos caminar a nuestros protagonistas de aquí y de allí, o de allí y de aquí. Son las dos caras de una misma realidad sin sueño.

Llegados a este punto, esta disertación se detiene en el doctor Plancton. Se quisiera recordar, igualmente, que este estudio trata la ficción con absoluto rigor científico y, para ello, recrea en libertad aspectos conocidos indirectamente y siempre a disposición del mayor conocimiento de los desórdenes del sueño y sus causas. Quisiera también su autora recordar que para instigar en el avance se da igual importancia a los hechos que a las apariencias, a las limitaciones que a los logros, a las pesadillas que a bellos sueños, a los talentos que a los traumas… Este estudio parte de la premisa de que, muchas veces, los traumas y las carencias son las únicas cosas que unen a los seres antagónicos. Seres descolocados en el sueño por la fuerza de un pasado en el que las expectativas nunca encontraron acomodo con la realidad…

Las muelas, como ya averiguó Luis, podrían presentar también, en cierta manera, el síndrome de las piernas inquietas. Las encías del técnico de la Unidad del Sueño estaban en carne viva, dañadas por sí mismo.

Nos dejamos llevar por ellas para cambiar de escena. Conductos internos de comunicación; pedazos de marfil, trozos de mapa alejados por tierra, mar y aire. Y sin embargo, igual.

Si se me permite la expresión —dicha con todo rigor científico— se levanta el telón. Observemos el mundo al que llegó Salvador. Pero antes, acerquémonos al doctor Plancton. Este estudio no podría continuar sin él. Cómo es, cuál es su vida, su exitoso proyecto en Los Ángeles, y, aún más, comprobemos cómo la madera, en general, y las nueces, en particular, le unirán al otro lado del mundo al mismo enfermero al que forzó a la prejubilación… Acerquémonos al director de la Unidad del Sueño y a los devaneos que ofrece la mente de quien aún no conocemos más allá de referencias.

LA IMPORTANCIA
DE LOS PECES FLUORESCENTES

La noche de día

PARTE II

Capítulo 10

El apellido del director de la Unidad del Sueño, el doctor Antonio Plancton, venía del griego o del inglés, según se quisiera. En honor a la verdad, el origen del nombre familiar era griego, una herencia que el médico inglés recibiría de unos antiguos parientes a los que no conoció, ni siquiera al abuelo. El primer Plankton que llegó a sus oídos fue su propio padre, un auténtico conquistador griego que, siguiendo los pasos de la carrera musical de su última y definitiva novia, una soprano de increíbles cualidades para el canto y la interpretación, emigró con ella a Inglaterra dejando atrás un incipiente negocio de material de construcción. En Inglaterra, su madre, Sophie, introdujo entre los suyos al que sería su marido, Tekas Plankton, quien enseguida comprendió que el matrimonio sería un buen momento para adaptar su nombre familiar al nuevo destino, en el que, en definitiva, debería hacerse llamar con facilidad para así crecer y ver crecer a los suyos sin problemas añadidos. Esto fue lo que hizo: mudar de aires la grafía de su apellido, pero sin ningún tipo de concesiones semánticas.

De entre todas las idas y venidas que rodean siempre a las familias, fueron unas simples circunstancias, unas cualesquiera, las que propiciaron que de aquel profundo amor entre la soprano y el nuevo importador de comida griega sólo hubiera nacido un hijo. Un hijo que hizo sufrir a la soprano, sin rémora, los ciento veinte primeros días del embarazo, justo cuando la cantante estaba en plena época de ensayos y actuaciones. Sophie, como siempre, tomaba la precaución de cantar en ayunas; sólo ingería algún bocado a la hora del desayuno. Nada más hasta la noche, el momento de la función en el que toda su energía se aplicaba para intentar soportar, como fuera, el olor insoportable que desprendían ante ella las espesas cortinas del escenario, y hasta incluso —decía— el fétido olor que también le llegaba desde la primera fila de butacas. No podía con la mezcla del grueso tapiz rojizo, que le restregaba en las narices todas las corrupciones corporales del mundo unidas al polvo de la sala y el recuerdo de los desodorantes ambientales de los cines de su adolescencia, cuando el acomodador sólo diferenciaba la sesión de las cinco y la sesión de las siete de la tarde por el corrimiento y descorrimiento de la cortina y el perfume barato con el que impregnaba el patio de butacas.

Todo ello respiraba Sophie.

Un día, en plena función de *Rigoletto*, sus escasas calorías, su flaqueza extrema, a pesar de su escondida gravidez, y la propia debilidad consiguieron un imposible, un milagro, casi se podía decir. Le llegó una náusea con la fuerza de una ola justo en su momento estelar. Sophie, con la boca abierta, se concentró en su estómago vacío; no hay nada, se decía, imposible que haya vómito, no hay nada, no hay nada, no pasa nada, repetía para no sufrir miedos añadidos. Sin embargo, al elevar el timbre de voz, los sonidos y las náuseas se encontraron en el mismo espacio y fue sólo el cerebro de Sophie el que pudo controlar toda aquella tormenta en la garganta. Anticiclón y borrasca es lo que había en aquellos agudos que se escucharon nítidamente, como si estuvieran acariciados por un velo de seda. Ese efecto lo consiguieron las propias cuerdas vocales mientras se hacían oír a través de unos maravillosos trinos, como si le respondieran con fuerza a la náusea que se fuera, que se fuera... mientras Sophie, en medio del escenario, continuaba, abatida pero recta, como el mástil de un barco en pleno vendaval.

Los aplausos fueron superlativos, especialmente cuando ella terminó el aria y se llevó la mano a los labios. El público percibió el gesto como una muestra de agradecimiento, en consonancia de esa extrema grandeza y fragilidad que sólo tienen las divas. Por eso aún aplaudían más.

Tardó en poder irse la protagonista; necesitaba su camerino para descansar del tremendo esfuerzo. Tan sólo unos minutos junto a Tekas Plankton, el padre de su hijo, le harían recuperar el rubor en la cara.

Al día siguiente, todos los periódicos hablaban de la magia vocal de Sophie Loring. Los críticos resaltaban más que nunca su técnica, su estilo, y el intachable saber estar en escena. La encumbraron hacia la gloria de María Callas y la denominaron, sin reparo, la mejor soprano inglesa de los últimos tiempos.

Cinco meses más tarde nació el pequeño Tony Plankton y después de aquello la vida transcurrió muy deprisa. La pareja de enamorados construía su memoria con tal plenitud y ensimismamiento el uno por el otro, que apenas eran conscientes de que su hijo crecía. Buen estudiante, nunca les dio problemas, por ello le dejaban en total libertad, ahora en Inglaterra, ahora con la familia en Grecia, ahora de vacaciones en España con la familia griega, ahora en la campiña inglesa con la abuela materna... A Sophie y Tekas todo les parecía bien con tal de que su hijo llevara una existencia acorde con el espíritu del esfuerzo, la responsabilidad y el decoro que había visto en los suyos. Y sólo algo más le pedían, que quisiera a sus padres toda la vida, tanto como le querían a él, que no se olvidara de ellos, cosa que jamás ocurrió hasta el final de sus días, cuando una llamada confirmó, al único hijo de la pareja, que sus padres, por un simple descuido en un día de lluvia, dejaron la vida en la carretera.

Fue el día del examen final en la Facultad de Medicina en la Universidad Complutense de Madrid. Y todo ocurrió tan rápido que el peso de la responsabilidad y la propia confusión hicieron que el estudiante Tony (Antonio) Plankton, sumido en una incomprensible perplejidad, no saliera hacia Inglaterra con la velocidad de un avión y una ambulancia unidos, sino que, pleno de incoherencia, permaneciera en Madrid para el examen. Ése y aún otro más. Muchas veces no se sabe cómo actúan los registros defensivos de la mente cuando no se quieren asumir las cosas; el caso es que, cuando Antonio Plankton acudió finalmente a Bath, la última residencia de sus padres, en Inglaterra, ellos ya estaban enterrados.

Al ver aquellas flores, ya secas, sobre el sepulcro, se sintió maldito y contrariado con la vida. Esa vida que permitía que las flores de la tumba de sus padres se estuvieran ya secando, sin nada que lo impidiera, ni siquiera esa agua que les caía del cielo y refrescaba el resto de las familias de flores plantadas a tierra en cualquiera de los jardines de alrededor. Pero en el recinto de los sin vida, ni las flores ni los muertos apreciaban la lluvia, ni las lágrimas, ni los últimos resquicios de savia. Tampoco Antonio Plankton sintió la humedad en sus ropas a pesar de que estuvo allí largo tiempo, postrado bajo la lluvia. Tanto que sus rodillas quedaron hincadas en el suelo; porque, cada minuto que transcurría, en efecto, aquella endeble superficie se parecía más a un barrizal.

—Perdone, creo que debería resguardarse —le dijo un oficial del cementerio, después de haberlo observado desde lo lejos durante casi tres horas.

Antonio Plankton no era consciente de las arrugas de su piel, del peso de sus ropas, de la humedad en los hombros y en toda la espalda. Parecía un cuerpo blando, como los cuerpos de los sin vida que aparecen cada día en las playas de los paraísos. Cuerpos hinchados de agua y muertos de hambre, recuerdo de emigrantes que fracasaron en su intento de lucha por una vida mejor. Cuerpos inflados como un globo blanco, como una biografía arrebatada de conducta. Piel descolorida por los terribles efectos de la sal. Así estaba su cara, de tanta lágrima. Así estaba su cuerpo, como los que tantas veces abrió en las prácticas de Anatomía.

Le llevó casi tres años quitarse el escalofrío permanente en la espalda. Por lo demás, se quedó en Madrid. Los exámenes fueron un éxito y eso aún le hizo más infeliz. La vida, y también su especialidad médica, le llevaron a comprender a través de mil ejemplos que

La importancia de los peces fluorescentes

no era lo mismo dormir que descansar. Combinaba las pesadillas de la noche con ese respeto que se iba ganando de día entre los compañeros de la profesión y nuevos examinadores; así fue como obtuvo la plaza de director de la Unidad del Sueño del Hospital Central de Madrid.

Cuando firmó su contrato, ya lo hizo con su nuevo apellido. Eliminó la *k* del apellido paterno, y la sustituyó por una *c*; españolizó su apellido, medio griego, medio inglés. Así fue como el hijo de Tekas Plankton, llamado Tony Plankton cuando iba en pantalón corto, pasó a llamarse definitivamente Antonio Plancton cuando estrenó su plaza directiva en el hospital.

De aquello no hacía tanto; algo más desde la muerte de sus padres, cuando el coche se burló de un puente y los precipitó al agua. Saber de las penurias del golpe y la soledad de dos cuerpos enamorados bajo las aguas, ahogándose poco a poco, no hizo sino convertirse en la tortura que acompañaría de manera persistente la vida del doctor. Él no vio nada, pero los periódicos informaban con todo lujo de detalles; ninguno se resistía a perder a la gran Sophie y, por ello, aportaban todas las soluciones que, de haber sido tomadas, habrían salvado su vida y la de su marido. El doctor Plancton sólo imaginaba a su madre, una y otra noche; su madre..., la protagonista de sus pesadillas. Su madre luchando contra el agua.

Si ella consiguió aguantar largas funciones de ópera con él en su regazo, escondido, camuflado bajo mil vestidos de época; si ella venció las náuseas y esa leve rotura de la bolsa de agua en su vientre; si ella alimentó la placenta mes a mes apenas sin comer para evitar las arcadas; si ella sonreía ante las fotos en la clínica después de haber sufrido una aparatosa e interminable cesárea; si ella le había enseñado a luchar; si ella era tan dulce como peleona, cómo entonces... Cómo entonces pudo perder.

Estamos acostumbrados a los héroes de las películas y la vida aún nos enseña héroes y heroínas mejores. Sólo les falta algo importante a los de aquí: poseer esa destreza que tienen los protagonistas de ficción, que pelean y pelean y les disparan por la espalda, y aún se levantan y tienen reflejos para ver al que se acerca con un palo por la derecha, y se recomponen, y aún son capaces de arrebatarle al enemigo su arma y servirse de ella en propia defensa cuando todavía otro viene por delante, y esa herida del protagonista ya no sólo no duele, sino que el héroe se incorpora de un brinco, y nada hace pensar que se esté desangrando, cuando al fin interviene el sheriff y el admirado por todos los espectadores se salva en la escena final.

Antonio Plancton se consideró carga, palo, fusta... Se sintió mal por todo cuanto le ocasionó a su madre. La quiso más de lo que nunca jamás fue capaz de querer a una mujer y esa cadencia le acompañó durante toda la vida. Ningún amor le parecía equiparable al que su madre le había dado, por ello Antonio Plancton sólo una vez tocó las briznas del afecto y fue con una mujer menuda, artista plástica de profesión, a la que conoció en una exposición en el Museo del Prado. Nada serio, pensó, simple compañía. Pero vivieron juntos largo tiempo; ella venía desde Los Ángeles a Madrid y sólo la rutina del calendario iba marcando el paso indolente de las semanas, a veces meses; Antonio trabajando, Dorothea

La importancia de los peces fluorescentes

—así se llamaba— perdiéndose por los museos de la ciudad. Cuando ambos llegaban cansados a casa les acompañaba la chimenea y, de fondo, cualquier oratorio de Haendel y todo un mundo en zapatillas. No necesitaban más. Dorothea siempre tenía a mano mil papeles sobre los ángeles, los querubines, los serafines... Tenía intención de exponer algo monográfico sobre ello en Chicago, pero no tenía prisa. La artista plástica planeaba tranquilamente sus exposiciones mientras dejaba que su obra siguiera sus cauces por los más prestigiosos museos de arte moderno, no sólo de Estados Unidos sino también de Europa.

En sus primeras vacaciones juntos, hicieron senderismo por el Pirineo de Huesca; en otras, visitaron Italia y no se soltaron la mano viendo la Galería de los Uffizi en Florencia. Entre medias, Antonio Plancton también visitó Los Ángeles y fue introducido por Dorothea en el ambiente de la familia. La distancia no les importunaba en el amor, a veces se sorprendían de lo cerca que estaban, incluso disfrutaban de esa extraña plenitud que aporta el saberse querido y recordado a tan larguísima distancia.

—Vete a descansar, Antonio, que ya velo yo por ti desde aquí —le decía Dorothea muchas veces.

Otras era Antonio quien le deseaba buen apetito a unas horas intempestivas. Solía comer tarde Dorothea, pero más tarde se dormía Antonio para dejarle un mensaje en su buzón de voz.

—Que aproveche, mi ángel...

Y la imaginaba trabajando cuando Antonio no podía dormir. Sí, dormía, pero no descansaba. Mientras los demás seres humanos estaban en aparente tranquilidad, tumbados en sus colchones, el director de la Unidad del Sueño se movía una y otra vez en él. Transcurría la vida y aún, en pesadillas, intentaba abrir la puerta del coche de sus padres, inundado de agua. Era imposible. Imposible incluso en sueños. Luego descubrió que si hubieran abierto la ventana, en lugar de intentarlo con la puerta del coche, aplastada por toneladas de agua, todo hubiera sido más fácil. Los nervios impidieron que su madre lo viera. Simplemente accionando la manivela, ¡la manivela, la manivela… que bajara el cristal de la ventanilla! Su madre era lo suficientemente delgada como para haber atravesado sin problema el umbral que separa la muerte de la vida. ¿Y su padre? Tal vez su madre se quedó por él. Prefirió al marido que a él, su hijo. No, su padre también habría salido, si hubieran movido la manivela, la manivela… la manivela de la ventana.

¿Por qué siempre se levantaría sobresaltado, inundado en sudor, agotado por el esfuerzo de un trabajo baldío de otra noche sin sueño? La solución estaba en él, pero decidió avanzar en la vida cargando con sus traumas, como los presos de los tebeos que llevan la cadena con la gran bola de hierro sujeta a un tobillo y salen con ella, como si tal cosa, a dar un paseo por el patio de la cárcel. Sólo con Dorothea era capaz de dormir mejor, pero al tercer año de conocerse, cuando decidieron ir al mar y bucear con un instructor que les llevaba mar adentro y les acompañaba en la inmersión con bombonas de oxígeno para ver de cerca los arrecifes de coral, allí mismo, en la oscura base del mar, a Dorothea le falló el corazón.

La última imagen de ella viva fue diciéndole *okay* bajo las aguas con el dedo pulgar de la mano derecha.

La importancia de los peces fluorescentes

La idea de la inmersión fue de la propia Dorothea, pensaba que le iría bien a Antonio perder ese miedo a las aguas; pero la realidad, muchas veces, vuelve la espalda a los pensamientos; tantas que ya Antonio no era capaz ni de recordar.

Reaccionó, sin embargo, mejor de lo que nadie imaginaba. Llega un momento en que el dolor te anestesia para toda la vida. Antonio Plancton no sólo intensificó su dedicación profesional, sino que casi se refugió en ella; y también siguió haciendo viajes a Los Ángeles, porque, de alguna manera, visitar a la familia de Dorothea le reconfortaba.

Los domingos los seguía transcurriendo en zapatillas, y los sábados, en realidad, también. Disponía de su tiempo libre en soledad. La soledad de sus libros y el estudio de nuevas cosas, el sondeo de nuevas inquietudes; fue la única manera de sobrevivir que encontró a su alcance. Así, entre otras cosas, comenzó a ocupar su mente dando vida a lo que años más tarde bautizaría como El Oráculo.

Si la vida le hubiera dado un hijo le contaría todo cuanto estaba investigando sobre el origen del propio nombre de la familia, según se acercara a él desde las diferentes acepciones que ofrecían los tres idiomas con los que bailó su apellido en tan sólo dos generaciones, la de su padre y la de él. Griego, inglés, español. Se sintió electrizado cuando descubrió que con la suma de estas tres acepciones él podría pasar horas hablando de su propia vida. Nada podía haberle definido mejor que esa palabra griega que heredó su padre y heredó él: Plankton, lo que va errante... que en inglés emparenta con *plank*, o sea, plancha de madera, o tabla, o tablón, según leyó una tarde con una humeante taza de café. Y finalmente llegó a Plancton y se encontró con algo diferente a uno mismo, pero que es uno mismo en realidad, un ser yendo errante..., como esas plantas y animales diminutos que pululan en el agua de los mares, de los lagos, de los ríos...

La tarde del descubrimiento afianzó sus ganas por quedarse prieto, pegado a tierra. No pasaba nada, se podía vivir sin saber nunca más lo que era flotar —se dijo— o sumergirse, o nadar, o jugar con las olas como hacía de niño mientras su madre comía unos *fish and chips* en la playa. Nada. La vida es tierra, y a la tierra iremos, aunque la vida es aire, y con el aire nos encontraremos, y la vida es agua, porque agua ya somos, y la vida es fuego, porque el fuego, como la luz, nos da brío; la luz nos vigila, nos alumbra y, como la madera, nos da calor.

Todo eso le decía su mente.

* * *

Antonio Plancton se acercó un poco más a su chimenea maciza, de una madera seleccionada y trabajada a conciencia por las manos de su padre. Fue la herencia que le dejó el pequeño empresario de materiales de construcción (reconvertido en importador de comida griega) poco antes de su muerte; un cariñoso calor a prueba de erosiones, una chimenea fuerte e ignífuga como una piedra. Últimamente, Antonio Plancton solía pasar las horas a su lado, con un denso libro sobre las antiguas civilizaciones en sus brazos. Al lado, por tanto, de Grecia, ese país que parió a su padre, un hombre rodeado de pequeñas calamidades cotidianas. Antes de la gran calamidad final ya se había convertido en un ser recio, combativo y cabezota;

cómo, si no, alguien podría haber dedicado siete meses de su vida a buscar la madera más estricta, aquella que obedeciera a las propiedades más insolentes, como era que no se dejara llevar por la tentación del fuego, que no se consumiera con las llamas.

Junto a ese calor seco y constante de la chimenea de madera fueron evaporándose las aguas de las pesadillas de Antonio Plancton. Al menos eso parecía en un primer momento cuando, en esas fechas, llegó la primera noche en la que el doctor no tuvo que luchar contra la manivela del coche de su padre. Las opresiones se alejaron un tiempo de sus sueños. Todavía no se podía hablar de recuperación absoluta, porque las congojas son caprichosas, igual que las grandes noticias, que siempre esconden en ellas alguna rendija de miedo. Por eso, aún tuvieron que pasar varios sustos para que la evaporación fuera completa y él, el doctor que más sabía del comportamiento de la mente durante la noche, pudiera sentirse plenamente recuperado. Le salvaría quien menos imaginara, alguien a quien ni siquiera conocía.

De todas formas, al mismo tiempo que las cargas nocturnas relacionadas con el agua desaparecían ondulándose por alguna profundidad, como si fueran una serpiente de mar, surgieron nuevos sueños tortuosos, como aquel relacionado con un sismógrafo. Efectivamente, hubo un terremoto en China, se percibió desde Madrid; quedó registrado como un autógrafo hiperactivo, como un sueño alterado... Era verdad. En California, hubo un nuevo incendio. También era cierto. Pese a la desgracia fue un espectáculo cruel y maravilloso ver Malibú en llamas al atardecer. Hablaban de ello los informativos de televisión... Hasta aquí la realidad, pero luego los delirios pusieron todo al revés en los sueños de Antonio Plancton cuando apareció la tortura constante del sol, el mar y los incendios. La piel se veía claramente marchita debido al calor del fuego y el calor del sol; caras abrasadas y, en medio de ello, en su sueño, se ofrecían, de repente, agresivos tratamientos de belleza: *peelings* de ácido glicólico, láser subcutáneo, cirugía... Y las batas blancas hablaban solas entre ellas diciendo que el mundo de las cremas y los cosméticos había terminado. Sólo el láser, láser... y volvía el fuego, y después una voz tranquila, grave, se hacía oír con la máxima gravedad:

—«Este tesoro lo llevamos en vasijas de barro»... —La misma voz añadía después—: (2 Cor 4, 7).

Pero la frase bíblica quedó diluida en el aire porque la pesadilla no se detuvo.

—Ante un incendio, ¿qué es lo primero que quisiera salvar...? —preguntaba un periodista.

—¡Mis dos gatos, mis dos gatos! —Una mujer lloraba.

—¡Parezco una paella con el ataque de acné que tengo! ¿Son los nervios?, ¿las hormonas? ¡Horror!... ¿Pero la menopausia provoca acné? —Otra mujer que no había visto en la vida se entrometía en sus sueños.

Igual que quien la interrumpió, a su vez sin sentido, en la pesadilla con una voz de lata. Parecía un experto:

—Entendámonos, estamos entrando en la era de la depresión. Hemos dejado atrás el narcisismo... De padres narcisistas nacen hijos melancólicos... Lo que interfiere nuestra capacidad para ser bondadosos es la intromisión de otros fantasmas, como el miedo, la paranoia, la tensión, la inseguridad... Cuando nos vayamos liberando de esas rencillas y esas envidias naturales que tenemos todos, irá saliendo la parte más positiva que albergamos cada uno de nosotros, la que nos ha ayudado a sobrevivir miles de años…

El día siguiente a su última pesadilla dio una fructífera charla a su equipo de psicólogos de la Unidad del Sueño, que, en su mayoría, nada conocían de su vida íntima, igual que él desconocía la de ellos. Les habló largo y tendido de los efectos beneficiosos que pueden ocasionar las maderas en las terapias ocupacionales de grupo.

—¿Por qué no probáis a hacer algo con la madera? —les preguntó con cierto optimismo—. Simples cosas, da igual. Lo bueno es que el paciente se entretenga averiguando qué madera es la adecuada para cada cosa. Podemos ir trabajando con ellos desde objetos tremendamente familiares, por ejemplo… las cerillas de la cocina son de madera de chopo, las viejas pinzas de tender la ropa son de haya…

—Un ajedrez estaría bien… —apuntó Laura, la persona de su equipo más participativa, la más cercana también.

—¡Sí! Que averigüen que son de ébano las casillas negras y de arce las claras… Que después intenten hacer un tablero de ajedrez entre varios…

—Hay algunos que no se involucrarán —apuntó otro psicólogo.

—A ellos, dales una regla, casi hecha, que simplemente la tengan que terminar. Una regla de madera de peral, que no se deforma, un plumier de haya, un mortero…, ¡hasta algo parecido a una raqueta de tenis! ¡Cuántas cosas se pueden hacer con la madera!, ¿no es sorprendente? ¡Sorprendámonos con ellos! —les animó el doctor Plancton. Hasta una chimenea puede ser de madera si nos empeñamos. Aún diría más... Sería la perfecta imagen para explicar a nuestros pacientes lo que debe ser una buena higiene en el descanso.

—¿Cómo es eso? —preguntó Laura.

Él habló después de un largo silencio. Todos deseaban escucharle; algo importante iba a decirles. Ya le conocían.

—Imagínate, imaginaos... —Miró a todos, volviendo de su pensamiento—. Pensad... que nuestro cuerpo es nuestro tronco, nuestra... chimenea. Si no mantenemos el fuego con alimentos y con horas de descanso; si no aportamos leña suficiente a esa chimenea, que es nuestro cuerpo —repitió—, entonces ese fuego ansioso y hambriento se abalanzará sobre nuestra estructura y, llevado por su furia, quemará nuestra salud, nuestros huesos. El fuego que vive dentro de nuestra chimenea es la erosión de nuestra propia vida.

—Pero... —intentó intervenir la psiquiatra.

—Laura, pensemos que no somos polvo... Somos madera —se adelantó otro compañero.

El doctor Plancton, ciertamente, era respetado por los compañeros con los que trabajaba cada día. Por eso nadie le quitaba la voz ni siquiera cuando tenía que ejercer el mando en asuntos relacionados con su misión circunstancial también en el Departamento de Recursos Humanos del hospital. Un mando que accionó hacia la prejubilación de Salvador Maza —camino de Los Ángeles— y algunos más.

Pero decíamos que el director de la Unidad del Sueño era aplaudido por todo su equipo. A excepción de uno, de quien no sabía ni el tipo de letra que tenía. Los informes que intercambiaba con él siempre se remitían con la grafía mecánica del ordenador. Hablamos de Luis Ferrero, el técnico de la Unidad del Sueño, también a su cargo. Él fue, sin duda, si no la oveja negra del equipo sí, al menos, la más oscura. Trabajaba al revés, por eso no se le veía; y si algo enseña la dura cotidianidad de los trabajos es que a quien no se le ve es porque no está, y quien no está, aunque trabaje duro, no existe.

Capítulo
11

Los ángeles, en los cuentos, pululan por los aires. Tal vez estaban ahí fuera, apenas a un palmo del avión que llevaba a Salvador a la ciudad de los sueños. ¿Quién sabe? Lo mismo hasta le rozaban el codo al pasar junto a él, sentado como estaba junto al pasillo. Tal vez por eso, porque había pasado un ángel, o varios, se había hecho un silencio alrededor. Es cierto que siempre en primera clase hay menos bulla, nadie reclama nada a una azafata porque no hay tiempo para desear algo desde el último ofrecimiento. Por todas estas cosas, tanto en el interior del avión como en la mente de Salvador reinaba la calma; eso sí, era esa calma agitada que uno siempre tiene en los viajes de ida, cuando todo está aún por descubrir.

Sin embargo, esa ciudad, Los Ángeles, seguiría siendo al final de su viaje tan desconocida para Salvador como cualquier espíritu celeste criado por Dios.

Los aperitivos sobre su mesita le mostraban una pista de lo que serían sus días una vez que llegara a su destino. Los dátiles, las almendras y los anacardos se convirtieron en meros teloneros del futuro gran festín de las nueces; esos frutos simples y secos que, como le ocurría a Salvador, ni se abren ni se fragmentan de forma natural al llegar a la madurez si no hay un golpe seco que los hiera. Así son los hijos del nogal. Y así era Salvador, un profesional de las enfermedades y sus mimos, un enfermero maduro, en plena forma y sin trabajo, aunque lo hubiere, y mucho, pero no para él. A todos los efectos era como si hubiera sufrido el efecto de un devastador cascanueces sobre sí mismo. Desde todo punto de vista era un prejubilado forzoso pero un insomne voluntario; así lo descubrió en Los Ángeles, porque sólo allí los efectos de su disgusto laboral no repercutían en el sueño.

Los ganadores del concurso de diferentes ciudades de Europa supieron pronto de la vida de la nuez, su crecimiento, personalidad y la variante de posibilidades que ofrece su destino final una vez que concluyen las cadenas de empaquetado y distribución. A Salvador le agradó comprobar que sus conocimientos de inglés se desempolvaron pronto. Sólo así se entendería que ese nivel del idioma obligatorio, a lo largo de todos sus procesos académicos, le estuviera permitiendo seguir las explicaciones de tal manera que, incluso, había podido apreciar las diferencias entre la nuez de cola, que contiene alcaloides estimulantes y se emplea en la fabricación de refrescos de cola, y, por ejemplo, la nuez moscada —algo más familiar para él—, utilizada habitualmente como condimento.

Otros conocimientos se fueron ampliando y de qué manera. No es lo mismo llevar a casa los frutos secos del otoño en una bolsa de plástico ruidoso que convivir con ellos de frente, de la mañana a la noche... Después de cuatro días entre nueces se enamoró de su tacto y nada le gustaba más que introducir sus brazos, casi hasta los hombros, en las grandes tinajas que acompañaban en fila la visita organizada para el grupo de los europeos por una de las naves. Daba igual el nombre que recibieran o si su interior era más o menos amargo; el tacto que proporcionaban era el de la más refinada madera, madera hueca y consistente a la vez. Madera que viene de la tierra, del árbol, del suelo. Tierra...

El grupo era variado. No todos preguntaban acerca de las dudas que les iban surgiendo, mucho menos los acompañantes, sólo una mujer francesa y una amiga, tal vez francesa también; unos alemanes aparentemente muy interesados; un matrimonio belga que, más que preguntar, enfatizaban aquello que les llamaba la atención..., y poco más. El resto parecía que dormitaban. Era duro el cambio de horario para todos ellos. La ciudad de Los Ángeles estaba lejos. Lejos de cualquier civilización cuando venían los buscadores de oro y la energía de un solo hombre servía para derrumbar incontinencias; lejos de la otra América, cuando en ésta, la del no retorno, se coronaban las colinas con innumerables huertos de cítricos, melocotones, aguacates, dátiles y... nueces.

—Donde hoy está el solar de Disneylandia, se encontraban los naranjales... —comentaba al grupo el responsable de que la visita fuera un éxito.

California también significa mariscos: gambas gordas, cangrejos, pez espada, atún fresco... Comemos frutos californianos, los dátiles en Navidad, las fresas, fuera de temporada. También bebemos sus vinos, vemos sus películas...

De todo cuanto hablaba recibieron muestra los veintinueve afortunados; cada noche, visitaban los restaurantes de moda en función de su especialidad, pero antes, cada uno en su habitación del hotel disfrutaba de una cesta de buen mimbre decorada con papeles de seda que cambiaban de color en función de la selección diaria de frutos. De entre todos ellos, las nueces parecían las niñas predilectas de las más acaudaladas familias, perfectamente acicaladas con el mejor vestido y el lazo más perfecto, antes de ofrecer a las visitas un concierto al piano.

Aquello era una de las cosas más bellas que había visto en su vida. No quería que terminara nunca el ritual del papel de seda y las cuerdas, y la caja y sus herrajes y las diferentes tonalidades de las distintas clases de nueces y sus casas de madera... Salvador se dejaba sorprender como sólo son capaces de hacerlo las abuelas con mal pulso ante el regalo envuelto de otro cumpleaños de su vida.

Despacio...

Había hasta nueces de areca, tanto tiernas como secas. Sabía distinguirlas. También nuez vómica, sólo dos unidades de muestra... Él mismo se había perdido en las explicaciones sobre esta nuez que, tomada en grandes dosis, puede resultar venenosa. Cuando explicaron, en la mañana, que era *emética* y *febrífuga* si se empleaba en pequeñas dosis, no entendió nada. Ahora ya sabía que eran buenas para bajar la fiebre o provocar el vómito pero, en medio de la explicación, no soportó la incomprensión del inglés, por primera vez. Preguntó a la mujer francesa y la respuesta le vino con una divertida escena de mimo, ese mimo inconfundible que alude al vómito tan sólo con abrir la boca, acercarse los dedos y arrugar la cara. Eso mismo hizo Florence —así se llamaba— y no por ello dejó de ser para Salvador una mujer irresistible. Segundos después ya era ella, belleza retenida y huidiza, un ángel interesante. El caso es que así quedó sellada la simpatía que se intuía ya entre ellos desde la cena del segundo día.

Florence conseguía personalizar para Salvador un vínculo secretamente compartido hacia lo que poco a poco se fue convirtiendo en una incomprensible pasión por las nueces o por el país de las nueces, aún no sabía bien...

Tal vez era sólo un brote emocional producido por ese reajuste que va de la inactividad al atropello de las horas... O, si acaso, una primavera fuera de tiempo. Noviembre era primavera en Los Ángeles, o al menos eso le parecía a él. Salvador venía del frío pero allí no le abandonaba el sol. Iba a tener razón, Luis... Luz y energía. Angélico calor.

Actividad, pensaría Salvador. Saber de nuevo qué era el cansancio en los pies y la espalda quebrada. Cansancio físico, lúdico; cansancio olvidado... Las nueces simbolizaban la ocupación, el tiempo aprovechado aunque fuera para conocer a fondo algo que nunca le interesó en absoluto pero que no le dejaba apenas sentarse, de puro trasiego entre el ir y el venir. Paseos y explicaciones, tenedores y limusinas, ropa de trote y trajes de corbata; buenas tardes, señor, buenos días señor, qué tal ha dormido hoy, desearía una taza de café...

La jornada le provocaba continuos retoques, de peine, de limpieza en los dientes, de colonia; un cambio de camisa, un repaso general... Así se sentía, siempre fresco ante el inicio de una nueva actividad planeada por la organización, que siempre les permitía un breve paso previo por el hotel.

Al final, llegaba el descanso.

Camiseta blanca y pantalón corto. A pesar del dulce cansancio se vio buen color en la cara. Color dorado, le decía el espejo, como los sueños que le esperaban, porque en Los Ángeles no sólo conseguía dormir, y mucho, sino que soñaba cosas inalcanzables, incluso inútiles, pero plasmadas desde un ángulo de verosimilitud; sueños deslumbrantes hechos a base de briznas de oro en polvo... *Los Angeles, the land of golden dreams.*

* * *

No apartó las nueces de la cama, decoraban repentinamente la colcha blanca; se hizo un hueco entre ellas y se durmió. Era el momento en que, por ejemplo, quedaban suspendidos en el aire los recuerdos del diálogo con Florence. Al cerrar los ojos empezó a soñar dos acciones que caminaban de la mano cuando el mundo real se esfumaba hacia arriba, hacia la ventana, como el humo de un buen guiso, como las estrellas brillantes que perseguían en fila ondulante a Peter Pan.

Las acciones ilusorias se quedaban arriba; todos los anhelos revoloteaban en el exterior, en la noche... Desde allí se visualizaba una cama iluminada por la pequeña lámpara de la mesilla que nadie apagó, y que iluminaba, aún más, esa colcha con un hombre tendido hacia ella con los brazos en cruz y rodeado de nueces como si fueran pétalos de rosa, de esos que acompañan a la novia en su primera noche de bodas.

Flores de madera, nicho de paz.
Así llegó su sueño erótico. Su compañera Florence también llevaba camiseta blanca. No se apreciaba bien dónde estaba. Sí…, con Salvador, en un alto, sólo les superaba el cielo. Ágiles los dos, rodeados de una luz limpia, oxigenada, artificial, favorecedora… Un momento, ¡atención!, ahora se ve claro, charlan en un árbol, se van de una a otra rama sin apenas esfuerzo; les acompaña esa luz sanitaria y rejuvenecedora, como la que desprenden los anuncios de yogures naturales o las cremas de cara… Todo ello se asimila en esta escena en el árbol suave. Una escena, cómo decir, hidratada y saludable.

—¿Sabes que las nueces son el alimento de los dioses? —preguntaba un Salvador irreconocible, casi parecía un actor de fama mundial—. Y seguro que quieres saber por qué… —continuaba, de repente en francés—. La nuez tiene la misma forma que nuestro cerebro…, ¿no es increíble?

Entonces él acarició con fuerza la cabeza entera de la chica de sus sueños, sujetándose sólo con las piernas en la rama, y dando fe de esa buena forma física que plasmaban las imágenes cuando surgía el enfoque de sus brazos y sus abdominales…

La despeinaba con decisión buscando la corteza de su cabeza, los surcos de sus ideas, los caminos de sus deslices.

—Tienes una cabeza muy bonita, Florence —y volvió a su rama con la misma suavidad atlética, flotando.

Ella, despeinada y tan joven como él, desmaquillada y apenas cubierta por esa camiseta que dejaba lucir la buena consistencia de sus pechos, se acercó al dueño del sueño con la misma agilidad que dejaba intuir ese aspecto de una mujer salvaje y decidida a la vez... Se acercó a él con la excusa de decirle algo, brevemente...

—Ya lo sabía... Adoro las nueces. Me gusta esa cáscara dura... —le dijo ahora más insinuante... y ascendió la mano por su cuerpo, desde abajo hasta arriba, en total equilibrio, los dos en la misma rama. Cuando sus dedos llegaron al cuello, marcó con su uña debajo de la barbilla...

—¿En España llamáis a esto la nuez? En Francia decimos *pomme*, manzana...

—Sí, nuez —dijo él sin perder la conversación.

Después vendrían escenas confundidas, que no siempre los sueños muestran todas su caras bien hilvanadas: Florence haciendo de nuevo el gesto del vómito en medio del grupo pero mirando sólo a Salvador, el pecho de Florence respondiendo a la risa...

Regresaba su voz hacia él.

—¡Vaya cómo te estás pelando, debiste de quemarte el otro día en la playa...! Me encantan las tiras de piel. Como una nuez fresca. ¿Nunca has intentado quitarle la piel así, a pequeños tirones?

—La vida me quitaría si no vienes conmigo aquí, ahora mismo —le dijo, esta vez desnudo, recostado sobre otra rama.

(Si fuera capaz de analizarse en semejante actitud, Salvador reiría en este momento... Pero el auténtico protagonista de la historia dormía en realidad, aún después del medio giro para apagar la luz de la lámpara de la mesilla derecha...).

Dormía. Por eso continuaba la acción en el sueño.

Ella se acercó. Le besó la nuez y el cuello entero.

Fue allí mismo, en lo alto de un nogal de veinticinco metros de altura. Un árbol que a lo largo de cuatrocientos años de vida anclada a la tierra había dado asiento a otras parejas que se sueñan, porque sólo en los sueños dos enamorados pueden besarse en el aire. Los enamorados dicen que flotan, pero únicamente este nogal del sueño de Salvador puede dar fe de que, tanto él como Florence, hoy revolcaban sus cuerpos por las ramas con la comodidad de un colchón *king size*, como ese en el que estaba descansando profunda y placenteramente el otro cuerpo del enfermero.

Capítulo
12

El doctor Plancton preparaba su discurso para el acto de inauguración del Macrocentro de la Nueva Salud que, bajo su batuta, estaba a punto de inaugurarse en Los Ángeles. Como ocurre siempre en las habitaciones de los hoteles, la televisión estaba encendida. Un periodista comentaba que la combinación de una situación laboral de despido con la abundancia de armas una vez más había causado una matanza en Estados Unidos. Él lo explicaba así:

—Un hombre armado que iba a ser despedido abrió fuego en Chicago contra sus antiguos compañeros de trabajo en Windy City Core Supply, una empresa de piezas de recambio para automóviles. El tiroteo concluyó con la muerte de seis personas. El agresor también murió, no se sabe si se suicidó o fue víctima de los disparos de la policía que, minutos después de comenzar el incidente, rodeó el edificio, tal y como estamos viendo...

El momento final del tiroteo pudo seguirse casi en directo, y por la trama de la escena y la calidad de las imágenes no se sabía bien si aquello era ficción o realidad. La policía estaba protegida por tiradores de élite situados en los edificios cercanos, después avanzaban varios de ellos con pasos firmes, cubiertos tras sus patrulleros y muchas luces que arrojaban destellos… Hubo un intercambio de disparos y al final, el silencio.

Rápido llegó otra noticia que concatenaba secuencias.

—Hace una semana —leía el presentador— un trabajador de Ohio mató a un compañero de trabajo e hirió a otros dos antes de suicidarse. Para encontrar muertes similares hay que remontarse a 1999. En julio, un operador financiero mató a nueve personas en Atlanta; en noviembre del mismo año, un mecánico de fotocopiadoras en Honolulu mató a siete personas. En febrero de 2001 un antiguo empleado de una empresa…

El doctor Plancton tenía suficiente. Bajó el volumen; sólo quería a sus espaldas un suave murmullo de algún desconocido de la televisión, alguien que susurrara a media distancia, así no se sentiría tan solo en ese magnífico día en Los Ángeles en el que él, en cambio, trabajaba en mil detalles pendientes de resolver.

Seguía una voz en *off* sobre imágenes cambiantes; decía que cada época tiene sus patologías. La pregunta era directa: Cuando la esperanza de vida estaba en los cincuenta años y las infecciones mataban a millones de personas, ¿quién iba a preocuparse de la fatiga psíquica? Nadie. Pero, seguían diciendo, llegaron los antibióticos y mejoraron las terapias, la esperanza de vida casi se duplicó y quedó tiempo para irse preocupando de los riesgos cardiovasculares, del estar quemado en el trabajo, del acoso laboral y las demencias del anciano…

Antonio Plancton no escuchó. Centrado en su discurso, leía a Homero y estudiaba sobre la incubación de los sueños con ese poder de concentración que siempre demostró el médico desde sus tiempos de universidad. No le costaba aislarse. El mundo antiguo, sin duda, se le tornaba moderno.

Inmerso en las antiguas civilizaciones, aquellas de los augurios, de los presagios, de los vaticinios..., él se sentía absolutamente griego; ni inglés por nacimiento, ni español por residencia, sólo griego, tan griego como Tekas Plancton, su padre. Más aún, tan griego como los antiguos griegos, aquellos que asistían al simposio —un lugar perfecto para la conversación— o al gimnasio; aquellos que se hacían rodear por sabios que les ayudaran a comprender el mundo, aquellos que no huían de los problemas pero sí querían liberarse de entelequias desordenadas, aquellos que buscaban la felicidad plena liberándose del miedo y buscando la meta más alta: la que aplaudía por igual el placer espiritual y el placer corporal. Aquellos que, en definitiva, querían que la trascendencia fuera algo más cercano.

Antonio Plancton leía el catálogo de las preocupaciones universales que afloraban en los sueños de los clientes que acudían a ver a Artemidoro, en el siglo II. El doctor se quedó electrizado al ver lo iguales que seguimos siendo los humanos... Al menos, los humanos preocupados.

—«Temor a perder el empleo, deseo por volver a la patria en el caso del exiliado, miedo del enfermo a la muerte, del atleta a la enfermedad y del soldado a la dureza de la profesión; preocupación del político ante el desprecio de la multitud, temor del rico a perder sus posesiones, búsqueda de protección y seguridad por parte del pobre...».

Le reconfortó la idea de sentirse comprendido, comprendido por los que ya no estaban, aquellos griegos, eruditos, estudiosos... Comprendido por Dorothea. Tampoco ella estaba pero aún le decía al oído otra vez: «Estás en lo cierto, Tony. Continúa, avanza, vas bien...».

Para Dorothea, su novio siempre estaba en lo cierto. Lo creía de verdad. Y Antonio se acurrucaba a su lado, como si fuera un perrito que le daba las gracias a su dueño por la galleta... Sólo para Dorothea, Antonio volvió a ser Tony, el Tony al que llamaba su madre cuando le pedía que la ayudara a sacar la basura al contenedor de la calle, cuando le preguntaba si había hecho ya los deberes o, simplemente, le solicitaba un beso.

También Tony le pedía a su amante y compañera que avanzara con sus ángeles. Las pinturas serían fantásticas, cada cual acompañada de una historia. Sólo los bocetos ya merecían un respeto profundo.

—¿Sabes? Siempre hay un lado de luz y un lado de sombras, un lado positivo y un lado negativo; un lado femenino y un lado masculino. Es el ser humano el que tendrá que esforzarse en lograr una armonía, un equilibrio... ¿O no?

—¿Qué dicen los ángeles al respecto? —le preguntaba Antonio, absolutamente embobado con su pareja.

—Ellos son seres de luz, Tony, son totalmente puros, nada oscuro puede alcanzarlos. Su misión es despertar la conciencia dormida de los individuos.

—¿Ah, sí? —Se acercó a ella.

—¿Acaso te burlas?

—No, es que... Me encanta oírte y que me cuentes cosas. Todo lo que me digas me sonará celestial... —Reía.

El abrazo duró hasta el siguiente diálogo.

—¿Y cuál es tu ángel favorito, después de mí? —preguntó Antonio Plancton.

—Mira, es del arcángel Uriel, ¿ves? —Estaba concentrada la artista, mientras enseñaba su último trabajo, aún en boceto—. En su mano lleva una llama de fuego y en la otra, un pergamino o un libro, sus ropas serán de color anaranjado y dorado.

—¡Es impresionante, Dorothea!

La ausencia de la mujer a quien tanto había querido inhabilitó al doctor para comenzar ninguna otra relación. El recuerdo de su voz se unió al murmullo de la televisión, los libros, los apuntes, mil repasos y esa cama de hotel que le recordaba que estaba a diez mil kilómetros de distancia de su casa. Tal vez Dorothea fuera un ángel también. Y Antonio Plancton sonrió por la ocurrencia y se le iluminó esa cara que, sin duda, resumía muchas facciones, muchas culturas, mucha vida.

El director de la Unidad del Sueño era lo que se dice un hombre guapo, acompasado en su actitud, elegante en sus ademanes; carismático, coherente hasta en sus desvaríos. Todo ello le daba una belleza que aún destacaba más cuando se encontraba en la consulta con su bata blanca y las letras de su nombre y apellido bordadas en el bolsillo lateral izquierdo, en grueso hilo de color azul. Muchos de los que oían hablar del doctor Plancton, aunque apenas le conocieran, querían encontrarse con él, como los pacientes de las terapias de grupo, en Madrid, esos que aún le seguían esperando, cada viernes, capitaneados, al frente, por la psiquiatra Laura, la más fiel enamorada de entre todas las candidatas con vida que podrían aparecer en el mundo de los sueños soñados, esos que nunca se convierten en realidad.

Capítulo
13

Salvador estaba muy introducido en la frenética actividad de Los Ángeles a través de Florence; sin embargo, el paisaje de la ciudad le era ajeno. Apenas pisaba la calle, por eso no conocía nada. Para él Los Ángeles era lo que se colaba por la ventanilla del coche cuando estaba en alguno de los múltiples desplazamientos por carreteras siempre atascadas. Esto al principio le produjo una cierta inquietud, pero después asumió que Los Ángeles para él podría ser simplemente eso, un cúmulo de trayectos para llegar a los sitios. Este desconocimiento, además, se vería compensado con creces con tantas actividades sociales como tenía con los más variados habitantes de ese lugar del mundo.

Sin embargo, Salvador, ya fuera desde las actividades de la compañía Nueces de California o las sugeridas por Florence, se sentía el actor principal de una película llena de personajes, que desarrollaban su vida en una ciudad común.

Se veía a sí mismo participando en situaciones y lugares que, de tan inverosímiles, dejaron de parecerle extrañas, como era el asistir a la venta callejera del contenido de una casa, en Malibú, lo que se llamaba un *garage sale*.

Él era uno más en la película de esa ciudad, apabullante, colérica, inagotable, extrema, infantil; más que infantil, adolescente... Lo que necesitaba el enfermero prejubilado que no siempre se acordaba ya de que lo fue. Cada día estaba envuelto en el constante mundo de las serpentinas; alternancia de nueces y, después, muchas serpentinas.

—Nos vamos de Malibú. Nosotros vinimos aquí hace más de diez años huyendo del bullicio, pero ahora esto también es demasiado ruidoso —se confesaba la ex dueña de la casa que había sido vendida en apenas tres días.

La anfitriona mantenía un aire hippie reciclado, con flores en cascada sobre el pelo y unas babuchas en los pies. Los grandes escotes que mostraba su vestido, tanto por delante como por detrás, enseñaban, desde luego, un cuerpo tensado por unos músculos que contenían la misma fuerza que los radios de una bici de carreras.

Dorothy, así se llamaba, le dijo que desde esa zona de Malibú se miraba sin complejo una parte de la ciudad de Los Ángeles y los barrios de Silver Lake y Los Feliz. Eran una serie de casas, decía, de estilo español, habitadas en su mayoría por profesionales variados y muchos artistas. Salvador, habitante de una ciudad dormitorio de las afueras de Madrid, lo desconocía. Por eso sólo se atrevió a decir algo, que podría ser nada y que se resume en un lánguido:

—Ya...

La importancia de los peces fluorescentes

Sólo hacía una hora que el antiguo enfermero estaba al tanto de la casa como de su dueña. Les presentó Florence, a quien tampoco conocía mucho más allá de cuatro días atrás, el tiempo desde el que ella se convirtió en algo así como su introductora de amistades y situaciones, siempre que la Compañía que les hizo coincidir les dejara algún rato de descanso… En realidad Florence parecía, sin serlo, su vieja amiga. Más aún, según se comportaba, podrían parecer los eternos novios de América.

Florence le condujo hasta allí y allí le dejó a su aire, y Salvador, entonces, en el umbral de una casa llena de cosas inservibles, se enteró de que los americanos son muy proclives a cambiarse de domicilio, sin mayores sufrimientos ni por vender su vivienda ni por vender cuantas más cosas pudieran de su interior. Eso es lo que hacían en los *garage sale,* un saldillo de artículos en buen estado de los que imperiosamente sus dueños necesitaban deshacerse para, así, empezar en blanco una nueva etapa. En realidad, Salvador estaba atónito con los mil diálogos chirriantes que se colaban entre restos de lozas o ahuecadores para el pelo…

—Las cosas hablan de lo que somos —le dijo una vez a Laura, su terapeuta, en Madrid—. Somos objetos en venta —continuó, pero ella, como tantas veces, cambió la conversación.

Y estaba él en estas elucubraciones cuando se les acercó Ariel, otra amiga de Florence.

—¡Dorothy! ¡Qué guapa! Estás estupenda. ¿Por qué flor te has inclinado hoy? Cuéntanos… —dijo señalando la cascada de flores que la anfitriona llevaba en el pelo.

—*Artemisa Douglasiana* —respondió, plena de seguridad aun con cierto rubor, pues temía a Ariel, que ya sabía ella que era imprevisible.

—Oh, *Artemisa, Artemisa...* ¡Viva Grecia! ¿Qué sería de nosotros sin Grecia? —preguntó a los presentes.

—¿Qué sería de ustedes... sin Grecia? —se distanció Salvador de los cinco miembros que compartían corro con él—. Serían ustedes lo mismo, ¿no?

—Grecia, diosa Artemisa, flores amarillas, amarillas como el sol... Rayos de energía... —Ariel se quedó pensando pero le faltaban aún las propiedades de la Artemisa que aprendió en un curso sobre *Los remedios florales de California,* por eso le pasó la palabra a la entendida—. Mi amiga Dorothy es experta en los mil remedios que nos traen las flores. Les recomiendo un curso sobre ello, ¿verdad, Dorothy? ¿Cuándo será el próximo?

—Empiezo en El Oráculo, me han contratado para encargarme de los tratamientos florales.

—¡No! ¡Nooo! —chilló Ariel con alegre histeria.

—¡Síííí! —respondió Dorothy algo menos estridente.

—¿Pero qué es El Oráculo? —preguntó Florence, que se acababa de incorporar.

—El Oráculo es lo más, no creo que haya un Centro así en otro lugar... Además de la antigua Grecia, que es de donde se tomó la idea, según creo...

—Cuando se va a El Oráculo, cómo explicarlo..., no se puede dejar de ir ya nunca más... Un club para gente sensible consigo misma y con los demás, cómo decir... Un centro de salud para la mente y el cuerpo, la solución para los problemas... Es difícil de explicar, es algo tan nuevo, ya lo veréis...

—¿Un gimnasio?

—Más que eso... ¡La puerta del cielo...! Además, es un lugar idílico para el sueño y sus significados...

Ariel, la amiga de Florence, era estridente y contagiosa; cabeza loca de una cadena de mil actividades que ella siempre iniciaba. Por eso, una temporada, sus dotes de persuasión la animaron a dedicarse a la venta piramidal, pero le trajo problemas porque los negocios del gran jefe de la idea no eran del todo claros y decidió dejarlo. Además, no le traía mayor satisfacción saber que sus 250 amigos y conocidos tenían el *colchón de los sueños felices*, al enrolarse todos ellos en su aventura de venta escalonada. Aquello se convirtió en un buen acto del pasado; no en vano el colchón, aunque muy caro, era de primera calidad y sus amigos aún se lo decían a veces...

—Ariel, siempre te lo agradeceré. No exagerabas sobre los milagros de esos muelles y el látex...

Ella también debería agradecérselo; ganó mucho dinero. Sin embargo, después de aquello pensó que lo que debía hacer era dedicarse a su propia formación. Una formación plena, continua, que le hiciera desenvolverse con éxito en todo tipo de situación, tanto entre sus amigos como con los compromisos de su marido y los múltiples conocidos de la pareja. Ella y su esposo Roger, cirujano plástico en Beverly Hills, tenían, realmente, una ajetreada vida social. Por eso, mientras su marido operaba, ella recibía amplios conocimientos en diferentes cosas, y era tal su empeño que, muchas veces, su dedicación superaba en horas a cualquier jornada laboral, incluida la de su esposo.

Era lo que se dice una depredadora de cursos, especialmente los que ofrecía el centro para adultos de la Universidad. Las últimas disciplinas con las que había obtenido su certificado de asistencia habían sido *Cómo escribir un diario personal*, *Cómo recibir un cumplido*, *Cómo desentrañar los verdaderos secretos del Ulises, de James Joyce* o *Cómo dar las correctas órdenes al personal de servicio*. Todo le interesaba. Como las propiedades terapéuticas de las flores que ahora intentaba recordar...

El resto era vida social.

—Salvador, ¿Salvador es su nombre, verdad?, ya haremos una noche una cena en su honor y así hablamos de Madrid y sus embrujos.

—¿Cómo? —La última palabra no la entendió bien.

—Embrujos...

—Ah...

—¿O era Sevilla la que tenía embrujos? Perdón, no recuerdo bien... —Se disculpó sin disculpas realmente porque pocas cosas las consideraba dignas de aportar preocupación en su mundo tan activo, al galope todas las frases en su boca... Y ya la cabeza y sus pensamientos los tenía de frente a Dorothy, la dueña de la casa.

—... Sigo sin recordar qué significaba *Artemisa*...

Salvador, en ese momento, casi podría decirse que envidiaba esa forma tan concreta de vivir, tan simple. De repente miró a su alrededor y vio a gente lanzada en el hoy, sin mayores dudas, ni elucubraciones mentales. Compras rápidas, decisiones que no llegaban ni a ocupar un minuto al reposar la cabeza sobre la almohada; uno decide irse de Malibú y lo hace. Ya. La casa en venta. La casa vendida. Objetos en venta. Objetos vendidos. Cambio de vida, nueva residencia, otro lugar. Qué sitio. No sé. Ya se verá. Eso mañana. Mañana decido dónde vivo y compro la casa y me instalo con la ayuda de otro *garage sale* del nuevo vecindario y...

¿Por qué le resultaría a él casi imposible ser tan concreto?, se preguntaba Salvador interiormente. Si hoy le ofrecieran la oportunidad, diría que sí, diría que él quisiera conocer lo que es tener la mente casi en cuesta, para que resbalaran todas las dudas de ese mundo que él siempre veía tan complicado y tan abierto como un océano, inmenso cuando se trata de decidir entre las mil posibilidades que ofrece un solo punto de partida o las mil caras de un mismo... embrujo.

«¿Embrujos, habrá en Madrid?», se preguntó cuando él, como siempre, se quedó atrás. Ya nadie recordaba una palabra de lo que se acababa de decir, sólo su mente renqueaba atrás... como el último corredor de una maratón, pendiente aún de la superación de su propia marca cuando los demás ya están en el podio con las flores...

—*Artemisa* significa felicidad —dijo, al fin, Dorothy, acariciando ese pelo en el que tenía esparcidas las flores, como si fueran los racimos de las neuronas en el cerebro. Atusó mientras hablaba esas pequeñas chispas amarillas que estaban prendidas en su pelo.

Un elegante caballero se acercó a Salvador. Iba inmaculadamente vestido de sport, con un atuendo aparentemente anodino aunque, sin duda, más caro que el más económico de los chaqués que se podrían encontrar en los grandes almacenes que solía frecuentar el ex enfermero.

—¿Qué es esto, sabes? —le preguntó, mostrándole un extraño artilugio.

En realidad Salvador tenía cara de saber lo que era ese objeto y todos los que poblaban el *garage sale* de esa calle en cuesta de Malibú. Pero no era así, de manera que Salvador se dirigió directamente a la propietaria de la casa y de los enseres en venta.

—¿Qué es esto, Dorothy?

—Es una máquina trituradora para hacer mantequilla de cacahuete… —respondió con gran conocimiento.

—Una máquina trituradora para hacer mantequilla de cacahuete… —repitió Salvador, buscando una cierta complicidad en su interlocutor. Pero no la encontró.

—¡Qué interesante! Me la llevo. Gracias —le dijo a Salvador, tomándole en realidad por el anfitrión—. ¿Cuánto es?

—Se lo dicen en la puerta —apuntó Dorothy—. ¿Ve aquel mueble de estilo antiguo? Sobre él están los precios. Pero, bueno, barato… Lléveselo —dijo esta vez acompañándose de una palmada al desconocido visitante de su venta y de su fiesta—, hágame ese favor, que no puedo más con tanta cosa inútil…

—No, pero está bien… siempre quise una trituradora de…

—Sí, para hacer mantequilla de cacahuete. Es fantástica —concluyó Dorothy.

—Eso pienso yo. ¡Gracias!

Cinco bailes, varios cafés, incluso whisky y algún licor. Todas las personas, aparentemente, se conocían; sólo al cabo de un rato descubrió Salvador que no. Cada cual invitaba a quien quería, los mismos transeúntes podían entrar, mejor dicho, vecinos, allegados de una u otra forma, porque en Los Ángeles, en realidad, no había transeúntes. Si estabas en un sitio es porque te habías dirigido a él, no porque pasaras por allí...

En Los Ángeles, eso sí lo aprendió pronto Salvador, sólo deambulaban los coches, no las piernas, ni las mentes. Por eso no había transeúntes.

Los coches particulares, que eran los que mandaban sobre las personas, iban directos, como las mentes, como los pensamientos, como los pies camino del salón de belleza para hacerse la pedicura. Economía de vida. Piensa rápido y acierta. Y si no aciertas haz un curso para conseguirlo en diez días, o incluso menos... Todos los presentes del *garage sale* disfrutaron compartiendo los bollos y el whisky con una camaradería como si fueran compañeros de colegio o colegas de mil aventuras. Salvador se sintió menos desplazado porque él, como el resto, era un sujeto que decidió ir a la casa de una anfitriona que resultó ser suavemente encantadora, o al menos tenía el don de parecerlo; nada en ella hacía sospechar que invitaba sólo por el interés de vender media vida, que hasta regalos de su boda tenían su precio.

Risas desconocidas. Extraña vitamina.

Salvador incluso bailó con la anfitriona. Se dejó llevar, dando vueltas y vueltas, y entre esa zambullida de vértigo y riesgo le llegó la decisión repentina de ser un poco semejante a los que tenía cerca. Le entró el *laid back*, el gusto por dejarse llevar del todo en ese punto sin retorno de América. Porque lejos de poseer la enfermedad del viajero, el *jet lag* —como les había pasado a sus compañeros del curso sobre las nueces, a quienes aún les costaba hacerse a los nuevos horarios—, Salvador sólo sufrió el efecto mimético de querer ser como sus semejantes. Y fue así como, en pleno baile, dando vueltas con la dueña del ramillete de flores que ya volaban por los aires, Salvador forzó, con una ligereza impropia de su carácter, forzó... una súbita decisión. Dejó de ser enfermero prejubilado, dejó de estar en tránsito, dejó de ser el dueño de *Tusca,* dejó de ser paseante sin prisas entre las rotondas de su ciudad dormitorio, dejó de ser un cascarrabias, dejó de ser, incluso, un mero afortunado de un concurso, dejó de ser... un inactivo social, un asiduo a La Trastienda, un habitante de Europa, un insomne del mundo...

—¿Desde cuándo estás en Los Ángeles? —le preguntó Dorothy, limpiándose los restos de rímel que huían del ojo en forma líquida a través de las lágrimas que provocó la velocidad. Lágrimas que se le escapaban después del baile, las risas y los mil giros.

—¡No llega a una semana!
—¿Sólo?
—¿Qué? —No se oía bien.
—¿Sólo una semana?
—Sí...

Aún tuvo Salvador el reflejo de pensar en esa llamada de atención que le produjo el hecho de que le preguntaran «desde cuándo» estaba en Los Ángeles y no «hasta cuándo» tenía previsto quedarse en Los Ángeles... Ese matiz, insulso, encerraba todo un cambio de rumbo entre la cultura en la que él había crecido y ante la que él estaba ahora, de pie, manteniendo el equilibrio en multitud de giros...

—¿Y a qué te dedicas?
—Soy enfermero, pero he venido a Los Ángeles a sacar adelante un negocio que todavía estoy perfilando...

—dijo riéndose ante su propia ocurrencia y su absoluta seguridad.

—Entonces también tendrás que buscar casa.

—Sí, por unos meses.

—¡Bienvenido a la locura de la búsqueda de casa! Nosotros todavía no la tenemos y dejamos ésta la semana que viene. Nos iremos a un hotel. ¡Qué más da, aún falta mucho!

—¡A bailar! —Ariel agarró a Salvador por la mano y la cintura. También ella quería girar y girar con el amigo de Florence. Cada vez había menos cosas que estorbaran en los salones. Las ventas iban bien, eso decía el marido de Dorothy cuando tuvo ocasión de hablar con ella un momento.

—Esto va bien, Dory…

En la habitación del hotel de Salvador aún reposaban unas postales de Los Ángeles que compró nada más llegar. Eran unas imágenes de autopistas con cinco carriles cada una… Asfalto en estado puro. Tenía esta foto en dos variantes, de día y de noche. Era cuando aún cuestionaba la humanidad de esta ciudad, que veía como un armazón de chatarrería; una extensa, impersonal y contaminada ciudad con su nombre escrito siempre en centelleantes caracteres de color rosa chicle.

¿Pero quién se acordaba de esas imágenes ahora? Irían directamente a la papelera. Su equipaje también sería cada vez más reducido. Apenas unos trajes para diferentes ocasiones y un buen puñado de nueces, nada más. Nueces que trasportaran sueños; imágenes dulcemente acompasadas al ritmo de una canción de la infancia, aquella que hablaba de lo que le ocurrió una vez a un barquito. Un barquito, sí, de cáscara de nuez.

Capítulo
14

Salvador tomó el hábito de reinventarse a sí mismo. Cada día un poco más, como las pequeñas mentiras, que crecen solas, o los disparates, que cuando se juega a decirlos van siempre en aumento.

—Me voy a tomar unos meses de descanso —dijo Salvador a una pareja de belgas, compañeros del concurso. Se encontraban en un descanso para el café el último día en que eran convocados por sus anfitriones, los empleados de relaciones externas de las Nueces de California.

—… Ha llegado el momento de sacar adelante un negocio que tengo en la cabeza desde hace tiempo —decía el mismo Salvador a un matrimonio inglés.

Sin duda, el antiguo enfermero tenía muchas personas con las que practicar a la hora de aprender a reinventarse. Todos sus compañeros, los afortunados de Europa, eran un perfecto arranque.

—Interesante… —respondían los ingleses al unísono.

—¿Ustedes saben decir «el perro de mi abuela murió en la carretera»?

Salvador hablaba entre risas, ya con absoluta camaradería y plenamente relajado después de muchas horas en común entre nueces, en limusinas, en el teatro, en el autobús, en el hall del hotel, ahora apurando un café...

—¿El perro de...?

—¡Mi abuela! El perro de mi abuela... murió en la carretera.

—Oh, difícil...

—Murió el perro de mi abuela atropellado por un tractor en la carretera...

Cada vez más largas las frases, más imposibles. Tanto en inglés como en español. Allí nadie era capaz de atinar con los trabalenguas, que por algo reciben ese nombre...

—Pues el perro de San Roque no tiene rabo, ¿sabéis por qué?

—¿Qué?

—Porque Ramón Ramírez Rodríguez se lo ha cortado...

Y los ingleses reían y le respondían con otra perorata de sonidos incomprensibles. Había, desde luego, ganas de pasárselo bien, de apurar el tiempo en compañía de la Compañía de las nueces y de los compañeros del espacio terráqueo que se pusieron en camino rumbo a Los Ángeles en iguales circunstancias, unas coordenadas idénticas de tiempo y espacio. Así son las cosas, a veces. Todos ellos eran los vencedores de una victoria que a ninguno le resultó costosa pero sí inmensa. Lo sabían bien porque el azar...

El azar es caprichoso e inconstante.

Conocedores de su suerte y esa melancólica impresión de que no volverían a verse en el transcurso venidero de sus vidas, se sentían algo desconcertados ante la evidencia de que… sería imposible que otras coordenadas volvieran a parar sus agujas en iguales circunstancias. Por eso, en el inicio de la última jornada, los veintinueve afortunados europeos se encontraban aún más dispuestos si cabe a pasárselo bien, a disfrutar el día entero con biorritmos homogéneos porque ya ninguno renqueaba con sueños desnivelados a causa de las diferencias horarias. Todos a una.

—Y ahora que estamos bien llega la hora de marchar —comentaba una pareja italiana, la que más notó los efectos del *jet lag*.

Después del café, estaban de nuevo en corro en una de las salas de reuniones de la Compañía. ¡Lo que pueden variar los habitáculos!; esa misma habitación, transportada a un mundo inerte, bien podría ser la sala donde se reunían, también en corro, los insomnes asistentes a la terapia de grupo de los viernes, en el Hospital Central de Madrid. En la distancia, Salvador les deseó lo mejor. Apenas coincidió con ellos una tarde, ni siquiera recordaba ya los nombres de aquellos que aún esperan al doctor Plancton y por eso le siguen dejando una silla libre al lado de la psiquiatra Laura que los conduce entre preguntas y juegos cada semana; aquellos que, aun sin Salvador, si elevaran sus brazos tocándose en cadena los hombros con las puntas de los dedos de sus manos, compañero con compañero, seguirían dibujando en el aire la figura de un gran laurel. Un gran laurel victorioso, como el de las viñetas de Astérix, multiplicado por diez. Un laurel en estado latente. En espera.

—Tenemos una jornada por delante llena de sorpresas… —comentó contundente el empleado de las Nueces de California, ya bien conocido por todos.

La importancia de los peces fluorescentes

—¡Vaya, bien...!

Se movían en sus sillas, contentos, los que anhelaban información aunque no esperaban nada, que es el mejor estado de todos los posibles cuando uno va a recibir una gran sorpresa.

—Aquí tenemos estos trabucos de madera. Vamos a simular una gran batalla entre dos equipos. Unos son las nueces blancas, los otros las nueces pardas... ¿Quién de los dos equipos ganará? —El tono del anfitrión de las nueces siempre era animoso.

Se eligieron unos a otros para formar equipos. Después de casi ocho días se conocían bien. Estaban muy unidos los que sabían que la vida pronto les separaría para siempre que, a fin de cuentas, eso era como morir... Aquí me tienes. Vamos allá. Todos a una. Que no parezca que no me importa, que tenemos que ganar...

Ya quisieran los gerentes de la propia empresa una entrega semejante entre los que cumplen cada día su jornada laboral en la sede de la propia Compañía en la ciudad de Los Ángeles; para esos trabajadores de plantilla no existían las casualidades sino las certezas. Las certezas de que después de un día se presenta otro día y aún otro y dos más, y cuando esto sucede aparece un nuevo cómputo en el calendario laboral, que viene acompañado de sus fórmulas, entre la más temida la que se nombra a continuación: rendimiento semanal. Y así siete días, y siete más, y los quiebros sitúan a quién es quién en su puesto del organigrama general, que para cada cual existe una retribución y unas quejas, y también unas compensaciones... y el sueldo con el que comer. Pero volvamos al juego.

Ganó el equipo de Salvador.

Si esto hubiera sido un combate de boxeo, el juez, desde el centro del *ring*, estaría sujetando con fuerza las manos de los dos púgiles, a derecha e izquierda, para levantar después, como un cohete, sólo una. Elevación hacia arriba, hacia la gloria. En torno a Salvador todos sus compañeros se abrazaron como se abrazan los jugadores de fútbol en torno al que metió el penalti decisivo en el minuto final. Todos a uno. Todos encima, que a veces la alegría puede traer la asfixia o, aún dicho de otro modo, a veces, por incomprensible que parezca, la falta de oxígeno no trae la muerte sino la vida.

* * *

Salvador duerme, Salvador está bien. La vida y sus sorpresas superan en remedios al más potente de los analgésicos, al más compacto de los divanes que le fue ofreciendo su psiquiatra y el resto de los médicos que conocían bien su historia. Una historia parcheada a través de subidas y bajadas que, resumiendo tal vez en exceso, podríamos sintetizar entre las pastillas para despejarse y las pastillas para dormir, pasando, además, por otros sinsabores y también por pequeñas glorias, como la que estaba ocurriendo en ese momento cuando un enfermo de una de las habitaciones de la planta segunda del Hospital Central de Madrid preguntaba por Salvador en medio de la noche.

No está, le dice un enfermero en prácticas. Ya no trabaja aquí, le confirma después de consultar a su jefe de planta porque a él, su nombre, así, de primeras, no le resultaba familiar. Ya no está.

El enfermo empujó su tristeza hacia la hondura de la almohada con la poca fuerza que aún le quedaba en esa noche de desvelos. No está quien le hablaba de los resultados del Real Madrid; pero por qué se fue sin decir nada ese que le desentumecía los dedos de los pies cada vez que se iba; un ligero palmeo sobre la manta, justo antes de abrir la puerta de la habitación y pedirles en voz baja que si necesitaban algo no dudaran en llamarle.

Así hizo; le llamó, pero no estaba.

A veces las desilusiones para unos son alegría para otros, porque si Salvador supiera lo que estaba ocurriendo en esa habitación del hospital, si acaso él imaginara que la almohada de Juan, el de la 204, estaba mojada por lágrimas y desconsuelo, el enfermero prejubilado se habría emocionado, y no sólo eso, le dedicaría la victoria de la batalla entre nogales desde los diez mil kilómetros de distancia a los que se encontraba. Le diría que él no quiso marchar, que apenas le pudo decir adiós porque quedó postrado en la sombra de los prescindibles; que también él le recordaba, a él y a los otros, aunque ahora le viera así, vestido con un extraño disfraz y un trabuco en la mano. Le diría que no hiciera caso de esos rumores que se transmiten entre sueños, o tal vez se intuyen, nada más; que si hubiera visto en sus vigilias a un puñado de extranjeros que van diciendo por ahí que Salvador ahora es un hombre de negocios, que no hiciera caso del todo aunque un poco sí, pero atendiendo antes a una explicación sincera.

Le diría que ser enfermero es algo tan endémico como la misma enfermedad. Le diría que él lo era —o lo fue— porque, simplemente, no pudo dejar de serlo, que muchas veces sus enfermos dolían más que las propias lumbalgias. Le diría, además, que si él no estaba ahora en el hospital era porque alguien, en contra de su voluntad, entendió que debía prejubilarse, esto es, marcharse, asumir un imposible, que es lo que le exigieron en ese momento y que fue, ni más ni menos, que acelerase su desaceleración profesional... y esta lucha de contrarios le hizo volver casi loco, de absoluta incoherencia. Y por no aburrir no le contaría cómo llevó hacia delante su proceso de descompresión, que fue algo así como cuando uno se sumerge en las profundidades del mar a pulmón libre, en apnea, y asciende desde lo más hondo, administrando poco a poco el oxígeno que son capaces de retener los pulmones. Le diría que, justo cuando estaba en ello, apareció de repente una lancha motora por la superficie y —no sabe cómo— ganó el primer concurso que había ganado en su vida y, después, las cosas se fueron enlazando. Y ahí estaba él, en Los Ángeles o con ellos, tampoco sabía bien, pero sobreviviendo, al fin. Con un trabuco de nueces en la mano.

Le hablaría de su aturdimiento, su confusión. Le contaría cómo de prejubilado pasó a ser un niño que jugaba con nueces y cómo a sus años, las preocupaciones desaparecieron delante de sus ojos aunque él tuviera la certeza —esto sólo se lo diría al enfermo de la 204— de que esas tristezas ahora sumergidas huirían hacia otro lugar, como las goteras en una casa cuando no encuentran conductos para dar salida a su asfixia y forjan nuevos caminos a base de lágrimas con cal, que lo único que quieren es llamar la atención, no sobre ellas mismas sino por una herida en la cañería, más allá, que se está infectando.

Le diría a su enfermo que, a pesar de todo, debía alegrarse por él y por este remedio pasajero del que estaba disfrutando. Salvador, su enfermero preferido, se encontraba dispuesto a jugar a lo que se terciara, a ser lo que se terciara, con tal de sentir eso que estaba sintiendo otra vez… Porque… quién le iba a decir a él que notaría con semejante virulencia la vitalidad, el orgullo y el coraje de un niño y un adolescente y un hombre a la vez. La plenitud bien entendida de cinco decenas y un pizco. Los años de su vida.

Después le tocaría los dedos del pie cubiertos bajo la manta, y le diría: no me olvides.

Capítulo
15

La última jornada continuaba con una intensidad que es difícil de mantener muchos días seguidos. Los ganadores del concurso de las nueces brindaron con vinos espumosos, y se olvidaron por completo de todos los antes y los después del universo.

—¡Mirad, parece que hay electricidad en el aire!, ¿no lo notáis? —dijo Frank, el inglés, que estaba tumbado—. ¡Cuánta energía…! —continuó—. Intentaré recordar esta sensación cuando esté en mi cama, sin poder dormir…

—Hay veces que los problemas se consideran más grandes cuando uno está en posición horizontal, ¿no es verdad? —apuntó Florence—. Después, te levantas, y así, en vertical, las cosas se ven menos prepotentes…

Empezó a llover, pero apenas sentían la lluvia; no tenían ganas de marchar, daba igual, aunque llegara un terremoto en ese mismo instante…

—Yo tengo un amigo que trabaja de noche en un hospital, y al salir cada mañana no se quiere poner las gafas de sol, ni siquiera se va a casa. Apura aún más las horas hasta que se acuesta después de comer… Me gustaría que viera esta luz. —Salvador quedó pensativo, y con él, los demás.

El anfitrión llegó junto a ellos.

—¡Vamos, que queda la piñata final! —anunció dando grandes palmadas como si fuera el animador de una fiesta infantil.

Por las edades de todos los participantes, no podían tener hijos en edad de piñata, pero tampoco nietos; ésta fue una coincidencia ya comentada en los primeros días. Para ser sinceros, este juego lo tenían casi todos un poco olvidado. Lo conocieron cuando gastaban ahorros en las sorpresas de los chicos, para darles el fin glorioso a las fiestas de los cumpleaños, para darles… lo que muchos de ellos no habían conocido en su infancia, que el sueldo se empleaba para comer y las cuartillas del colegio, que qué era eso de comprar por comprar y dar zambombazos a un artilugio por el que llovían cosas innecesarias y difíciles de guardar…

No, no habían llegado tampoco a esa edad en la cual las personas se olvidan tanto de sí mismas que todas las conversaciones en las que participan, de una u otra forma, se centran con exclusividad en los logros de los hijos y las ocurrencias de los nietos. Ninguno de ellos quería hoy asumir ese rol, que nietos no había pero hijos sí, muy lejos, ¿quién se acuerda ahora de ellos cuando hay tanta minucia y serpentina esperando para saltar por los aires desde una gran nuez de cartón?

Todas las piñatas del pasado, aquellas que no llegaron a conocer, parece que se hubieran unido para la causa; esa gran causa que trata de nivelar las oportunidades de los que ofrecen hoy pero no tuvieron ayer. Así lo percibieron todos sin decirlo en alto. Recordaron su infancia —con otras bambalinas más austeras y no menos dichosas— pero ninguna piñata del pasado les habría sorprendido tanto como ésta.

El animador enorme tuvo que trasladar la gran nuez con la ayuda de dos compañeros y un transportador de varias ruedas. Entre los tres se hicieron con el gran alimento, como si fuera una reina de carnaval, vestida de fiesta para lucirse en su carroza. Luego, a modo de grúa, el fruto seco gigante fue elevado ligeramente del suelo hasta que los operarios consiguieron que se balancease desde lo alto de un torno, como un péndulo pesado.

El juego no consistía en dar golpes al fruto, tal vez no les parecía muy apropiado el mensaje que podría recalar negativamente en el nombre de la Compañía... No. Nada de golpes sobre la nuez. El juego consistía en abalanzársela unos a otros, cada vez con más fuerza, hasta que cayera de su interior lo que todos anhelaban aunque no sabían muy bien qué podría ser.

—¡Cómo volver a la normalidad después de esto! —pululaba en la mente de una de las participantes más jóvenes, empleada en un potente banco alemán, en Berlín.

Ella vivía casi donde trabajaba, allí en Berlín, en aquella mesa, cerca de los armarios que, en este mes de noviembre, rebosaban de prendas de abrigo. La mayor parte eran plumíferos, en esos momentos seguro que estaban bien apelmazados, unos contra otros, empleados contra empleados en extraña intimidad de puertas adentro del guardarropa, percha contra percha. Ahí, a oscuras, se caldeaban las prendas frías con otras que habían venido corriendo, expuestas a una extraña mezcla de frío y calor.

Cuando se cerraban las puertas parecía que las ropas de abrigo permanecieran ahí dentro toda la jornada laboral envasadas al vacío, como cuando una familia numerosa consigue el más difícil todavía en las vacaciones estivales, y más cosas al maletero, y más, y aún un poco más, mira que por este lado, de canto, aún caben las aletas de la playa, y la colchoneta, aprieta un poco más, espera que cierro, que cierro, fuera manos, chicos; niños, quitad de ahí el canario, que ése va delante, a los pies de mamá, ahí voy, que cierro... Ya.

Se cierran los compartimentos y conviven las cosas que dejamos de lado. Comienzan los vapores de los plumíferos a salir de esos otros cuerpos que acompañan en la vida al ser que los compró; vestigios de uno que quedan detrás, niebla. Se forma un vapor, tal vez sea eso el calor humano, tal vez se refieren a eso los que intentan explicar una y otra vez en qué consiste aquello que se llama solidaridad.

Vapor, bruma, una neblina blanquecina, igual que la de Los Ángeles, «nuestro querido *smog*», como diría el animador de la Compañía anfitriona californiana. Esa neblina también era solidaria ante los ojos de quienes vivían a su amparo porque ese *smog* era el único que podía amainar esa luz eléctrica que impactaba como un choque frontal ante los ojos. Impacto brutal que ciega a las personas y destiñe los colores de todo cuanto rodea al ser y hace, por ejemplo, que hasta las palmeras, lejos de conservar esa tonalidad verde sin concesiones, se vean de un suave tono color pastel. Era la niebla, y sólo ella, la que hacía que esa luz brillante californiana se suavizara, se tranquilizara y apareciera como un velo dormilón, somnoliento, desperezándose cada mañana...

—Y cuando se rompa la nuez, ¿qué hacemos? —preguntó en alto Salvador.

—¡Todos al suelo, a coger cuantas más cosas podáis, mejor! —El animador aún estaba asegurándose de que los amarres sobre los que pendía la nuez estuvieran firmes.

Se lanzaron el gran fruto seco unos a otros; risas mezcladas con mecánica parsimonia como quien impulsa un columpio en el parque...

—¡Vamos, vamos! —animaba quien debía animar.

Pero no lo hacían; seguían columpiando a la nuez. Era como si no quisieran que se rompiera jamás. Era tal la dicha que habrían querido dejarla así, pululando por los aires, de un lado a otro... Con ese juego intuían que se acababan las hazañas que brindaban con la suerte, sabían que llegaba a su fin esa vida que se les presentaba para todos ellos como un continuo carrusel. Lo cotidiano se acercaba, toda esa vida de la tierra que cohabitaba con las bolsas de plástico de las nueces de California y nunca más con los papeles de seda de diferentes colores.

Seguramente la normalidad que se avecinaba a pasos agigantados no era tan decepcionante como la veían ahora, tal vez por culpa de los influjos finales de una vida demasiado rosa, como las letras centelleantes de Los Ángeles que aparecían en las postales de la ciudad. Frente a eso, todo era gris, aunque sabían que la paleta de colores recobraría su normalidad con el tiempo. Lo rojo era rojo, lo azul, azul. Amarillo, verde, ayudas de blancos y negros. Los colores básicos de la vida; los mismos colores de los cables que utilizaba Luis en la Unidad del Sueño... Con ellos también se podían formar unas tonalidades muy parecidas a las del arco iris.

Pero ahora sólo veían el gris, como niños pequeños emperrados en su rabieta. En sus mentes, se recobraban las imágenes de todo lo mezquino que estaba por venir: las decepciones, los billetes pequeños, el sentirse de más, el ser considerado de menos; los desvelos de la noche, las oportunidades inalcanzables, los restos, los colores desgastados, los sinsabores, las noticias del periódico, el recordatorio de la radio, las imágenes de la televisión, los vecinos de enfrente, los hijos, que no llaman, la suerte que ya vino y ya se fue. Que se va...

—¡Vamos! ¡Pero bueno...! ¡Más fuerte!

—¡Es que nos da pena! —se atrevió a decir Florence—. ¡Con lo bonita que es...! (Ese detalle les iba a gustar a los de Marketing, lo incluiría el animador forestal en su informe final).

—¡Venga, venga! ¡Más coraje!

Y ocurrió. El quiebro de la gran nuez hizo que los presentes se llenaran de serpentina, tanta que les cegaba los ojos. Que no veo, que no veo... Los elegidos por la suerte palpaban el suelo.

—¡Aquí!

Todos lograron su premio, así estaba planteado. Según iban encontrando un objeto sólido en el suelo se les retiraba en silencio de la pista, tras un ligero toque en el hombro, como si fueran los descalificados de un concurso de *rock and roll*. Pero a ellos nadie les eliminaba de ningún baile, más bien al contrario, eran los elegidos del azar justiciero. En total, veintinueve cajas de terciopelo. ¿Una pieza de joyería?

Sólo se descubrió al final, cuando Florence, que en este caso fue la última, gritó.

—¡Aquí, aquí...!

Se abrieron las cajas y apareció ante cada cual una nuez de oro macizo de un tamaño discreto pero considerable, algo parecido a un prendedor para llevar incorporado sobre el atuendo que eligieran en cualquier ocasión. Por ejemplo, en la cena de gala de esa misma noche. Cena fin de jornada. Y fin de ficción. *The End*, habría que decir, para ser más exactos, como cuando Luis terminaba sus comidas de gloria con su mujer, agasajándola con todo tipo de exquisiteces antes de irse a dormir en una siesta divisoria que le derivaba a otros sueños.

Esa misma noche les esperaba la última velada importante antes de ir a dormir el último sueño en las distinguidas habitaciones del hotel.

Allí surgió, definitivamente, el nuevo Salvador.

Capítulo
16

Se oían los roces de las telas de los vestidos. Ras, ras. Ese sonido, que tantas veces había advertido el ex enfermero en las recepciones de palacio de las películas...

Se saludaban unos y otros. Estricta puntualidad en la cena de gala.

Muchos clientes y distintos allegados de la Compañía eran invitados a participar en este tipo de eventos. Su índice de respuesta siempre era elevado porque las veladas entretenían, la comida era de primera calidad y la duración del acto, discreta. De igual forma, los puestos intermedios de la empresa buscaban la oportunidad de hacerse invitar para hacerse ver, para sentir que eran alguien ante aquellos que nunca tenían al alcance de la mano. Toda la cúpula directiva de Nueces de California Group se encontraba en la mesa presidencial, al lado de los micrófonos donde tendrían lugar los discursos en los postres y la entrega de regalos a los equipos participantes en la última batalla campal.

La primera en hablar fue Sigrid, la concursante de Berlín. Lo hacía en nombre del equipo finalista. Nadie se esperaba de ella ese tono, tan cercano. «Desde pequeña siempre soñé con alcanzar las estrellas», así empezó. Después, dijo, en sueños había llegado a tocarlas con la mano. Por ejemplo, si quería una moto, también entre ensoñaciones, conseguía todos los títulos mundiales... En este viaje, en cambio, había conseguido vivir despierta, sin esperar a las mentiras de la noche. Terminó diciendo que sabía que todo era real, o tal vez no; que sabía que había amistad con sus compañeros aunque...

—Aunque no volvamos a vernos —miró a todos ellos.

El equipo directivo estaba orgulloso de su éxito, de su gente, de su producto, todo en una misma noche y al alcance de cuantos invitados de honor había en la sala, provenientes de Warner, Walt Disney, Estudios Universal o incluso algunos presidentes de las compañías con las que compartían esfuerzos de patrocinio, como Lexicon, hermanada con Nueces de California, porque impartía enseñanzas de inglés para sus empleados hispanos, ofreciendo su curso estrella, Inglés sin Barreras, con unas condiciones difíciles de rechazar.

Inglés, el idioma de lo próspero, comentaba muchas veces Salvador a su psiquiatra; el ovillo mismo de la comunicación. La gente de habla inglesa —solía decir cuando estaba enfadado— conoce el idioma desde la cuna, y después la vida entera les lleva a no aprender ninguno más. Tienen la oveja que les da leche, tienen la oveja que les da lana y tienen la oveja... que les mantiene para toda la semana...

En esa cena, en cambio, estaba de mejor humor cuando le llegó el turno de palabra después de esa mujer alemana de mediana estatura y fuerte complexión. Ella, educada en la rectitud de los discursos y en la intensidad de lo breve, llegó pronto al final. Dedicó las últimas palabras a la Compañía y a su hospitalidad y se retiró hacia atrás, para ocupar un puesto entre sus compañeros, que recibían ahora un recuerdo de manos del vicepresidente de la Compañía.

Llegó el turno a Salvador en representación del equipo de la victoria que comenzó mirando a Sigrid.

—Sí que somos amigos, todos. Sí que estamos aquí, hoy, ahora. Eso es una realidad. Y sí que dormimos...

—¿Qué ha dicho lo último? —preguntó a lo lejos la señora de los abrigos a otro auxiliar de sala.

—Que sí que dormimos... —respondió bajito su compañero de sala.

—Ya quisiera yo —dijo la auxiliar con acento indefinido.

En la engalanada estancia había risas. De nuevo, absoluta entrega.

—Bueno, no sé ustedes, pero, desde luego, ha sido una absoluta coincidencia que los afortunados ganadores de este concurso... tengamos problemas...

—¡Con Hacienda! —lanzó un grito al aire uno de los invitados, animado por la algarabía.

Risas, palmadas, desconcierto...

—No, bueno, no sé... Si se habla de Hacienda, nunca se sabe... —encajó la broma el orador para dar continuidad a sus palabras—. Tenemos problemas con el sueño. Qué coincidencia, ¿verdad? —y se dirigió al presidente, gesto que éste agradeció—. Dicen que es uno de los males de la sociedad de hoy; sin embargo, no todo es malo o es bueno de manera absoluta. Yo soy insomne, y leí un día que las nueces inducen al sueño, y por eso las compré. Leche caliente, nueces... Estaba harto de comer nueces cada noche, lo reconozco... Pero también asumo que son ellas las que me han traído hasta aquí. —Dejó un silencio y avanzó—. Yo también, Sigrid —giró su cuerpo un instante hacia ella—, he dormido aquí, porque he vuelto a sentir el placer del cansancio, la relatividad de las cosas, la lejanía de los problemas. Déjenme decirles algo, y ya no hablo más de mi vida..., pero siento que debo decirlo y ustedes me van a perdonar...

De nuevo desconcierto, ligero resquemor en los ojos del presidente que pensaba que todo estaba yendo muy bien... Pero quién es éste, de dónde ha salido, pensaban muchos, hasta incluso el propio responsable de Marketing creía que se estaba excediendo. Sin embargo, tenía a la sala en su bolsillo.

—Me han prejubilado.

Murmullos en el ambiente.

—... Da igual lo que hiciera antes pero me han dejado sin hacer nada. Aquí he recordado cuánto añoro la acción, el debate, el esfuerzo, el sudor y la carrera. Añoro la vida activa y, desde luego, siento que aquí la he recuperado. No soy el mismo que cuando llegué. Ahora sé que la fuerza que tengo debo canalizarla para comerme el mundo... a mis cincuenta y tres años.

No había respuesta en la sala. En realidad había tocado un tema tabú, la edad no existe en California; las fiestas de cumpleaños eran una práctica inofensiva para renovar cada año el pacto con la infancia. En realidad no existían diferencias entre la puesta en escena de los globos en el cumpleaños de un niño con pantalón corto o el de un señor con canas, o reflejos, o directamente teñido. Las serpentinas y los globos eran siempre los mismos.

Pero, atentos, en la sala querían seguir escuchando.

—Éstas son mis preferidas. —Sacó dos nueces del bolsillo—. Nueces que vienen del árbol de ahí fuera. Nueces de madera.

»Nunca habría imaginado que un fruto seco tuviera tanta vida. Para mí —continuó Salvador—, el jugo de la tierra venía de las naranjas, de los cítricos en general, también de las uvas, los melocotones, las ciruelas… Las nueces quedaban relegadas allí, con las pasas, las almendras y otros frutos secos del otoño. Sin embargo, pocos productos de la tierra se pueden considerar el alimento de los dioses y éste lo es. Y ya sé por qué. Su forma —y elevó la nuez con sumo cuidado— es lo más parecido al cerebro humano que yo he visto en mi vida. Frotas su cáscara fuertemente con los dedos y es como si te masajearan la corteza cerebral. Algo así soñé una noche, al poco de llegar.

»Las nueces que tienen cáscara son las más solicitadas, eso lo he aprendido estos días —miró al presidente—. Son las que cubren las necesidades del mercado de gran consumo aunque, sin cáscara, son las reinas de la pastelería, la confitería y la heladería. ¿Quién no se ha tomado alguna vez un helado de chocolate con nueces…? —sonrió.

»Cualquiera de nosotros podríamos incluso nombrarles varias nueces descascaradas; existen distintas variedades como Payne, Serr y Chandler… Con cáscara son importantes la Hartley US1 y Early, siendo Jumbo el tamaño más solicitado. Y aún digo más, también hemos aprendido que uno de los mayores productores de nueces del mundo es Diamond Walnut Growers, Inc. De aquí, de California.

»No quiero aburrir —sonrió ampliamente, consciente de que su discurso tenía un auditorio entregado—. Es sólo para que vean que hemos aprendido la lección.

Aplausos, risas.

Rápido volvió a hablar, como queriendo acelerar el silencio.

—Sin embargo, la imagen que permanece en mi retina es la del nogal. Me parecía un árbol común, lo es en realidad; su madera compone el mobiliario de nuestros abuelos y los marcos de mil retratos que colgamos en las paredes. Es una madera familiar, la vemos corriente, sin detenernos en sus vetas, ni el cambio de su color. Es más clara de joven y se va oscureciendo cuando se acerca la vejez. Como nosotros, resiste mal los cambios fuertes de temperatura y no soporta a los insectos. Vive también con el miedo al cáncer, aunque el suyo se llame carcoma.

Nadie hablaba. Sólo él.

—Todos nosotros hemos cogido un inmenso cariño al nogal. Cuando preparábamos entre todos estas palabras queríamos insistir en este punto… El nogal. No me extraña que el árbol que trae al mundo a las nueces sea fuerte, sea noble…

Después les dijo que podía haber maderas más exóticas, como el ébano, el palisandro, la teca, la caoba; más resinosas, como el ciprés, el pino o el abeto; o más blandas, como el abedul, el chopo, el plátano… Toda la sala paseaba con él desde la mente cuando recordó que había maderas que olían bien, como el sándalo o el cerezo, y otras que recordaban al excremento de un animal, como el obeche. Pero el nogal, el árbol tras el que se habían escondido en los juegos de la batalla campal, el nogal… igual que el arce, el roble, el fresno, el castaño, era una madera limpia y fuerte.

—… En mi infancia combatía el frío con dos castañas calientes en los bolsillos del abrigo, ahora quiero llevar siempre dos nueces conmigo porque estos otros frutos secos del otoño, sin haber estado al fuego, también me dan calor.

»A estas alturas de mi vida creo en la madera porque es un material duro como el acero y frágil como una galleta y es difícil encontrar en la vida una dualidad tan clara. Las dos cosas son reales y, sin embargo, no hablamos de hipocresía. La vida está invadida de contrarios. La madera puede ser casi blanca como el chopo y casi negra, como el ébano. Nuestro nogal es marrón, es mezcla, es corriente, un ser normal… como lo soy yo. Aprendí inglés, con mucho esfuerzo, diciendo una y otra vez aquello de que *my tailor is rich* y aquí estoy hablándoles tal vez ya demasiado a todos ustedes, espero que de una manera comprensible. Me siento orgulloso de las conversaciones con todos estos amigos y todo cuanto hemos hablado en estos días. Por supuesto damos las gracias a la organización y a esa suerte que se detuvo en nosotros. Nos hemos sentido en las nubes y ahora tenemos que aprender a bajarnos de ellas porque la realidad está por hacerse. Yo he decidido quedarme. A veces hay que sacar partido a eso tan triste que es que nadie ni nada te espere.

»Pero esto lo dice un prejubilado —sonrió ampliamente— que ha entendido que la vida continúa una vez que ha visto que este nogal, haya o no tormentas, vuelve a dar sus frutos, estos que tengo en mi bolsillo y casi, casi... en mi alma. Las nueces. Las Nueces de California. Muchas gracias.

Hubo tal barullo de aplausos que todavía los miembros del grupo ganador podían abrazarse una y otra vez cuando aún continuaban los ruidos en la sala, más palmadas, y más y más; y, aquello era tan ensordecedor, que parecía que hubiera agua en la sala chocando vivamente contra una gruta.

A los pocos segundos llegó el presidente a la zona del micrófono y reconoció su emoción y el orgullo por el éxito de la convocatoria. Él, dijo, era el primero en sentir pena de que ésta llegara a su fin. Aludió a las nueces e introdujo de canto unos cuantos números beneficiosos para la Compañía en su visión de futuro. Pero no dijo cuanto tenía pensado porque ahondar en los beneficios después de lo escuchado era innecesario. Hay veces que los mismos mensajes se reciben con diferente lenguaje. El presidente, eso sí, le dijo a Sigrid y al grupo entero que disfrutaría de esa misma velada en la cena del siguiente año, algo que no se había hecho nunca pero que, realmente, podría ser una excepción para todos porque ellos se habían convertido en su particular *staff de emociones*.

Se dio paso al baile y a las conversaciones distendidas. En ese momento recibió Salvador el primer beso real de Florence, no tan apasionado como aquel que se dieron en sueños, en la copa de un nogal, pero sí, desde luego, más cercano, menos etéreo. Esa mujer le gustaba, y en ese momento incluso pensaba que quería llegar a viejo con ella. Esa noche se encontraba pleno de facultades, por ello no le extrañaron ni el beso de Florence ni la oferta en firme que le hizo el presidente en persona.

Con seis frases y cinco afirmaciones, Salvador Maza se convirtió en portavoz de la compañía Nueces de California. No le quedó bien claro en qué consistirían sus funciones pero todo cuanto le habló el máximo responsable le gustaba: formar gente en el estímulo y en la lucha frente al decaimiento, ser portavoz interno y externo de la Compañía, acompañarle en determinadas apariciones en público y en alguna reunión de estrategia con los medios de comunicación...

—Tú eres talento a granel —le dijo el presidente—. Hablaré con mis abogados pero es muy fácil reclamarte para mi compañía como lo que eres, talento...

Todo le resultaba excitante. Le proponía, sobre la marcha, que organizara las charlas que quisiera desde el propio Foro de la Fundación de la Compañía, rodeándose de cuantos expertos o gente de su confianza tuviera a bien. Libertad para pensar en un programa temático de actuación. Salvador rápidamente pensó en Luis y en sus conocimientos sobre la luz, sedimentados año tras año en un cuarto de siglo de experiencia. También pensó en su nueva casa, esa que le facilitaba la Compañía y que iba adherida a su sueldo, igual que el coche, el permiso de trabajo. Trabajo.

—Estas vidas son largas, dan tiempo a conocer varias existencias en una... —le dijo Florence—. Ahora, señor portavoz, usted será enfermero sólo para mí.

Ese comentario le indujo al único momento de tristeza en la noche. Aún ondeaba el color de la bata de enfermero en su mente —como una bandera en señal de blanco duelo— cuando recogieron los abrigos para asistir a tomar una copa a casa de los Timblen, unos conocidos de Florence y absolutos desconocidos para Salvador. Iban con retraso.

—Buenas noches, señor. Perdone que le diga, me ha gustado todo cuanto ha dicho —le dijo a Salvador la auxiliar de los abrigos.

—Gracias, muy amable. La vida es confusa...

Y ella se quedó pensando y, ni aun cuando hubo entregado el último abrigo de la noche, había llegado a la interpretación de esas palabras. Si ella le estaba elogiando su elocuencia, ¿por qué él, en cambio, le respondió con curvaturas que la vida era confusa...?

Tal vez, en su infinita energía de esa velada, Salvador intuyó que aquella mujer era insomne y, por tanto, en sus desvelos encontraría las claves de esos restos de estado de ánimo que tienen en común los que han derrochado toda de cuanta energía disponen. Tal vez podría adivinar, incluso, que todo era por culpa de la melancolía que invadió a un enfermero que no quería dejar de serlo, o sí, porque la euforia todo lo tapaba... Pero si algo se cubre, una parte queda confusa, en la sombra, y la sombra le han enseñado a Salvador que es mala, aunque no se sabe bien por qué. Todo era confuso. Hasta la misma vida, terriblemente dinámica, como un torpedo.

Salvador tuvo *jet lag* de sentimientos. Costaba creer que quien daba patadas a las piedras en el paseo de cada mañana caminara ahora sobre una alfombra cara, sin ladrillos, sin restos de obras; una apelmazada alfombra roja, mejor, burdeos, de un color guinda, cereza y granada a la vez... Sobre ella deslizaba sus zapatos. Dijo adiós al portero del hotel donde había transcurrido la velada, y lo hizo del brazo de su reciente novia Florence y, como hacen los grandes, la pareja desapareció de la fiesta, en silencio, aunque dando las instrucciones precisas al chófer que el presidente de la Compañía había dispuesto para su nuevo portavoz.

No estaban lejos de la residencia de los Timblen. Llegarían pronto, dijo el conductor. De todas formas, según le habían informado a Florence, esa cena, en su primera parte, era estrictamente de trabajo en torno a Tom F., un famoso actor venido a menos. De ahí que no importara el retraso si no fuera porque se había convertido en retraso sobre la demora ya inicial prevista.

Capítulo
17

El doctor Plancton apareció por detrás en el mismo rellano de la casa a la que acudían, invitados, Florence y Salvador. Venía por su cuenta, en un coche de alquiler. Los anfitriones le conocían desde sus tiempos de relación con su sobrina Dorothea. Salvador, el recién nombrado portavoz de la empresa Nueces de California, quedó mudo. Miró al doctor Plancton como miran los desafortunados a sus compañeros de mesa en el póquer. La noche, sin duda, cambió para él como le cambia la suerte a un jugador.

Se hizo el silencio.

Golpe fuerte; fiasco de expectativas para ambos en una noche que se presentaba llena de buenas posibilidades para el doctor (le habían hablado de los problemas de sueño del famoso actor Tom F.). Así son las cosas del universo, infinito él, y sin embargo cuando tienen que cruzarse dos puntos se cruzan. Las flechas ahora señalan Europa y de Europa se constriñen a España y de España la flecha que baila en un mapa cobra de nuevo protagonismo y se planta en el centro del país, en Madrid.

Y allí, en una de sus calles hay un hospital y dentro del hospital, como un laberinto, hay muchos caminos y profesionales sanitarios, y Rosita, y muchos enfermos... Todos ellos se podrían ver si esa flecha tuviera las propiedades de una microcámara, como las que se introducen en el organismo y nos cuentan cómo funciona nuestro estómago y cómo es el ácido de nuestra propia bilis. Así, esa cámara debería sumergirse y bucear hasta el fondo, allá al final, donde aparecen las letras «Unidad del Sueño. Guarden silencio».

Eso hicieron los dos. Guardar silencio.

Ante Salvador, un médico del mismo hospital; el médico que le dejó sin trabajo. Y con el trabajo le quitó también el sueño, desapareció en la noche. Y por ello visitó al doctor, como otros muchos pacientes, con ganas de saber por qué no dormía, con ganas de dormir, y el doctor, en difícil equilibrio como representante de la empresa en conflictos laborales y, a su vez, director de la Unidad del Sueño, le dijo que no, que no había relación entre su prejubilación y su insomnio y que *simplemente* aprendiera a organizar su vida, que la única diferencia que había entre un jubilado y un prejubilado era que el segundo tenía, *si acaso*, menos tiempo para planificar su nueva existencia y esto era lo que le tenía bajo los efectos del *shock*... Pero que, en cambio, lo intentara ver de otra manera: la ventaja de un prejubilado radicaba en que, normalmente, se era mucho más joven que un trabajador a término. Y dicho esto le mandó a la consulta de una de las psiquiatras de su equipo que, a su vez, le animaba a poner en positivo sus pensamientos. Salvador se entretenía intentándolo; básicamente ésa era su ocupación.

Acudía a emplear el tiempo como enfermo donde antes lo empleaba como enfermero. Y en ese extraño juego de palabras meció, como pudo, su pena.

El doctor Plancton dijo buenas noches a la anfitriona y dirigió sus ojos hacia Salvador. Sólo pudo decir aquello que siempre nombran los que se ven pero no desean verse.

—Pero bueno... ¡El mundo es un pañuelo!

No recordaba el nombre del enfermero pero sí conocía con detalle su historia. Lo que no supo Salvador hasta esa noche en una de las ciudades más occidentales de Estados Unidos era que el eterno ausente de las terapias de grupo de los viernes, el ausente en general de muchas importantes reuniones del hospital; el mismo y sólo él, el jefe supremo del área de un amigo y el responsable directo de su propia jubilación; él... Estaba ahí. De inmediato salió en la conversación que el técnico de las noches, de nombre Luis Ferrero, era quien debería estar ahí, con él, pero no pudo realizar este viaje por circunstancias... No se habló de intolerancia ni de incomprensión... Pero qué comprensión podría haber con alguien a quien no conocía, a pesar de llevar veinticinco años respondiendo a sus órdenes directas... Solo, en la intimidad de la noche, sobre su almohada, el médico intentaba dormir tranquilo, sabiendo que aquel empleado fiel, el de la novena planta del hospital, le cubriría las espaldas con esos primeros informes certeros, de los que se fiaba plenamente a la hora de redactar los diagnósticos y los que apenas completaba con los textos tipo de cada patología, fecha y firma. Por eso no podría faltar, máxime cuando él se ausentaba. Y se ausentaba muchas más veces de las que el empleado nocturno imaginaba.

La importancia de los peces fluorescentes

Luis Ferrero ultimaba los informes una vez imprimía en papel esos vaivenes de zigzag, ascendente y descendente, en diferentes colores, verde, rojo, azul, negro... El polígrafo era la máquina de la verdad; con ese aparato se reproducía el sueño de los pacientes que habían estado cableados a lo largo de toda la noche. Se dejaban ver los picos del histograma, a saltitos, mostrando la huella de sus brincos caprichosos por el papel. Con esa carrera, construían unos caminos que formaban gráficos estrictos en torno a la estructura del sueño. Tal cual iban asomando por la impresora cuando se accionaba la tecla que permitía el milagro de que un papel blanco fuera atravesado de izquierda a derecha con diferentes tonos y altibajos. Ese esquema de sueño era lo que había que interpretar. Un papel en blanco con una vida escrita en signos de colores.

La esposa de Luis, en una de esas ocasiones en las que, largo tiempo atrás, le iba a ver y era feliz porque todo le sorprendía, le dijo a su marido que esa imagen del polígrafo le recordaba a sus prácticas de costura en el colegio, cuando tenían que conseguir rematar la vainica sobre un paño de hilo blanco. Así eran los conductos de las conductas del sueño, decía. La primera línea, de vainica; la segunda eran pequeñas patitas en otro color; la tercera, verde o azul; la cuarta, roja... El paño siempre limpio, pedía la profesora, que predominara la limpieza del hilo blanco sobre la falta de destreza con la aguja y los otros hilos de colores; que, al menos, no se notara que ese paño era cada día más trapo arrebujado. Ese paño de dulce hilo, en su blancura, se hacía odiar.

—El color blanco es el más dañino, y no es el que tiene por qué aportar más luz. No es el más luminoso, desde luego... —le decían una vez a Luis desde el *chat* en Internet.

—Estoy de acuerdo —respondió el técnico. —Prefiero la luminosidad de un rojo tratado al fuego. El blanco es un color mal criado porque arrastra con él la fama de la limpieza y un hermanamiento indefinido con el símbolo de la paz, de lo pulcro..., como si tuvieran los dos, la paz y el color blanco, un contrato blindado. Paloma de la paz... ¡La prefiero negra!

—La paz —contaba Luis en el *chat*— podía ser oscura, como una noche en calma sin estrellas. ¡Que le pregunten a un insomne si no hay mejor símbolo para la paz que el de una noche sin misiles! A todos escuchas, noche paloma, por eso terminas siendo negra. Limpio negro.

—¿Seguís ahí?...

En aquella ocasión, el técnico de la Unidad del Sueño no fue seguido por muchos en el debate en la red; apenas le dieron la razón, sus contertulios se fueron de nuevo hacia las conversaciones sobre la Luz, que los fieles seguidores de ella no querían perder el tiempo con la noche, que la noche era placentera cuando estabas de fiesta, como en casa de los Timblen, o cuando logras ensimismarte con algún pensamiento inoportuno y nada te altera, o cuando te encaprichas con una estrella o te besan a la luz de la luna o... cuando esa misma luna se asoma por la ventana y te da las buenas noches. Y duermes.

La noche había terminado en la Unidad del Sueño. Vuelta a la claridad de la mañana, que en el fondo era gris porque cuando unos pies deambulan sin alma no hay alas que los puedan salvar. Cuando esto ocurre, para Luis ya no había brío; por eso, se volvía compulsivo en La Trastienda. Compulsivo fuera de casa e hiriente dentro de ella.

—Pues si estás harta de *Tusca* más harto estoy yo —le dijo a su mujer—, así que haz lo que quieras, lo llevas a la perrera municipal o lo mandas de paseo... Pero luego eres tú quien se lo dice a Salvador.

Enfatizó así Luis a los postres de una desagradable comida en su casa, en el mismo momento en el que el dueño de ese perro estaba hablando con el doctor Plancton a más de diez mil kilómetros de distancia, justo en la puerta de una casa de lujo en medio de Malibú.

—¡Salvador! —dijo ella despectiva—. ¡Bastante poco debe de estar acordándose de este animal... ¡ni de ti! ¡A ver si te enteras de una vez!

—Hasta mañana, me voy a dormir. Tú sales, ¿no? —zanjó el técnico.

—¡A ver!, ¿qué voy a hacer, con un marido que vive al revés y sólo me ve a la hora de comer? Y si me ve... porque ¿tú me has mirado hoy, Luis? ¿Te has mirado acaso a ti mismo?

Después de un silencio, más calmada, le confirmó que se iría al cine con una amiga, a ver una historia de amor que transcurría en África; esto no consideró oportuno añadirlo. Él se fue a la cama, invadido de esa tristeza que le apuñalaba el estómago cuando analizaba su propia vida.

—Este año te han ingresado la paga extra, muy pronto parece, ¿no? A mí todavía nada... —le dijo suavemente su mujer aunque, en realidad, querría haberle dicho «que descanses» en ese momento en el que él se estaba dando la vuelta.

Luis desapareció en la tarde; se tumbó en su cama a escuchar, casi como un susurro, cualquiera de los programas de la radio. En voz baja, que los biorritmos de los que visitaban las emisoras o llamaban por teléfono a esas horas no tenían nada en común con ese cuerpo de vida duplicada que yacía sobre un buen colchón también doblemente amortizado.

Por primera vez *Tusca* se fue con él y se tumbó a los pies de la cama del técnico de la Unidad del Sueño, algo que le incomodó en cierta manera, porque Luis estaba acostumbrado a estirarse solo en su colchón, sin estar pendiente de pesos añadidos. Sin embargo, más que esto, pensó en cómo ese perro podría tenerle cierto apego a él, un ser al que no veía más que tumbado, en silencio, a oscuras. Pero así fue. Por primera vez, *Tusca* renunció al sol de la tarde y tomó posiciones en silencio mientras Luis bajaba al máximo las persianas de la ventana de su dormitorio.

Se oían voces desconocidas en el transistor, murmullos en el aire. Las conversaciones eran cada vez más indescifrables, especialmente cuando llegaba la vigilia, y el ser se confundía con el no ser; cuando hacía su entrada el aviso del sueño, las campanillas del descanso… Sí, voces al mínimo… La radio, después de quince minutos, se apagaría sola, como siempre, pero… parecía que seguía habiendo voces; voces que hablaban de él. Lejos, muy lejos. Ocurría de verdad, aunque las vigilias son siempre engañosas; transmiten rumores, ya hemos dicho, pero también ilusiones imposibles…

La realidad, ya ajena a un Luis dormido, era aún más irreal e inalcanzable de todo cuanto se podía desear

La importancia de los peces fluorescentes

en la vigilia. Con unas pocas horas de diferencia, llegó una supina amistad entre dos enemigos. Debió de ser por el ánimo general de la fiesta en la casa de los Timblen, tal vez por la ginebra o porque los problemas de Madrid quedaban muy lejos en ese momento, o... ¿quién sabe?, quizá porque el enfermero y el médico se hablaron con extrema crudeza, sin abaratar reproches... El caso es que Salvador, triunfador absoluto de la cena de gala de la compañía de las nueces, terminó pasando su brazo por el hombro del llamado doctor Plancton, aunque para él ya era Antonio, nada más.

Ese momento había llegado. Y llegó de día y llegó de noche, porque el sol y la luna se turnaban de acá para allá. El blanco cegador y el limpio negro se unieron; se unieron la luz y la honestidad, los ángeles y los diablos, el cielo y el infierno, y la tierra. Tal vez por eso, sin saberlo, Luis bajaba las persianas, para propiciar esta unión de astros contrarios en plena tarde.

Entonces ocurrió algo en Madrid. En la noche —que, en realidad, era tarde—, sin que el técnico de la Unidad del Sueño imaginara nada, ahí dormido, abandonado a su cansancio, con las ventanas cerradas, pero entreabiertas también, Luis dejaría de sufrir. La mala conciencia de Antonio, el amigo de Salvador, tenía un plan para compensar su propia mezquindad. Eso era lo que le dijo el doctor Plancton a Salvador al salir de la casa de los Timblen. Demasiada la confusión de esa noche sin fin, en la que siempre amanece pronto y piensas que es temprano cuando, en realidad, lo que ocurre es que es muy tarde.

—Ya es hora de regresar al hotel... —dijo Salvador mientras Antonio hablaba tomándole del hombro, a modo de apoyo.

—Así que se llama Luis, ¿eh? Ay Luis, Luis...
—Estaba realmente borracho—. Pero tú, Salvador, escucha, tú y yo vamos a hacer grandes cosas...

Las palabras del médico volaron sin dejar registro auditivo de su paso, y así, el viento medio rosado de las colinas ejerció su misión de fuga. Ésa podría ser una versión para entender que podría existir una remota posibilidad de que esas palabras, en pleno despiste, se colaran por una ventana en Madrid. Otra versión nos llevaría directamente a la vigilia de Luis y sus ronroneos semiconscientes...

Pero la certeza, quien mejor la defendía era el animal. Qué cosas inverosímiles. Tal vez era esto lo que quería decirle *Tusca*, o se lo estaba diciendo ya. Al menos, Luis notó el calor del perro labrador sobre la manta que cubría su cuerpo. Podría parecer incomprensible pero, para ser consecuentes con la realidad, tendríamos que afirmar que ése era el primer día en el que el técnico de la Unidad del Sueño no se dormía con la sensación de frío en sus pies. Ni en sus pies ni en su alma. Sin saberlo, algo le estaba diciendo el can; le decía que todo iba a cambiar. Si el animal diera su permiso para reproducir las imágenes, podríamos decir que *Tusca* estaba transmitiendo al técnico de la Unidad del Sueño que las noches, igual que los túneles, también tienen un fin.

Capítulo
18

Salvador tiró la toalla, más cosas no se le podían decir a ese hombre, que, por primera vez en la noche, quería sonreír un poco. Tal vez el doctor Plancton había estado aplicando para sí técnicas internas de relajación cuando los dos disfrutaban de un zumo de arándanos, pero era sólo uno el que recibía palabras que aludían a lo insensible e inhumano. Para Salvador, cobró protagonismo la venganza por todas las situaciones hirientes del pasado, especialmente aquellas en las que a él le hablaban de la prejubilación con júbilo. Le llamó frío al doctor, hasta serpiente, enfatizando dos veces porque se lo dijo en su nombre y en el del técnico de la Unidad del Sueño. Serpiente. ¡Serpiente! Después sólo quiso añadir una pregunta, y era que cómo, cómo… podía dormir tranquilo cada noche cuando los demás podían tenerle a él como protagonista de mil pesadillas.

—Qué sabrás tú —enfatizó el pronombre— de cómo duermo yo…

Pero Salvador ni escuchó esas palabras que fueron lanzadas en férreo susurro. Sin embargo sí observó su cara. No veía contrincante delante de él. Antonio Plancton tenía la piel de un blanco rosado que aún le hacía parecer algo más débil. Por lo demás, gozaba de buena planta; ropa cara, rictus recio, buenas maneras. En el fondo, tenía aspecto de haber sido siempre un buen chico el doctor Plancton. Un buen chico atormentado.

En ese momento llegó la Rendición de Breda. La historia relata que, tras un año de sitio por parte de las tropas españolas, la ciudad holandesa cayó rendida, lo que provocó que su gobernador, Justino de Nassau, entregara las llaves de la ciudad al general vencedor, Ambrosio de Spínola. Así, el doctor Plancton renunciaba a la defensa, asumía la derrota, circunstancia que Salvador podría aprovechar para pisotear a su adversario. Pero el que fuera enfermero se comportó con la maestría del propio Velázquez, y adquirió esa grandeza que da la corte o la cuna, o la combinación de ambas cosas y, con la misma docilidad férrea que muestra Velázquez ante nuestros ojos, llegó una rendición atípica. Igual que el pintor consiente que Spínola, el vencedor, levante al vencido para evitar su pública humillación, así Salvador zanjó con rapidez los trámites de su victoria.

La luz de *Las lanzas* dirige los ojos al centro del cuadro, donde está esa llave envuelta en claridad entre dos generales que se han batido en campaña. Esa gran llave imaginaria, esa llave iluminada, marcó el final de la escena y la incondicional enemistad. Pareciera como si Luis, en la distancia de los sueños, le hubiera dado permiso a Salvador para ser caballeroso como Velázquez, el maestro de la luz. Sólo al fondo aún permanecían las humaradas de la batalla, pero ahí, en el plano más cercano, abajo las picas, que incluso quien gana puede tender el brazo a aquel que aceptaba su derrota.

El nuevo portavoz dijo internamente adiós al combate al tiempo que los dos atendían a la llamada de Florence. La velada en casa de los Timblen comenzó para ellos.

—¡Venid, no os perdáis esto!

Antonio Plancton y Salvador se encontraron una escena digna de ocupar la sección de vídeos pretenciosamente graciosos que envían los particulares a los programas de televisión, cuando se ve venir que ese señor tan gordo que ríe sin parar se va a caer al hoyo que tiene inmediatamente detrás de sus pies patosos y desorientados... No era más que eso. Sin embargo no dejaba de llamar la atención que una de las invitadas, una aspirante a actriz, se encontrara a cuatro patas intentando pasar una raja de limón desde su boca a las fauces de un gato.

—¿Podrías presentarme al doctor español? —le preguntó Tom F. a la propia Florence, muy disperso, casi olvidando lo que acababa de decir... Era imposible que los invitados de la noche se centraran a esas horas en un solo aspecto durante un minuto seguido, esto era algo tan difícil de conseguir como que un bebé detuviera su atención en algo que no fuera luminoso o brillante. Eran, sin duda, invitados hiperactivos o caprichosos, o desinhibidos, o todo a la vez. El caso es que Tom F., al ver a su pareja de esa noche distraída con el gato, no lo pudo aguantar y se tiró sin escrúpulos sobre su presa, medio gata, medio humana. Se abalanzaron uno sobre otro en el suelo, como animales en celo, apenas cubiertos por las espaldas de un sofá. Mientras, la gata verdadera salió disparada, casi igual que la anfitriona, alejándose de ese entorno que no se dejaba observar.

* * *

Cerca de la mesa de música se hablaba de Haendel, y de sus oratorios, y de entre todos ellos de aquel que era el favorito para los oídos del doctor Plancton. Se hablaba con pasión de la música barroca.

—*Il trionfo del tempo e del disinganno...* Debió de ser muy feliz Haendel en Italia —confesó Antonio Plancton.

—¿Quién lo sabe? —Stuart, agente artístico del actor Tom F., respondió por responder.

—Su música lo dice. —Los ojos del doctor se quedaron colgados de una lámpara.

Stuart no se sorprendió. Estaba acostumbrado a demasiadas estridencias con sus artistas como para ahora detenerse en esa persona que pareciera como si escuchara ahí mismo el oratorio interpretado por el propio compositor. Sin embargo, por contraste, lo que sonaba con virulencia un poco más allá era REM.

—¡REM, REM! —evocaban en alto el señor Timblen y Ariel. También Florence se incorporó al baile.

—¿Sabes qué significa REM? —volvió en sí Antonio Plancton dirigiéndose nuevamente a Stuart, el agente de Tom.

—No, ¿acaso debe significar algo? Serán unas siglas con los nombre de los componentes, qué sé yo...

—*Rapid Eye Movement...* Movimiento rápido de los ojos. Esa agitación de los globos oculares se descubrió en un gato...

—Dejemos los gatos… —Ariel volvió los ojos detrás del sofá.

—¿Y…?

—Es el movimiento de nuestros párpados cuando estamos en una fase profunda de sueño.

—Sí, cuando se sueña más. Eso me ha dicho Salvador —apuntó Florence, recién incorporada.

—Y cuando se consolidan todos los recuerdos del día y todo cuanto hemos aprendido —continuó el doctor—. El cerebro va almacenando ese humus, podríamos decir, de nuestro conocimiento y después, durante alguna de las fases del sueño, se va traspasando a la corteza cerebral. Así se va formando la memoria a largo plazo…

—Salvador dice que la nuez es lo más parecido a la corteza cerebral que él ha visto nunca —añadió Florence.

—¿Eso ha dicho? —Y el doctor Plancton miró en la distancia al ex enfermero que ahora hablaba de vinos espumosos con el anfitrión de la casa, un afamado cirujano plástico.

—Sí —respondió Ariel—. Un día nos contó a un grupo de amigos por qué el delfín no duerme nunca, por qué hay aves que cuando duermen sólo apoyan una pata…

—El león es el animal que más duerme. ¿Por qué será?, nos podemos preguntar. —Miró el doctor a sus contertulios—. Porque… es el animal más feroz, el más temido; por tanto, a diferencia de otros animales que mientras duermen tienen que estar ojo avizor por si son atacados, el león duerme en paz porque nadie se atreve con él. Y él lo sabe, por eso está tranquilo… ¿No es como la vida misma?

—Los demás animales, en cambio, sí tienen miedo de que les ataque el rey de la selva… —pensó en alto Florence—. Claro, de ahí que duerman menos, no tienen asegurada su supervivencia.

—Pienso en los que tienen insomnio, ¿a qué león temen? —preguntó el agente artístico, Stuart.

—El estrés, la ansiedad, la depresión, el miedo… Éstos son los animales de nuestra selva —se creció Antonio Plancton, e hizo otra pregunta—: ¿Sabéis por qué los pájaros cuando duermen también cantan? —Respondió a continuación—: Algunos experimentos que se han hecho con ellos nos demuestran que lo que hace un pájaro durante el sueño es reproducir la actividad de determinadas neuronas que han estado implicadas en el canto nuevo que han aprendido durante el día.

—O sea, que están repasando…

—Puede ser. Pero no reproducen de una manera exacta el canto, cambian algunas notas… Como los sueños de los humanos, que se parecen a la realidad pero nunca son realistas… Pero sí, lo que hacen los pájaros es interesante. Se sospecha que esa misma práctica durante el sueño la realizan igual los músicos, por eso se saben mejor la melodía recién aprendida después de dormir…

—Me acuerdo de mi último año en París —dijo Florence—. Estaba en la residencia de estudiantes, aquello sí que era estudiar toda la noche. Vaya, ¡era estudio y repaso… Todo a la vez!

—Y estoy seguro de que aprobarías…

—Sí.

—Y estoy seguro de que no te acuerdas de nada.

—¡De nada!

—Aprender de forma útil para el futuro implica que hay que dormir después del estudio. Es lo que hablábamos de la fase REM; en esos fragmentos de sueño profundo se consolida de manera abismal lo aprendido.

—¡Esto me interesa! Sí, ¡me interesa! ¿De qué hablan, Stuart? —se incorporó el actor Tom F., atusándose un poco la americana, después de haberla tirado detrás del sofá, donde estuvo retozando los últimos veinte minutos con su acompañante.

—Del sueño, Tom. De las fases del sueño —dijo el agente sin inmutarse, aunque no había perdido de vista a su cliente.

—¿Y qué pasa con los que no dormimos y no hay ni fases ni hay nada?

—Siempre se duerme, aunque creas que no.

—¡Un vodka con hielo, por favor! —le interrumpió el actor para dirigirse a una empleada de servicio que en ese momento pasaba cerca de él—. ¡Un vodka con hielo y, aparte, un buen vaso de agua Evian, por favor!

—Realmente Tom está cansado —argumentó su agente—. Es un cansancio crónico; él dice que le viene una idea fija a la mente, que en este último tiempo es la muerte, y ya no puede conciliar el sueño.

—Sí —afirmó el actor.

—Habría que tratarle. Analizar su sueño...

—Déjale a Stuart tu teléfono. —El actor, que iba y venía, miró de cerca al doctor Plancton.

—Pero me voy en estos...

—Él te llamará —le interrumpió al retirarse de nuevo—. Y ya te contaré la experiencia de dormir en un templo. Hay un nuevo club, El Oráculo, que es lo más ahora mismo; te reciben unas sacerdotisas y te inducen al sueño.

—Ya los griegos acudían a dormir a un templo sagrado y allí mismo, a la mañana siguiente, las sacerdotisas interpretaban los sueños que se hubieran tenido.

—¡Sería la coña quedar contigo allí!...

El actor se alejó del pequeño grupo mientras daba el primer sorbo a su copa. Estaba acostumbrado a que otros, sus empleados, se encargaran de resolverle sus asuntos. Él se puso a bailar a REM en medio del salón, con tales vaivenes que el vodka hacía peligrar la alfombra de tacto ligero y firme delicadeza. En Malibú, las alfombras pueden parecer una excentricidad. Lo son, al menos en la casa de los Timblen. Una delicada excentricidad. Sobre ella pisoteaban los pies del todavía actor mejor pagado de la historia de Hollywood.

—Mañana se le habrá olvidado, pero dame tu teléfono, por favor —pidió Stuart.

No había tarjetas, por eso fue preciso anotarlo, directamente, en la agenda del celular. También quedó anotada la fecha de inauguración de El Oráculo. Sólo Stuart supo entonces de la increíble discreción del doctor Plancton; él era el artífice y creador, aunque no dueño, de ese centro del que todo el mundo hablaba en Los Ángeles, y que no era sino el motivo principal de sus preocupaciones y continuas fugas desde Madrid al otro lado del mundo.

* * *

Las botellas de ginebra de color azul turquesa no abandonaban el movimiento en la casa de los Timblen. Tampoco los limones y los hielos.

—La noche siempre está empezando. Es la ventaja de los que no podemos dormir —dijo el actor Tom F.

Sólo su acompañante, la aspirante a actriz, estaba deseando quitarse los tacones y las pestañas postizas y llegar, de una vez, a su casa, a dormir. Los demás, en cambio, estaban ensimismados con la idea de machacar la noche con la energía de un bafle en el transcurso de un concierto interminable de REM.

—¡No conviene mezclar! —Es lo más que se alcanzaba a escuchar de una manera cuerda.

Y seguían bebiendo. Siempre lo mismo. De la botella azul.

No había muchas conversaciones congruentes. Sin embargo, cuando la lengua se pone gorda y se choca constantemente con todos los dientes y las muelas a la vez, es cuando menos frenos tienen las cuerdas vocales. En ese momento todos se dijeron cuanto tenían en la mente, o cerca de ella. La dinámica no era lanzar la pregunta al implicado o implicada, sino vapulear directamente la respuesta al aire, antes de nada. Por ejemplo, decía el anfitrión, el señor Timblen:

—Antonio (Plancton) está enganchado con Los Ángeles, aún lo estuvo más. Lo que tiran los amores. ¿Verdad que estuviste mucho tiempo con mi sobrina? Pero Dorothea ya murió; no sé qué fue, vaya cabeza... Pero bueno, tú parece que vuelves a lucir buena cara, tanto tiempo sin venir..., ¿eh, Antonio?

—Dorothea murió en alta mar. ¿No recuerdas ya? —preguntó Ariel, su mujer—. Le falló el corazón y no consiguió llegar a la superficie.

—Ah, sí. ¡Cómo estoy! Ya ni recuerdo a mi propia familia...

—¡Basta! —decía la aspirante a actriz—. ¡Vais a hacer llorar al doctor Plancton! —Y lloró ella.

—Plancton tiene mucho que ver con el fondo del mar… Seguro que hacían buena pareja. A eso en francés se le llama *empathie* —enfatizó Florence.

—«Empatía» en francés se dirá *empathie…*, pero no estamos hablando de eso, es una pura coincidencia: fondo del mar, Plancton… —participó de nuevo Stuart.

—*Coïncidence!* —sentenció Tom, en su mejor francés.

Ser blanco de las observaciones era una mala pasada de la noche, justo en esos momentos de bajas defensas y cercana ya la despedida, cuando cada uno se iba con la borrachera a su cama. Si acaso la mente estuviera aún algo lúcida, el protagonista de las miradas tendría todavía la oportunidad de reorientar la situación, pero las cabezas no estaban para muchas comprensiones. Ni siquiera recordarían al día siguiente. Eso era un consuelo, sobre todo cuando la escalada iba en aumento. Allí todos quedaron mancillados, si no era por una cosa, era por otra. Tom F. reconoció el aislamiento que le daba el dinero y la fama y, de repente, defendió con excesivo ímpetu los acuerdos prenupciales.

—Yo tengo uno y ni siquiera estoy casado. En realidad… —rió— tengo uno con todas las chicas con las que salgo a cenar. O, si no, que se lo pregunten a… ¿Dónde está? —Llamó a su acompañante con voz rota, pero no estaba por allí.

Cada uno recibía su purga, con la misma camaradería que si estuvieran compartiendo fogata en la playa. De repente Tom F. le pidió al señor Timblen —cirujano plástico— el aspecto de la cara de Salvador. Salvador respondió que cómo iba a querer la tez de un prejubilado. Florence besó sus arrugas, no muchas, a decir verdad y, de repente, en su turno, dejó bien claro que quería tener un hijo.

—Quiero ser madre, Salvador. Pero tienes que saber que tengo los óvulos infantiles, desde siempre... Pero algo podremos hacer, hay muchos avances. Ni tú ni yo tenemos hijos... y no nos podemos perder eso...

Y él, que no sabía a ciencia cierta la edad de su acompañante, pero seguramente sí tendría veinte años más de como él la había disfrutado en sueños, no sabía qué decir. Que en América todo es posible, que estamos locos. ¿Padre yo, a mi edad? ¿Madre, ella?

—Pero ¿quién habla de años aquí? —preguntó de repente Ariel—. Para eso tenemos a nuestro experto... —Y se acercó a su marido.

—¿Podríamos pedirle que pose para nosotros, Stuart? Tal vez nos diera ideas...

—Sí, claro, Tom —se recompuso Stuart—. ¿No es así, Salvador?

Y Salvador, educadamente, dijo sí, aunque no sabía bien sobre qué cosa exactamente. A estas alturas de la botella, sus academias de inglés quedaban muy lejos... De nuevo intentó concentrarse en otra lengua y lo estaba consiguiendo, cuando escuchó la siguiente pregunta.

—¿Qué tal va tu fobia al agua, Antonio? —preguntó el doctor Timblen—. Es que Antonio, desde que se murió mi sobrina, que era su novia, ya sabéis... tomó fobia al agua.

—Ya hemos hablado de eso, Robert —le dijo su mujer.

—Todas las fobias se pueden superar —dijo Salvador, mirándole en escorzo.

Y llegó la aspirante a actriz. Se limpiaba un poco la nariz. Buscaba abrigo de otros cuerpos porque, según reconocía, se estaba quedando destemplada.

En ese momento todos decidieron levantarse, pero apenas estaban comenzando a emular las posturas de los gatos de paseo por la tierra, advirtieron la dificultad añadida que entrañaba el alzarse sólo sobre dos pies.

En la absoluta debilidad y decadencia del ambiente, el doctor Plancton se mostraba más íntegro. Conocer sus flaquezas le hizo ganar en fortaleza ante los ojos de Salvador. Salieron juntos, tambaleándose, ayudándose por los antebrazos, como si fueran ancianos. Esa imagen de camaradería jamás podría haberla visualizado Salvador en ningún sueño, en ninguna vigilia de deseos programados; más bien al contrario, le hubiera resultado repulsivo compartir con él babas de risas descontroladas. Risas de ginebra de alguien que hasta ese día era considerado un ser deleznable. Pero ni la maldad es mala al límite ni la bondad es siempre celestial. También Florence reía cuando Salvador le preguntaba a Antonio:

—¿Te imaginas decirle a Luis todo esto... en un mensaje a su contestador? No, no lo imaginemos, lo vamos a hacer; no sé qué hora es, seguro que o duerme o trabaja, así que de todas formas tiene el contestador... Ya está. Déjame tu móvil, Florence... Luis, escucha —dijo en español—: Estoy borracho aunque no he bebido —mintió—, ¿qué cosas, verdad? Escucha, que hay mucha verdad en mis palabras: soy portavoz de la compañía Nueces de California, me lo acaban de ofrecer, me quedo a vivir en Los Ángeles, ya me están buscando casa y coche. También tengo novia, se llama Florence, es medio francesa y quiere tener un hijo con la porrada de años que sumamos entre los dos... Bueno, no sé. ¿Luis? Es verdad, que es el contestador. Esto es un lío, Luis.

Después de un silencio, se tambaleó.

—¡Ah! Y el doctor Plancton es un buen tío, Luis. Está aquí conmigo y pide disculpas. Habla con su secretaria que él ya da el *okay* para que te vengas. Coge el primer avión que puedas, que tengo cosas que enseñarte. Y en mi empresa vas a hablar sobre la luz, así que trae tus chuletas... Oye, te voy a poner con Florence, que te da un número de teléfono donde puedes localizarme. Te la paso, así practicas el inglés al anotar los números que ella te diga en inglés, aunque es francesa, como te dije, bueno esto es un lío. *Bye.* Se pone.

—*Allo!*

—Habla, habla. Di tu número de teléfono, Florence —le pidió Salvador, esta vez ya en inglés.

—*Three, one, zero, five, seven...*

Había amanecido. Todo un día por delante; ya se empezaba a ver gente conduciendo sus coches. Máquinas para un lado, máquinas para otro...

—¿Un café? —preguntó el doctor Plancton.

—¿Un café? —enfatizó Salvador.

—¡Pero si tú ya no eres insomne!

—Pero quiero dormir algo... —Salvador se abalanzó sobre Antonio Plancton como hacen los buenos amigos después de una noche de juerga.

—Tú y yo vamos a hacer muchas cosas juntos, Salvador...

—¡Pero antes te prejubilas, jodido!

—¡Bueno, ya…, hablen inglés, por favor! —pidió Florence.

—Nos decíamos buenas noches, ¿o son buenos días?

—¡Es un buen día!

—Pues eso, buenas noches. —La pareja se fue a un coche y el doctor avanzó aún unos pasos más hacia el suyo, dos vehículos distintos hacia dos hoteles vecinos.

Capítulo
19

Florence siempre aparecía en los momentos más indicados llena de risa, como era ella, de ímpetu, de vida. Era su perfecta introductora de situaciones, siempre distante, siempre pendiente. Aún no sabía sus años ni por qué motivos hizo ella el curso de las nueces cuando, aun siendo francesa, vivía en Los Ángeles. Pero esta duda, que para una mujer hubiera sido imposible de soportar sin hacer los despejes de incógnitas suficientes, para Salvador, sin embargo, no tenía mayor importancia. La realidad era que esa mujer, de tez dorada, pelo ondulado y muy brillante, también dorado; ella, Florence, estaba ahí, a su lado, en esa cama gigante, lo mejor del hotel.

Ésta era la primera vez que Salvador abría los ojos después de la interminable jornada del día anterior. Parecía que hubiera habido un naufragio en la habitación. El vestido de gala de Florence cubría todas las nueces que en algún momento habían estado severamente ordenadas sobre un escritorio. También su traje oscuro estaba fuera de lugar; ni en el armario, ni recostado sobre el butacón o ligeramente pinzado en un aplique especial de la pared. Estaba por ahí, en algún sitio, entre un galán y el suelo. Igual los zapatos de ella, los de él, los calcetines, las medias…

Lo que se dejaba ver era deplorable. Afortunadamente, la iluminación no estaba en el momento más álgido del día. O sí, no sabía. Era tan leve la luz del interior de la habitación que había desaparecido la noción del tiempo. Las cortinas de hotel, gruesas por un lado y metalizadas por otro, tampoco enseñaban la realidad de las horas solares. El tiempo estaba diluido, acomplejado, ausente.

Si el sol pudiera ser insomne, ésa sería su cara.

Florence permanecía dormida a su lado, incluso cuando sonó su móvil insistentemente antes de que Salvador se encontrara con la voz de Luis. Sabía que era él. Imposible que reaccionara de otra manera ante tantas y buenas novedades. Fue rápido en su respuesta, rápido en su afirmación, que era negativa, porque, a veces, las afirmaciones pueden negar las cosas.

—Me quedo, Salvador. No, no voy a Los Ángeles.

—¿Pero tú has escuchado todo lo que te dije, Luis?

—Más que nunca debo quedarme, Salvador. Irme sería huir, y no quiero. No me lo merezco.

—¿Huir…?

—Me ha dicho la secretaria del doctor Plancton que, según su agenda, regresa en tres días. Te agradezco mucho todo cuanto has hecho, me siento tan reconfortado, tan bien… Al llamarme su secretaria cuando me iba hace un rato del hospital pensaba, ¿pero es a mí, es a mí? Y sí, Salvador, lo era. Me dicen desde el despacho del doctor que lo que quiera, y lo que yo quiero, Salvador, no es coger un avión sino quedarme quieto y esperar a que lo coja él; lo primero que quiero es conocerle, saber cómo es, contrastar, contarle mis ideas... Debo quedarme. Me merezco buenas cosas aquí, donde las he ido sembrando tantos años. Ya iré a verte, eso claro...

—Perdona, Luis. Estoy un poco dormido. ¿Qué hora es?

—Las diez de la mañana.

—Las diez, claro, no he dormido nada...

—Salvador, las diez aquí, en Madrid. Ahí deben de ser las siete de la tarde, ¿no?

—Ah, no sé...

Salvador miró a su alrededor. Florence a su lado. Las cortinas al otro. En medio, restos, despojos, basura de calidad, prendas de abrigo, piezas de aseo, prendas de vestir, calzador, cremas de cara, medias de varios colores, indecisiones alborotadas; nueces, de oro, de madera, de cartón...

—Está bien, Luis. Ya te llamaré. Mejor te llamo yo.

—Gracias, Salvador...

—¿Y *Tusca*? —Por primera vez se acordó de él, justo antes de colgar...

—Bien... Es un bendito, ¿sabes que duerme a los pies de mi cama?

—Claro... Cuídalo.

Y se despidió tan triste Salvador, no sabía si por el perro, al que él sólo había ofrecido piedras en el paseo de cada mañana y una caseta a la intemperie, en el patio, cada noche. Ese patio era lo mejor de su casa en los tiempos de felicidad. En medio de esa no luz del dormitorio recordaba las tonterías que podían llegar a decir él y su mujer, un día en concreto, debajo de la lluvia... Su mujer cantaba.

—«El patio de mi casa, es particular, cuando llueve se moja, como los demás...». —Y pisaba los charcos. Le encantaba pisar los charcos.

—¿Y se puede saber qué tiene de particular el patio de tu casa, si cuando llueve se moja como todos los demás? —Salvador la levantaba por la cintura, y eran sus pies los que pisaban el charco en ese momento, mientras ella casi volaba.

—Es verdad, cuando llueve, se moja...

—¡Como los demás...!

—Bueno..., eso dice la canción, ¡habrá que investigar! Además, mi patio te tiene a ti, que también eres muy particular...

Después llegó *Tusca,* un pastor labrador, y con él una preciosa caseta de madera. Era el rey del patio, lleno de plantas y de vida. Estaba suelto pero siempre volvía a las puertas de su caseta prefabricada de primera calidad, bien a comer, a beber, a descansar, o simplemente a esperar a sus dueños para ir a correr por unos campos, entonces sin pisos ni rotondas, ni coches, ni chalets adosados. Después de los días de lluvia, a Salvador le encantaba limpiar el patio con un cepillo enorme de cerdas duras, uno de esos cepillos que tienen los barrenderos en los cuentos infantiles, esos que rascaban con firmeza los adoquines de piedra y aseaban el ambiente.

Nada como ese patio para ver el paso, más que del tiempo, de los acontecimientos en el ánimo de una vida. Aquella mujer a la que no supo querer como ella esperaba desapareció. Al principio, la casa se aligeró de muebles pero luego, aun estando más vacía, cualquier obstáculo siempre se encontraba por medio. Todo era un estorbo, especialmente en las horas de decaimiento; de la cocina al salón, una travesía llena de rémoras y molestias que hacían tropezar a Salvador hasta que caía en el sofá, a los pies del televisor.

Cada vez le estorbaban más cosas, y el taburete, y mil cofres inservibles, cajas, herramientas, artilugios de la playa, colchonetas... Todo iba a parar al patio. Y en medio de aquello, *Tusca*, y su caseta. Era tal el desorden que, a veces, el animal pasaba desapercibido entre los bultos, todos inmóviles salvo cuando se oía la voz del dueño y, de entre toda la inmundicia, surgía el movimiento. Un ser vivo.

—¡Vamos, *Tusca*!

Se iban a tirar piedras o pegar patadas a trozos de ladrillos olvidados. El dueño disparaba y su perro seguía a la munición, a toda velocidad. Una y otra vez, hasta la rotonda de los toboganes, y vuelta. A pesar del sórdido ambiente en el paseo, al regresar a casa, ese patio aún le parecía, en contraste, más sucio, más desordenado, pero también más honesto. Claro ejemplo de una vida de abandono, y, qué cosas, por un momento, esa habitación del hotel, invadida de utensilios sin vida, le recordó la desidia de su propia casa.

Seguro que el viento estaba golpeando la cancela, pensó, tal vez la antena del tejado se había vuelto a torcer. E imaginó el frío colándose por las tuberías... Si hiciera un *garage sale* en su domicilio, nadie querría nada. Los vecinos pensarían que esa casita, como cualquier otra de las que aún quedaban en pie, habría sido adquirida por una constructora para derribarla en primer lugar y construir pisos de lujo después, o tal vez —que tampoco hubiera extrañado a los vecinos— el dueño de esa casa podría haber sido objeto de un desalojo por orden judicial. Sería impensable, todos los trastos en la acera… Pura basura, como en esa habitación. Aunque aquí, la inmundicia —si se puede llamar así— era cara; esa corbata, las cremas de Florence, las nueces de oro.

Se sentía incapaz de poner orden a esa habitación, incapaz de levantarse y descorrer las cortinas, incapaz de mirar más allá de esa neblina artificial que había en la habitación de ese fastuoso, inalcanzable y triste hotel de Malibú. Sus ojos estaban opacos, como si alguien hubiera espolvoreado ceniza sobre ellos.

Hoy su psiquiatra Laura le diría que tenía el día de piedras. ¿Dónde quedaba la lírica? Quedó allí, en la cena de gala, en la mesa redonda en la que Salvador, después del discurso, tras los cafés, aún seguía sorprendiendo a sus compañeros de cubierto al llegar a su memoria un lejano poema de Neruda, precisamente de nombre «Malibú». Por eso lo recitó con brío y agradeció de nuevo, al terminar, unos pequeños aplausos.

Malibú,
Olas con lluvia.
Aire con música.
Malibú.
Agua cautiva.
Gruta marina.
Malibú…

Sería injusto no reconocer que la lírica, y más que eso, la heroicidad y la valentía, las defendió Salvador, más que con el poema y el discurso, con los brindis que llegaron después. Brindaban por él, por sus palabras, por su memoria; antes lo habían hecho por las nueces, por el premio, después aún lo hicieron por su oferta de trabajo. Hay veces que las buenas noticias o las decepciones no están en la retina de un ser hasta que no se brinda por ellas. Eso también lo conocía su psiquiatra.

Se acordaba de ella y su reiteración por poner en positivo cualquier pensamiento; en ese momento lo necesitaba. Un momento desolador inmerso en la no acción, cruel. Tan cruel como la fuerza de un caníbal aún quieto ante su presa. Tristeza en esa mañana, tan lejos... ¿O era la tarde?

—Luis me dijo la hora que era... —pensó, aún tumbado en la cama.

Le dio la espalda a Florence, aún dormida. Y se miró las manos. No se sabe muy bien por qué, pero se miró las manos. Tal vez, de todo el ambiente que le rodeaba, se quedó con sus extremidades, esas que abrazaban la almohada. Y pensó. Pensó que eran de verdad esas manos de carne. Materia viva dentro de un decorado. Unas manos con las que ayudarse para avanzar, como hacen los indios exhaustos, perdidos en el desierto, cuando se arrastran por la arena y se ayudan con las garras, como si fueran reptiles, porque parece que sí, que allí, a lo lejos, hay un oasis. Agua. ¡Agua! Y no se sabe si es un espejismo, pero el cuerpo reacciona y repta aún más rápido, guiñando los ojos bajo un sol aterrador... ¡Agua! ¡Agua! Y revolotean los ánimos, igual que el de los marineros, hartos de mar, cuando también, guiñando los ojos, miran al frente y dicen: ¡Tierra, tierra! ¡Tierra...! Así es la vigilia. Así es la almohada. Así es la vida; constante anhelo. De la tierra al agua, del agua a la tierra, de la noche a la luz, de la luna al sol, del fuego al hielo, del metal a la madera. Vida, cosas, utensilios, caminos, pensamientos...

En todo ello estaba la mente de Salvador cuando sus manos tomaron algo de la mesilla que no había visto. Era una caja de cartón del color de un garbanzo un tanto gris, casi el mismo color que las paredes, la misma tonalidad del hotel. Al abrir la cajita se encontró que, dentro de ella, había algo así como un pellizco de algodón, que a todos los efectos parecía un diminuto colchón de suave pluma. Sobre él descansaba una piedra, pequeña y brillante, y encima de ella un tenue papel, como si fuera la colcha del peñasco. Tuvo tiempo Salvador para detenerse en los detalles. Por un lado de la colcha estaba el nombre del hotel: Ralpion; por el otro, volaban unas frases en letra cursiva y en la misma tonalidad grisácea que las paredes. Se dejaban leer con dificultad.

> *Please, accept this citrine stone, ancient symbol of creativity, calm and joy. Place it next to you as you sleep and dream the sweetest dreams wherever you are.*
> *We miss you already.*
> *The Ralpion*

Le regalaban esa piedra, símbolo remoto de creatividad, calma y júbilo a la vez. Era un obsequio del hotel; se le decía que si la dejaba cerca de él, tendría siempre unos dulces sueños... También le decían que ya le echaban de menos. Volvió a depositar la pequeña piedra bicolor en su cajita, sobre el algodón, debajo de la colcha, bien podría parecer... dentro del ataúd. Cerró la pequeña caja de cartón y se olvidó de ese citrino que más bien parecía un caramelo de limón y miel.

Ya me echan de menos... ¿Quién me echa de menos? ¿A quién echan de menos? ¿Me están diciendo adiós o esta piedra ha estado siempre a mi lado desde que he llegado y por eso he dormido tan bien...? No, eso no es.

Y volvió a mirarla. Era muy maniático Salvador, podría enamorarse de un objeto, no tanto por su propia utilidad sino por el envoltorio, el color, la disposición de sus partes. En realidad le resultaba más fácil enamorarse de las cosas que de las personas. Esa piedra le acompañaría siempre. Sí, iría al bolsillo del pantalón, junto a la nuez. Una piedra y una nuez.

—¿Qué tal, cómo estás de mañana, señor portavoz? —Se despertó suavemente Florence.

Y Salvador volvió a sentir el vértigo de la acción. No, no estaba preparado para ella. ¿Para quién? ¿No estaba preparado para la acción o no estaba preparado para Florence? Responder a una de las preguntas sería dar solución a las dos en realidad. Su novia, ya hemos dicho, era un exceso de energía; también desconocimiento de un pasado que ya no viene al caso porque, en California, Salvador sentía que todo era proyección hacia el frente, como la perspectiva de un cuadro que muestra una carretera sin fin, hacia delante, atravesando el desierto de Las Vegas. La vida como una flecha.

Y esa flecha había atravesado al enfermero desde todos los ámbitos que jamás podría imaginar un ser acostumbrado a vivir sin que nadie le requiriera.

—¡Qué bien que en tu empresa nos hayan ampliado la reserva de este hotel sin fecha de salida! ¿Verdad? Que busquen con calma una buena casa, seguro que te encantan las de estilo Mediterráneo. Yo te diré cuáles son las buenas zonas. —Se acercó hacia él—. Claro que, es conveniente que no quede muy lejos del trabajo, ni de los buenos sitios...

—¿Y tu casa?

—¡Oh!, ¿quieres mudarte a mi casa? ¡No merece la pena! ¡Podremos conseguir una mejor! Hacemos un *garage sale* en la mía, la vendo, nos renovamos...

Aún tenía restos de maquillaje en los alrededores de las pestañas y sus cabellos estaban ciertamente enmarañados para lo callada que había resultado en sueños. Salvador se dejó abrazar por ella; en realidad se dejó acorralar, con sus brazos, con las piernas, toda ella, y sólo cuando estuvo casi inmovilizado accionó los labios.

—Voy a ver al doctor Plancton. Me han dicho que se va en tres días y tengo cosas que tratar con él.

—De acuerdo, mi amor. ¿Qué hora es?

La luz seguía sin dar pistas. Podría ser la hora de estudio personal en un internado, cuando la tarde ya se va pero, sin embargo, aún quedan horas de trabajo individual antes de la cena.

—Ni siquiera tengo hambre.

—Miraré el reloj, más fácil, ¿no? —Se levantó Florence y, al levantarse, dijo—: ¡No hay nada peor que una resaca! ¿Qué recomendaría mi enfermero particular? —Y retrocedió de nuevo hacia la cama.

—Oscuridad. Una aspirina y oscuridad, descanso. Justo lo que estás haciendo. Mira a ver en mi neceser, creo que tengo aspirinas.

—¡Ay, mi cabeza...! —Volvió a incorporarse—. ¡Si es que todavía me da vueltas...!
—Sí —dijo Salvador—. A mí también.
Y mintió, aunque la mentira fue sólo a medias.

Capítulo
20

El doctor Plancton miraba al frente, los ojos directos al mar. Sonaba fuerte la música de Haendel en el Geoffrey's, un restaurante y *snack bar...* situado en una balconada natural ganada al mar. En ese *oceanside dining experience,* el *maître* era viejo conocido de Antonio Plancton. Siempre le ofrecía escuchar las melodías que el médico eligiera y a más volumen del acostumbrado.

—¿Qué cedé trae hoy?

Entonces surgía que la música saludaba a las aguas y el doctor se fundía en el ambiente. Normalmente prefería estar solo, bien pegado a un champiñón gigantesco que era, en realidad, una potente calefacción portátil. Hacía frío, y húmedo; las noches en California confundían, ya lo sabía él.

Así se lo encontró Salvador, ensimismado junto a un Martini seco, mirando a un mar que ya se iba poniendo del color de la piel de un elefante. Avanzaba la noche.

—¿Qué escuchas? —preguntó Salvador a modo de saludo.

La importancia de los peces fluorescentes

—Siéntate por ahí. ¿Qué te apetece tomar? —Ni escuchó a Salvador. Estaba ausente.

Le pasó la caja del compacto. *L'allegro, il pensieroso ed il moderato,* interpretado por una orquesta de solistas barrocos ingleses dirigidos por Gardiner. Salvador se detuvo en la caja una vez se hubo sentado junto a otro mástil acalorado. Allí juntos, compartieron silencios. Se acababan de conocer y, sin embargo, se sabían tan a fondo que no les importunaba darse casi la espalda ni permanecer unidos en silencio. Tanto se dijeron la noche anterior que estaban limpios de odio, como si una maraña de grafito hubiera sido rescatada del papel por una excelente goma de borrar o, mejor aún, por un nuevo folio en blanco.

Salvador necesitó ir a verle y lo encontró, sin más, allí donde el médico le dijo que estaría. Nueva amistad, increíble confianza, porque no es sino con alguien que conoces mucho con quien aceptas los silencios sin más.

Apenas había más gente, por eso el *maître* hizo una especial concesión al volumen del cedé. Salvador pensó que aquel sonido frente al mar podría ser la antesala del mismo reino de los cielos. Allí mismo. Lo decía la música, decía que los ancianos y los jóvenes salían a jugar en un día de fiesta y de sol y lo hacían hasta que la luz del día se apagaba y después se arrastraban a la cama y se dormían enseguida, arrullados por el susurro del viento...

And young and old come forth to play
On a sunshine holiday,
Till the livelong daylight fail.

Thus past the day, to bed they creep,
By whisp'ring winds soon lull'd asleep.

—Es la primera vez que escucho esto desde que murió mi pareja, Dorothea... —Antonio Plancton dijo despacio su nombre.

—Ya... —respondió Salvador sin saber.

—Hasta hoy no me había atrevido. Esta música reúne todos los detalles de mi vida. He crecido con ella, siempre agarrado a un violín.

—¿Sabes tocar el violín?

—Sí, aunque hace tiempo que no lo toco. Voy a tener agujetas en el brazo como los principiantes cuando vuelva a coger el arco.

—Y a sujetar el violín con la barbilla; siempre me ha parecido tan incómoda esa postura...

—Estos violines sí que suenan bien. ¿Los percibes? Escucha...

Hubo un prudente espacio de tiempo.

—Intuyo que sí, no sabría decir... —se atrevió a manifestar Salvador.

—Los violines están hechos con maderas que se pueden curvar en caliente y después ya conservan esa curvatura para siempre...

—Hay otras maderas que se curvan: el plátano, el chopo, el haya de Bosnia, el abedul... ¡Un violín de plátano, tendría gracia!

—¿Por qué sabes tanto de maderas?

—Ha sido en el curso de las nueces, cosas que nos iban diciendo...

—La madera es la base del sonido. Un músico experto puede distinguir una flauta de bambú de otra elaborada con diferente madera… Ha sido una oportunidad magnífica el poder haber venido a Los Ángeles, enhorabuena. —El doctor Plancton cambió de tema.

—La vida compensa, a veces. Pero la pregunta debería ser, ¿qué es mejor, volver a estar bien y sentirse compensado después de haber estado mal…, o no haber conocido el resarcimiento de la pena porque no había pena en realidad?

—No te plantees tantas cosas. Hazme caso, no es sano.

—¡Yo era feliz como enfermero! —elevó Salvador la voz por encima de la propia música.

—¿Estás seguro de ello? —siguió sin alterarse.

—Sí, lo estoy —dijo más calmado—. Soy enfermero desde mucho antes de tener uso de razón, cuando ya jugaba a curar. Yo… me acuerdo de mis enfermos, me pregunto cómo estarán ellos.

—Pues ellos estarán echando chispas por la boca, por su mala suerte, por su mala fortuna, por su dolor y los calmantes que llegan tarde y lo mal que se sienten atendidos…

—¡No! —reaccionó Salvador—. No es así. Ellos se encuentran en la cama del hospital, de paso, de manera temporal. Se plantean la enfermedad o la operación, o el dolor, como uno de los ajustes que planta la vida pero quieren hablar, y contrastar las cosas y salir de allí y…

—¿Así lo ves? ¡Eres afortunado!

—Así lo veía. Ya no me lo permiten ver más. Me habéis dejado ciego.

—Sin embargo tus compañeros de planta siempre achacaban lo malhumorado que estabas, tu mal carácter…

—¿Ah, sí?, ¿ha sido eso? ¿Han sido ellos los culpables?... —Se quedó pensativo—. Estaba al borde de mis fuerzas porque, a diferencia de muchos de mis compañeros, a mí nada me daba igual; por eso me rebelaba. Con las pocas fuerzas que me quedaban, es verdad, recriminaba en alto la falta de medios, la unión de las guardias con jornadas atroces el día posterior; pedía camas cuando veía a los enfermos en el pasillo, me enfadaba si había corrientes debido a las ventanas a medio cerrar...

—Decían que te comportabas como si fueras el gerente del hospital...

—Hablaba con la experiencia de los años, no como ningún gerente. Nunca me peleé con nadie, intentaba cambiar las cosas; cuidaba el material y recriminaba si alguien no lo hacía, eran herramientas de trabajo; había que cuidarlas como si fueran nuestras; igual que el tabaco, no se podía fumar salvo en el cuarto de... No sé... —se calmó—, racionalizar las fuerzas, yo no podía dejar a un enfermo sin...

—Algunos de los enfermos, me han dicho, preguntan por ti a menudo.

—¿Sí? —Y comenzó a llorar Salvador. ¿Pero no podría volver? ¡Quiero volver!, fue lo primero que le vino a la cabeza.

—No intentes cambiar las cosas. Convéncete, es más fácil. Escucha este coro, Salvador. —Era como pedirle dulcemente que se callara.

Thy pleasures, moderation, give,
In them alone we truly live.

Disfruta de tus placeres con moderación..., en ellos únicamente vivimos de una forma verdadera... La melodía se apoderó de ellos, también la tristeza. Sería difícil de explicar por qué la música también llora a veces. Y el mar. Por qué lloraba Antonio Plancton sin lágrimas, con la pena de sus recuerdos, y por qué lloraba el antiguo enfermero; parecía que una ola inexistente se estampara cada vez en su propia cara.

Salvador se miró de nuevo las manos. Estaban tocando la mesa de teca.

Madera con salitre, eso era él.

En momentos, la madera, con su olor, podría recordar los instantes de felicidad a lo largo, por ejemplo, de un paseo por unos bosques llenos de lluvia y de aire puro. En otros, la madera podría incluso besar, si se tomaba regaliz, o podría dejarse masticar, si se comieran los brotes de bambú.

Y si era así, si sabemos que esto puede pasar, si asimilamos con naturalidad que la madera se puede comer y besar, también hay que entender que los tablones puedan llorar, como esa mesa de teca a los pies de un barranco frente al mar.

—La madera es lo más cercano al cuerpo humano —dijo de repente Antonio Plancton cuando terminó el coro y el disco, asustando casi a Salvador, los dos estaban pensando lo mismo—. ¿Alguna vez te has bañado en una bañera de madera? —preguntó.

—No, nunca... ¿Una bañera de madera? Sería de alisio, que es la que no se pudre al contacto con el agua. Pero si se deja secar pierde su impermeabilidad. ¿Cómo lo hacías?

—Simplemente recuerdo el contacto de mi piel con la madera. Fue un regalo de mi madre. ¿Y dices que nunca lo has hecho? Pues ya debes conocer esa experiencia. Pero…, dime. ¿Por qué sabes tanto de las maderas, Salvador?

—Me gustaría encontrar una que resista el calor intenso sin quemarse…

—Investiga con las pipas de fumar.

—Sí, están hechas con raíz de brezo, podrían hacer de hornillo.

—¿Qué quieres conseguir?

—No sé, eso era antes. Ya no sé lo que quiero. Todo empezó porque, en una de las conversaciones con Laura, la psiquiatra de tu equipo…

—Sí, Laura —se interesó el doctor.

—Cuando yo no dormía más que tres o cuatro horas al día, ella me decía que no podía seguir así porque nuestras fuerzas son limitadas y el cuerpo necesita descansar. Yo le decía que aguantaba, un día y otro, que incluso me estaba acostumbrando a dormir poco… Fue entonces cuando me hizo el símil de nuestro cuerpo y una chimenea de madera. Así me dijo: «Su cuerpo es una chimenea de madera, imagíneselo». Me acuerdo que me explicó que, si dormimos correctamente, la chimenea mantiene el fuego con los troncos necesarios.

—Los troncos, sí, podrían ser las horas de sueño —interrumpió el doctor Plancton.

—Pero si no se echan los troncos suficientes, si dormimos, como era mi caso, tres o cuatro horas al día, el fuego iría consumiendo mi propio cuerpo, mi fortaleza. El fuego iría consumiendo la chimenea de madera.

—Interesante comparación… —sonrió levemente.

—Yo siempre he querido tener una chimenea de madera y ahora, aún más. Toda ella, de raíz de brezo o de otra madera. Cuando estaba en vilo cada noche, me levantaba de la cama e investigaba sobre las maderas que pudieran reunir estas cualidades, las que no se consumieran con el fuego...

—Entonces no son las nueces de California las que te han enseñado tantas cosas.

—Bueno, la investigación ya venía de antes. Cada noche, buscando un imposible, encontrar una madera que no se queme. ¿No es absurdo?

—Sí, lo es. Pero la encontrarás, estoy seguro.

—Todo es absurdo. Yo en alerta, buscando una madera que no se consuma mi amigo Luis, veinticinco años trabajando de noche y obsesionado con la luz... Y tú..., ¿es verdad lo que dicen de ti sobre el agua?

—Tengo pesadillas, a veces.

—Doctor Plancton, ¿quiere otro tipo de música? —se acercó el *maître*.

—No, repitamos la misma, por favor. Ponga el disco uno y luego el dos.

—Pero ¿qué estamos haciendo? ¿No estamos locos?

—Hay que estar un poco loco para no desubicarse del todo en esta vida...

—¿Es verdad que te vas en tres días?

—Sí. Llevo viniendo mucho este año; he estado supervisando muy de cerca la creación de El Oráculo. Es algo que me pidió el doctor Timblen, y así he hecho. Un año y medio nos ha llevado encontrar la zona adecuada, los profesionales adecuados...

—Otra vez sale este local a relucir...

—No es un local, Salvador. El Oráculo es la recreación del mundo griego en pleno Beverly Hills. El proyecto es tan apasionante como peligroso, pero así es. Se inaugura pasado mañana; yo después ya me voy.

Volvió el silencio. Fue cuando Antonio Plancton pidió el segundo Martini y unas avellanas, mientras Salvador aún se recreaba con su Coca-Cola. El doctor se volvió a mirarle y le dijo, clavándole directamente los ojos debajo de su frente:

—Salvador… Estás preparado para el despegue.

—¿Para el despegue, un prejubilado de cincuenta y tres años?

—Así es la vida, Salvador. Incomprensible, incongruente, insaciable, despótica… ¿Quieres más adjetivos? —Comenzó de nuevo la música.

—Quiero menos soberbia.

—Y yo quiero que dejes de darte pena a ti mismo todo el día. ¿Pero no te das cuenta de lo que tienes? ¡Aprovéchalo! ¡Cuando hablas la gente te escucha…!

—¿Y eso ya me hace ser portavoz de una compañía que está a diez mil kilómetros de mi casa?

—¿Quién sabe por cuánto tiempo lo vas a ser o si ni siquiera lo vas a ser? ¿Qué me dirías si te hiciera el responsable máximo de El Oráculo? Aún me falta encontrar el perfil adecuado…

—¿Pero tan involucrado estás en el proyecto?

—La idea es mía, Salvador. Es gimnasio, consulta médica, un ámbito para la desinhibición, la interpretación de los sueños; un pequeño hotel, también restaurante de comida griega aunque el lugar tendrá un toque berlinés, de allí me traje parte de la idea. En el restaurante se está completamente a oscuras, ésa es su particularidad.

—¿Completamente? ¿Y los camareros?
—Son ciegos. Sólo ellos conseguirán orientarse. Anulando un sentido se acentúan los otros. La comida se degustará como en ningún sitio de Beverly Hills... El Oráculo será un nuevo templo para esta sociedad.
—Pero aquí a la gente le gusta ser vista.
—Ya tendrán tiempo de hacerse ver y notar en el resto de El Oráculo... En el restaurante sólo les queda el olfato, el tacto, el gusto y el oído... ¿No está mal, no?
—¿Y tú?
—Yo seguiré viniendo a menudo; soy accionista, no mayoritario, no creas. Digamos que me han pagado en acciones la idea y el trabajo. Algo justo. Estoy seguro de que después de este Oráculo vendrán muchos más. Ya está contemplado en el plan director.
—El mundo helénico, la Grecia clásica... ¿Y dónde quedarían mis enfermos?
—Salvador, ¡todos estamos enfermos! ¿Aún no lo sabes? Sólo tenemos que hacernos caso los unos a los otros... El hombre moderno es más parecido al hombre de la antigüedad de lo que nosotros mismos nos creemos.
—Somos parecidos; pensamos, sufrimos... y somos, estamos... en la vida. Como podemos... —Se quedó pensativo Salvador.
Eso fue apenas un murmullo porque, a partir de ahí, la conversación se encendió de tal manera que en esa terraza, frente al mar, salieron mil principios filosóficos. Hablaron de Epicuro y su concepto de la felicidad, de Sócrates y Platón. De la relación del maestro y el pupilo en la Grecia clásica; hablaron de homosexualidad, de las adivinaciones y las profecías. Hablaron también

de los gimnasios del pasado, idénticos —decía el doctor— a los que nos llegarán en el futuro. Hablaron de la fe y de la necesidad de trascendencia, también del sueño y sus enfermedades y, llegados a ese punto, el doctor Plancton, de pura emoción por la intensidad del debate a dos bandas, pidió al *maître* que quitara la música, porque hasta los sonidos de Haendel estorbaban.

—Mira, me alegro de hablar contigo todo esto —dijo el doctor Plancton cuando regresó la calma—. Me servirá de repaso para mi conferencia de mañana. Es importante, estarán los medios, todo el cuerpo accionarial...

—Me encantaría ir.

—Es a las doce. Vente conmigo, pasan a buscarme.

—¡Qué mundo...!

Aún no dejaba de sorprenderle a Salvador, pero el caso es que así se les fue la pena, tanto a uno como a otro. Sería verdad que también ellos, quién sabe, estaban enfermos, pero haciéndose caso lograban dar con el antídoto, ese que ni siquiera les hacía sentir ya el frío de la noche...

—Es más, Salvador... —se animaba Antonio Plancton—. ¿Quieres tu chimenea? ¡Mañana la encargo! —Y le dio una gran palmada en la espalda—. En eso los americanos son unos fieras. Consiguen todo, si hay dinero, claro. Y, créeme, lo hay. En esta ciudad están los dueños de la improvisación preparada, y el teatro...

—Pero la chimenea de madera no es un decorado, yo estoy buscando una que prenda fuego de verdad, que el fuego queme de verdad...

—Y la tendrás.

—La vida no es un decorado…
—¿Ah, no? ¿Y qué es?
—Una lucha… Una lucha para eso precisamente, para intentar no confundirse entre lo que es un decorado y una escena real, lo que es verdad y lo que no lo es…

¿Y quién dice lo que es verdad?, ¿acaso tú? Todo está mezclado, Salvador. Todo…, lo que más atrae y lo que más repugna, el amor y el odio. Todo está unido. ¿Por qué hoy nos encontramos bien? ¡Porque ayer nos odiábamos y nos lo dijimos a la cara! Por eso hoy nos sentimos plenos de amistad. ¿Por qué has venido a llorar a mi lado?, ¿por qué he llorado yo también?, ¿por qué, incluso —enfatizó— he podido escuchar esta obra de Haendel después de tres años sin poder hablar de ella siquiera? ¡Y voy y la escucho contigo…! Yo, que siempre he huido de las compañías cuando tengo el corazón así —y mostró su puño cerrado—. Una y mil veces he leído que sin contrarios no hay progreso. De acuerdo. Total contrariedad, pero vida, absolutamente… Seguro que también has leído, como yo, aquello de que el cielo es el bien y el infierno es el mal. ¿No es cierto? Bueno, pues El Oráculo, para que te hagas una idea, es la mezcla de los dos, es el cielo y es el infierno.

—¿Por qué siempre el mal es más seductor?
—¡Porque es enérgico, Salvador! El bien de puro obediente es aburrido, tan pasivo… ¡Queda una revolución pendiente y es dar a la bondad una corriente de energía…!

—¿A esto te ha llevado el estudio del sueño?
—Tal vez te parezca mentira, pero sí. Si analizas los ciclos de sueño de las personas, queda reflejada la

grafología de su existencia como si plasmaran su firma antes los ojos de un experto. La noche es el reducto que le ha quedado al ser para verse en la más absoluta individualidad; tal vez no tenga otro momento sin máscaras que justo ése, antes de dormir. Y cuando tantas personas que no duermen vienen a verme, hablan de carencias y de sueños, de agobios y ansiedad, y de la propia vida, que es dura; y acuden abrumados porque sólo les quedaba imaginarla dulce entre sueños, cuando todos somos los héroes de nuestras películas... Pero hasta ahí llegan las carencias porque ni podemos soñar de noche. ¿Qué está pasando?

—¡Yo lo sé! Me arrebatasteis primero el trabajo y después el sueño. Dejé de trabajar y dejé de dormir. Bien lo sabes tú. —Volvió el desprecio a la cara del antiguo enfermero.

—Bien, y según eso, ¿cómo explicas que un directivo, pleno de trabajo, no consigue tener las piernas quietas mientras duerme? ¿Por qué se caen tantos albañiles de las obras?, ¿dime? ¿Qué tienen en común? Nada. ¿Qué tienes en común tú, prejubilado, con un directivo que se forra cada mes? Pues tenéis en común... que los dos sois insomnes. La falta de sueño unifica perfiles inimaginables.

—No sé adónde estamos yendo con esto...

—A ningún sitio, Salvador. Sólo trato de decirte que la gente quiere soñar y que en esta ciudad de los sueños pondremos en funcionamiento una experiencia creo que, cuando menos, interesante. Un nuevo Templo para una nueva Sociedad.

—Bueno, no sé... No, no estoy de acuerdo.

—Mañana lo verás. Vámonos, que hace frío.

Capítulo 21

El público escogido que visitaba los veinte mil metros cuadrados del local, situado en la milla de oro de Beverly Hills, estaba compuesto por invitados ilustres por distintas consideraciones y medios de comunicación. La visita sería guiada. Desde el equipo directivo se sabía que el cliente esperaba de El Oráculo una oferta amplia, diferente, acorde con los nuevos tiempos. Y así sería. Después, la propia evolución haría sus ajustes.

La cita era de suma importancia ya que se trataba del primer contacto con la sociedad civil caprichosa; individuos con los bolsillos llenos y muchas ganas de glamour. A ellos había que encandilar, eso sí, con el rigor y la más absoluta profesionalidad. Salvador, entre todos ellos, también permanecía atento al transcurso del acto, mientras el doctor Plancton solucionaba mil detalles para el gran día inaugural, apenas cuarenta horas después.

—Buenos días... —El presidente del Consejo de Dirección, un afamado hombre de negocios, tomó la palabra. Cien personas le escuchaban—. En El Oráculo nos hemos hecho sensibles a las nuevas necesidades de la sociedad. Hay quien las denomina así, «enfermedades sociales» o «enfermedades de afecto». Yo no sería tan drástico... Acaso pienso si no sería mejor decir que todos reclamamos nuevas atenciones para mejorar en aquello que nos preocupa. Nos preocupa dormir bien, nos preocupa ser aceptados en nuestro entorno, saber vencer la timidez, conseguir aquello que dábamos como perdido... Queremos relacionarnos entre iguales, conocer nuevas amistades, compartir sin complejos nuestra visión hedonista de la vida; queremos, también, que el lujo no viva de espaldas a la introspección más profunda de nosotros mismos, porque sólo conociéndose uno puede conocer a los demás y compartir con ellos la vida.

Todos escuchaban con atención.

—No nos hemos quedado cortos a la hora de imaginar el futuro, que ya es presente. El futuro cuando estamos despiertos y cuando estamos dormidos...

»Nuestra visión es global. Por eso es difícil definir El Oráculo. ¿Es un club selecto donde tomar una copa después del trabajo? Sí. Pero también es una Unidad del Sueño, como os explicará después el doctor Plancton; es una magnífica biblioteca sobre la Grecia clásica en su periodo helenístico, es el mejor centro de masajes orientales que hay, me atrevería a decir, en todos los Estados Unidos, es un centro para el yoga, la bioenergía, la hidroterapia, la musicoterapia, la aromaterapia, el maravilloso mundo de las propiedades que encierran las flores y los colores. Es... un taller en el que, gracias a la última tecnología japonesa, podremos programar nuestros sueños… El Oráculo ha adquirido la explotación, en exclusiva, de esta revolucionaria innovación que nos permitirá soñar con quien queramos; tan sólo debemos traernos a El Oráculo una foto de esa persona que queremos que sea la protagonista de nuestros sueños.

Hubo un murmullo animoso en el ambiente.

—Sí… —continuó—. Todo cuanto os podáis imaginar. Hay que reinventar los sueños, cuando estemos despiertos y, también, cuando estemos dormidos. Decía Allan Poe: «Los que sueñan de día son conscientes de muchas cosas que escapan a los que sueñan sólo de noche». Bien… —quiso ir ya acabando—. Nos ha parecido adecuado distribuir tanta oferta como tenemos en lo que, en nuestro argot, hemos llamado «rincones». Los rincones del bienestar, el rincón de las constelaciones familiares, el rincón de la autocuración… Todos los rincones ocupan el ala derecha del local, que luego verán, cercana a la fuente en el patio central. Esa gran zona céntrica es la denominada Laboratorio de los días distinguidos. Después hay otras tres grandes áreas: el Laboratorio de los sueños; el Laboratorio del gourmet, que es el restaurante; el Laboratorio de las ensoñaciones, el pequeño hotel, y el Laboratorio de la salud, nuestro gimnasio-spa-balneario… En el dosier de prensa tienen toda la información; sin embargo, antes de que hable el doctor Plancton, principal impulsor, sin duda, de esta idea, nos parece bueno que conozcan a algunos de los profesionales que estarán en los diferentes rincones del Templo.

Empezó hablando una antigua nadadora de la selección norteamericana, ajena ya a las competiciones y reciclada en una vida más sedentaria a base de conferencias y cursos, como éste, para el que había sido contratada en prueba. Su propia continuidad dependía del éxito de sus propuestas, por eso debía medir bien sus palabras y así conseguir ocupar unas líneas en los periódicos al día siguiente y, por ende, clientela para su rincón. El reto era bien difícil; debía encandilar a sus futuros clientes con la idea de que ganar estatura era posible.

Según las encuestas sobre los intereses de la gente, la preocupación por ser más alto ocupaba un lugar destacado porque, si bien una nariz o un mentón no eran un problema en Los Ángeles —se transformaban con cirugía—, no así ocurría con la altura. Ganar centímetros de elevación era todavía un imposible. Por ello, la propuesta era bien difícil porque ella, Anna Marz, debía convencer de que esa altura que tenía, casi 1,80 metros, no era algo inherente a ella, sino, cómo decirlo, asimilado... con las técnicas que estaba deseando compartir desde su rincón de El Oráculo.

—Ser alta no sólo es cómodo para poder llegar tarde a los sitios —sonrisa— y no perder la visión de lo que ocurre. La altura te transmite optimismo desde que pones el pie en el suelo al levantarte de la cama cada mañana. Yo era más pequeña —exageró—, pero, gracias a la natación, empecé a descubrir las verdaderas posibilidades que nos ofrecen los pulmones, ¡muy pocos los utilizamos al máximo de nuestras posibilidades! Y si tenemos en cuenta que las personas inspiramos y espiramos de forma espontánea veinte mil veces al día, yo creo que el reto no es nada complicado. Simplemente hay que hacerlo bien, y conocer... Y para eso estaré en mi rincón de El Oráculo. Deseo compartir la satisfacción con quienes observen que, después de trabajar conmigo, su espalda, lejos de contraerse, aprenderá a crecer como la rama de un árbol. Eso haremos, precisamente, nos colgaremos de la rama de un árbol, del dintel de una puerta, de una viga; daremos saltos de alegría, tendremos felices pensamientos, buenas respiraciones… y, así, llegaremos al gran estirón. ¡Os espero!

Después, desde el micrófono, se habló de agresividad. Desde luego, quien hablaba, un hombre de increíbles dimensiones, tenía, lo que se dice, cara de mala bestia. Dio un paso al frente, y habló.

—Por un lado, lamentamos los signos de agresividad —se dio varios golpes en su mismo puño— y, por otro, los fomentamos. Y, si no, ¿cómo entender que se nos proponga ser agresivo en el trabajo, ser agresivo para lograr éxitos, ser agresivo para afrontar conflictos? Se nos dice que, para ganar, debemos *atacar* los problemas. Pues bien, aquí desmantelaremos este castillo de cardos porque la agresividad no es fortaleza, sino, más bien al contrario, es absoluta debilidad. Ésta es nuestra máxima, cambiaremos el sentido de las palabras y haremos que recuperen su significado original.

Se retiró dando una gran zancada hacia atrás, sin relajar ese rictus contraído que tienen los malos de las películas con buen corazón. En el ambiente empezaba a surgir un cierto aleteo de ánimos que querían más. Más. Así llegó el turno al siguiente en hablar aunque… ocurrió algo inesperado. Frente a la centena de personas que deseaban oírle, y, por ello, permanecían en silencio, él también permanecía callado. Callado y sin perder ni la sonrisa ni la compostura. Después de más de treinta segundos que parecieron horas, abrió la boca.

—En El Oráculo además de seguir a los pensadores griegos… también leemos a los sabios, a nuestros pensadores de hoy. Por eso sabemos que en estos tiempos de mucho ruido, a veces se añoran conversaciones con cierto sentido. En mi rincón —hablaba sosegado y vocalizando de una manera envidiable— recibiré a quienes quieran afrontar los tiempos actuales con unas prácticas muy recomendables y, sin embargo, en desuso: el humor, la dialéctica y, también, el silencio. Quien consiga dominar los silencios se hará con el mejor idioma del mundo y esto le traerá muy buenas consecuencias para su vida personal y laboral… porque, si lo pensamos, nos damos cuenta de que aún hoy, no se ha encontrado un mejor ejemplo de elocuencia que la propia insonoridad.

Cuando apenas habían terminado los aplausos, tomó el micrófono otro de los monitores, esta vez muy delgado y con cara de que sus nervios no estaban a la altura del ambiente, ya casi jubiloso. Él quería hablar del poder de la música, su rincón, pero su mente, en cierta manera, se nubló.

—¡No puedo evitar no esperar a mi turno! —El doctor Plancton salvó la situación.

—Oh, ante ustedes el doctor Plancton, ya les dije antes, el impulsor de El Oráculo. Incluso les pediría un aplauso para él —le introdujo sorpresivamente el presidente del Consejo, quien tuvo que alzarse momentáneamente.

Hubo aplausos en la sala mientras el musicólogo recuperaba su sitio en la sala, ciertamente preocupado.

—Pido disculpas por esta interrupción tan poco caballerosa pero es que… quiero contarles algo. —No sabía aún qué en realidad—. Escuchaba, por ejemplo, decir a nuestro presidente que la vida es un arte, un arte que hay que recuperar. Sí. También escuché después decir que el silencio es el mejor idioma del mundo y el menos hablado. Sí. Y he aquí que irrumpo en la sala cuando se está a punto de concretar que la música es esas dos cosas a la vez.

»La música es silencio, la música es arte, la música es ciencia, la música es... el lenguaje de la afectividad, el vehículo certero con el que se expresa todo aquello que se esconde en el lugar donde no llegan las palabras... La psicoterapia moderna considera la música como la más autosuficiente de entre todas las bellas artes... La más capaz de influir sobre las emociones humanas... Hay música para combatir el estrés, la ansiedad y la ira. Otros sonidos lanzan sus manos para aplacar la angustia, la depresión, el decaimiento; todos conocemos los ritmos que nos hacen bailar, aquellos que consiguen que lancemos los brazos hacia arriba, y otros, en cambio, que nos ayudan a acurrucarnos buscando eso que más ansiamos, que es la relajación, el equilibrio psíquico.

»Lancemos sonidos a nuestra cabeza, dejémosla descansar, irse de paseo con el *Concierto para piano número 2* de Rachmaninov o *La música acuática* de Haendel, si es que tenemos una depresión nerviosa... Escuchemos los *Nocturnos* de Chopin o *Preludio para la siesta de un fauno* de Debussy o el *Canon en re*, de Pachelbel, si es que no podemos dormir... O, por el contrario, el *Adagio en sol menor*, de Albinoni, si nos dormimos en cualquier sitio porque tenemos eso que se llama narcolepsia.

»La bronquitis, el asma, la hipertensión, la impotencia, la menopausia, la dependencia del alcohol y las drogas. Todo tiene su contrapartida en la música. Hay días que ningún medicamento nos puede hacer salir… —mantuvo un silencio— de la pena…

Todos a una escuchaban al doctor.

—Los autores renacen con sus obras. Cada día, los compositores, en su infinita generosidad, nos muestran su trabajo, hilvanado con sonidos que se acoplan de tal manera a nuestra vida y a la vida de los que hemos querido que, hasta incluso cuando esas personas queridas ya no están, la melodía duele porque los trae de nuevo hacia nosotros. Pero un día, de repente, todo vuelve a su ser y la música nos hermana con las ausencias en una relación de igual a igual, sin pena… ¡Escuchemos música!… Pero, más allá de los gustos personales, sepamos qué le conviene a nuestro cerebro, a nuestra alma, a nuestro cuerpo… El diálogo que surja puede ser maravilloso y muy fértil. Muchas gracias.

El presidente tuvo que rogar silencio para que el acto pudiera continuar.

—¡Y yo creo que lo que debemos hacer ahora es escuchar… a nuestro chef! —apuntó, enérgico, contento de cómo iban transcurriendo las cosas.

—Es una magnífica idea —respondió el doctor Plancton.

—Pero antes… todos hemos de descalzarnos. Por favor, dejemos nuestro calzado y los calcetines en esta parte de la sala. Ahora comprenderán por qué es importante que todos vayamos descalzos… —añadió, animado, el presidente, feliz como si estuviera en su propia fiesta de cumpleaños.

Comenzaba la excursión por El Oráculo. Salvador, con los demás, seguía el trayecto en algo que podría ser una comitiva oficial realmente bien organizada. Se agradecía el contraste, la combinación de colores, luces, espacios, formas… Era algo francamente insuperable. Se avanzaba de un escenario a otro, y el ambiente estaba tan conseguido que los habitantes de paso se sentían ya, de lleno, inmersos en un escenario embriagador y espectacular.

No había tacones, no había suelas de goma en chirriante contacto con el suelo, tampoco cuero, nada… Sólo la caricia del suelo, libertad del movimiento; eso es lo que se pretendía. Los pies caminaban en silencio, descubriendo el maravilloso tacto que ofrecía una madera aristocrática desde esa temperatura constante que ninguna caricia era capaz de conseguir.

Este golpe de efecto dio sus frutos. Las cien personas descalzas que caminaban dócilmente estaban entregadas y receptivas en todo lugar al que les dirigían sus pies, ya fuera a las salas de luz o a las salas de aromaterapia; entendían que la música lo era todo, igual que el agua, cuando escuchaban el ruido de las cascadas. Querían saber más de esas lámparas de energía bioinfrarroja del sol que presidían unos sillones de grandes orejas, y que, según se apuntaba, eran auténticos rayos de vida. Se maravillaron también con las pinturas murales que, a modo de trampantojo, engañaban con falsos paisajes la única sala interior de esta área central: la sala de la siesta. Mantas aterciopeladas de un solo uso esperaban en este lugar para dar calor y remanso a quien necesitara unos minutos de descanso y masaje relajante sobre una silla ergonómica…

En el ala opuesta, cerca del Laberinto de la salud, aún quedaban más rincones; aquellos que ayudaban a desembarazarse de los vicios menores. Así se llamaba esa zona: el Laberinto de las costumbres impertinentes. Los enganchados al juego en pequeña escala, los adictos a las grasas, deseosos de encontrar nuevas sustancias que engañasen el paladar, los enganchados al televisor, a los videojuegos, al tabaco o al chocolate; todos los desilusionados en general, tenían sus charlas en esta zona, discreta y dada a la conversación.

El Laberinto del consumo feliz, en cambio, tenía un espacio aparte. Eran muchos los interesados en volver a recuperar la medida de las cosas. Ése era el gran objetivo de ese rincón de El Oráculo, lo explicó bien Sara Lort, ex diseñadora de moda, y ex arruinada por haber dilapidado las ayudas económicas para su proyecto en excesos innecesarios. Ella, responsable del área, contaba los objetivos de su rincón a un grupo amplio con el que compartió canapés en el restaurante, a media luz. Tres periodistas grababan sus palabras.

Ya habían hablado de los que tienen la compulsión de no gastar; todos supieron que, ante el dinero, no es lo mismo ser un cauto que un parsimonioso, que un tacaño, que un roñoso o un avaro. Por otro lado, hablaron de los consumidores compulsivos —con los que se identificaba la mayoría—, también diferenciados, según se explicó, dependiendo de dónde les venga ese ahínco irrefrenable que les hace gastar… Y allí empezaron todos a pensar si eran inmaduros, soñadores, narcisistas, exhibicionistas, negociantes o, sencillamente, manirrotos.

El dinero sólo da una felicidad aparente y engañosa; es como una gran lombriz que se mueve entre deseos ocultos, instintos, necesidades emotivas… Pero, a la larga, el dinero sólo nos da un servicio frío que no nos llena una vez que sacamos todos los paquetes del maletero del coche. La lombriz engorda y engorda..., pero siempre será eso, una lombriz. ¿No es así? La irracionalidad del consumo nos lleva a un vacío existencial.

—¡A mí, que soy una manirrota, lo que me está seduciendo más últimamente es tirar. Justo lo contrario. No comprar sino regalar, ceder mil cosas, en fin, desprenderme...

—Estás, seguramente —dijo Sara Lort con una sonrisa—, preparando a tu psique para que vuelva a tener la necesidad de acumular nuevas cosas, volver a ejercer lo que más te gusta, que es ser una depredadora...

—Absoluta. Absoluta —le respondió la señora, agarrada a su bolso de brillante charol.

—También puede ser... —se apuntó desde atrás...

—¿Sí? —preguntó atenta Sara Lort.

—También puede ser..., yo también lo he pensado a veces, puede ser que queramos tirar las cosas porque es una manera de rejuvenecernos.

—¿Cómo es eso? —preguntó la experta.

—Las personas, cuando morimos, dejamos aquí todos nuestros enseres, todo..., la maleta, la casa, la ropa interior, las tijeras, hasta el último lápiz... Y quedan intactas, ajenas al dolor de la separación de quien un día se encaprichó con ellas. Yo soy muy fetichista con los objetos —hablaba un señor de avanzada edad y porte atlético— y muchas veces pienso que de esa pluma..., ésta en concreto —y la mostró al sacarla del bolsillo interior de la americana—, de esta pluma yo no me puedo separar; seguirá vivita y coleando cuando yo ya no esté. Es una idea que me desconsuela, la verdad.

—Es que yo creo que los objetos son seres como los demás —intervino otro varón, de refinada limpieza y aspecto cuidado—. Además del reino vegetal, el animal y el reino mineral…, habría que añadir el reino de los objetos, e igual que existe la botánica para las plantas o la zoología o la mineralogía para los animales y los minerales…, debería existir una ciencia que nos hable de los objetos, cómo son, cómo sienten, cómo encaran el futuro…

Continuó el desvarío.

—Estoy de acuerdo —continuó el primer caballero en hablar—. Porque casi siempre nos vamos nosotros antes que ellos al otro mundo… Por eso pienso que ser capaces de desprendernos de cosas por propia voluntad, y no por la última y definitiva separación que nos espera a todos, es un acto que nos envalentona, nos rejuvenece… Somos nosotros quienes tomamos la iniciativa y decidimos cuándo y cómo queremos separarnos… Es una forma como otra cualquiera de dar vida, o dar muerte, según se mire, a nuestros objetos más queridos…

—O simplemente ser generoso… —apuntó la señora que se autodefinía como manirrota.

—Tal vez.

—Bueno… Interesante punto de vista… ¿Sabéis cuál va a ser el objetivo de este primer trimestre en mi rincón? —Se dirigió al pequeño grupo de animada conversación; realmente estaba bien dotada para la comunicación—. Intentaremos volver al inicio, a los orígenes en el mundo del consumo. Si acertamos en la regresión tendremos en nuestras manos el máximo logro que podamos conseguir.

—¿Cuál? —le preguntaron al unísono sus interlocutores al tiempo que se acercaban aún más a quien hablaba.

—Gastar según los parámetros de lo que necesitamos y excluir lo que no necesitamos... —Les miró a todos al tiempo—. Resulta sencillo, ¿verdad? Pues, creedme, no lo es, pero es apasionante ir viendo la evolución. Hablaremos del trueque, las listas de la compra, la ansiedad por querer ser siempre original; hablaremos del infarto que produce la caducidad constante de las cosas, la ilusión enfermiza de querer ir a la última... Iremos hablando de todos los comportamientos del consumidor. Ya veréis, es divertido en el fondo. —Les invitaba a no perdérselo—. Quiero conseguir que, entre todos, logremos a finales de este trimestre una maduración tal que nos permita no caer en las redes de la publicidad, de las falsas gratificaciones... El consumo es un columpio entre las expectativas y las recompensas... Dejadme que os haga una pregunta: cuando compráis, por ejemplo, un vestido, o un pantalón —se dirigió también a ellos—, ¿qué pretendéis, ocultaros o exhibiros con él? ¿Sois más o menos exhibicionistas? ¡Pensadlo!

Y dejó al grupo con sus copas de champán. Debía ir a conquistar a otros tantos. Necesitaba dar a conocer su área, no en vano una de las medianamente solicitadas en las encuestas. Allí se quedaron debatiendo los nueve integrantes del corro, con esa facilidad que tienen los habitantes de Los Ángeles para hablar de sus intimidades con unas personas a las que acaban de ver por primera vez en su vida.

Por último llegó el turno al Laboratorio de las ensoñaciones. Sin duda, otro de los lugares favoritos del doctor Plancton. Los sedientos de sorpresas se quedaron apabullados con lo que ese hotel podría ofrecer a los amantes del glamour y los bolsillos repletos: las mentes más perfeccionistas de los más afamados arquitectos del planeta dejaron su impronta en cada una de las veinte habitaciones del hotel. Unas habitaciones llenas de misterio, teatro y modernidad.

Todo era desorbitado pero, a la vez, adquiría una ráfaga de cercanía, porque, en el fondo, toda mente quiere para sí cuanto cree que merece. De ahí el éxito de la visita; todos sintieron que lo inalcanzable no les era ajeno. Salvador, que había acudido con el doctor Plancton pero continuaba solo, era presa de tal ensimismamiento que le había hecho perder todas las coordenadas de lugar, espacio y tiempo. No sabía dónde estaba, ni cuál era su estado, ni su edad, ni mucho menos su destino... En esos momentos, como le explicaría después, sólo se acordó de su psiquiatra, Laura, y de cómo haría para condensar tanto como tenía que contarle.

Capítulo
22

Florence y dos amigas llegaban muy tarde a El Oráculo. No tardaron en escucharse las primeras palabras que pronunciaron, nada más traspasar el control de acceso al acto.

—El lujo me tranquiliza.

—Suena a eslogan, Florence... —respondió su amiga.

—A mí lo que me tranquiliza es un buen tío —añadió la tercera visitante—. El lujo ya lo tenemos, ¿o no? ¿Qué más quieres?

—¿Quién sabe si no está aquí mismo el hombre de tu vida? —Florence miró alrededor—. O... mañana, cuando vengamos a la inauguración de verdad de El Oráculo.

Quienes terminaban ya la visita volvían a la zona del aperitivo para degustar unos canapés de caviar que, en penumbra, aún parecían más oscuros. Los cien invitados estaban ya calzados y, además, extenuados, como si hubieran caminado en una maratón sin prisas, pero sin interrupciones. Conocían las instalaciones al completo; las propiedades del agua y cómo se pueden generar campos electromagnéticos para crear una frecuencia de salud que permita liberar residuos y sustancias extrañas a través de los más de tres millones de poros que tiene la piel. Supieron del poder de la mente y lo que esconden los sueños; conocieron por qué las sacerdotisas los interpretaban en los templos sagrados de la Grecia clásica; supieron de los trucos para distraer el insomnio y ahondaron un poco en las técnicas del autoconocimiento. Hablaron con los que leen las manos, y aun muchos les mostraron las suyas para que les vaticinaran algún detalle de las líneas de la vida y, cómo no, vieron a muchas modelos que estarían allí el resto de los días, como relaciones públicas del pub, creyeron entender. Conocieron que la lavanda limpiaba el alma y daba paz interior; conocieron también que el crisantemo era la flor perfecta que debían venerar los que tuvieran miedo a la vejez o estaban demasiado apegados a los valores externos. En cambio, vieron miles de transformaciones posibles en las salas de estética, contigua a la zona de gimnasio y el spa...

El tiempo, intenso, transcurrió demasiado rápido. Algunos monitores lamentaron en voz baja su decepción por no haber tenido su minuto de gloria y adrenalina. Así le pareció a la titular del rincón del amor, Martha P., sexóloga, experta en dinámicas personales y grupales. Tenía previsto treinta segundos ensayados una y otra vez.

—Debemos conocer todas las caras del amor. En mi rincón las reconoceremos. Hablaremos del amor superior, del amor pasión, amor narcisista, amor enfermedad, desamor, amor sumiso, amor paternalista, amor superficial, amor avasallador, amor complaciente... Todos necesitamos querer y que nos quieran, pero hemos de detectar aquello que origina..., cómo decirlo..., las disonancias del afecto. Lo bueno no es que te quieran, sino que lo hagan bajo las mismas coordenadas. Que te quieran como quieres que te quieran...

Todo esto quedó sin decir, como tampoco se habló del rincón de los masajes, de los ejercicios de desinhibición, del rincón de los tímidos, de las propiedades de la luz ni de las constelaciones familiares, esto es, de lo que llamaban la sintonía de la persona con su propio destino y responsabilidad. No hablaron ninguno de los números uno, según el último certamen nacional de aeróbic coreográfico, contratados para las clases del gimnasio, igual que los musculosos monitores de sala. Todo quedaba escrito en los dosieres de prensa.

—Se puede decir mañana... Todos los días son importantes —decía Antonio Plancton a quienes no habían podido hablar—. Lo que nos diferenciará en El Oráculo es que no habrá días flojos para nuestro ánimo. Cada jornada hemos de venir a conquistar a nuestros socios, porque nuestra misión es darles lo mejor de nosotros mismos. Sólo así se fideliza a un cliente, ¡hemos de conseguir que nos quieran hasta en sueños!

※ ※ ※

La noche de la presentación Salvador soñó con todas y cada una de las propiedades de los remedios florales de California... Fue un sueño trabajoso, como los que tienen quienes padecen de estrés y se pasan la noche dando vueltas al problema laboral. Así él, una y otra vez, escuchaba una voz grave, desconocida.

—Cada uno de nosotros tiene su propia combinación floral, pero esa combinación es única, intransferible e intransmisible.

Esas dos palabras se repetían como un eco punzante, una y otra vez.

Intransferible.

Intransmisible.

Después veía gotas que surgían de las flores, como savia, casi lágrimas. Ellas mismas hablaban.

—Cada persona tiene su propia combinación floral, pero esa combinación es única, in-trans-fe-ri-ble e in-trans-mi-si-ble... —decían en coro.

—Yo soy una *blackberry pomergranate* —hablaba una flor—. Soy perfecta para quedarse embarazada —decía a cámara lenta.

—¡Te quiero, te quiero! —en el sueño apareció Florence, de repente, brincando como una niña con coletas. Sin embargo cuando miró de frente a Salvador en su propio sueño, él, en la cima de la pesadilla, vio la cara que tienen las brujas cuando avanzan con su escoba...

—¡Yo no quiero flores, yo no quiero flores, estoy bien...! —gritaba el antiguo enfermero, no sabía si en el sueño o en realidad.

Pero otras flores volvían hacia él y le ofrecían ajo...

—Tómalo —le decía alguien parecido a una diosa, que decía llamarse Artemisa—, los egipcios y los romanos lo utilizaban como remedio estimulante y vigorizador... Además te protege de los malos espíritus y aleja a los demonios...

—Es cierto, es cierto... —volvía Florence con sus pequeños saltos.

—¿Habéis probado la *mysothis sylvatica?* —También el doctor Plancton apareció en el sueño—. Es el nombre de la común nomeolvides... Hace emerger las emociones reprimidas y las libera en los sueños. Es perfecto para quienes padecen insomnio...

—Cada uno tiene su propia combinación floral —aparecía de nuevo el coro de flores—. Es importante no confundir las gotas y ver sus efectos...

—Sí, sí... —decía Salvador, como queriendo decir, basta ya, basta ya...

—Pero esa combinación es única, intransferible e intransmisible.

»In-trans-fe-ri-ble.

»In-trans-mi-si-ble. —El coro de flores se hacía insoportable.

—¡Sí, sí...!

—Ya, ya... mi amor —le calmaba ella.

Despertó, al fin, Salvador. Lo primero que vio fue la cara de Florence. Todo había sido una pesadilla, ella era la realidad. Ella, y la cama, y la colcha, y sus manos y el secreter junto a la ventana... Volvió a mirarla. No era ni la bruja sin escoba ni tampoco la amazona que se subió a los árboles y en plena destreza le hizo el amor en la rama de un árbol. La bruja y la amazona eran las protagonistas de dos sueños; la misma persona, por el anverso y por el reverso. Eran, en cualquier caso, las actrices principales de dos ilusiones. Irreales sueños para comprobar que la vida estaba en el término medio, porque sólo lo corriente se muestra de frente, dispuesto a iniciar una relación entre iguales.

Así vio a su delgada Florence, junto a él, en la cama. Ella le miraba torpemente en silencio, mientras le atusaba el pelo con suave calma y con esa perezosa sonrisa que tienen los que despiertan con gusto a la vida cada mañana.

LA IMPORTANCIA
DE LOS PECES FLUORESCENTES

Los peces fluorescentes

PARTE III

Capítulo
23

Noche cerrada en la Unidad del Sueño. Luis Ferrero no se encontraba mal. Los dos pacientes varones a sus espaldas —coincidentemente obesos y con propensión al ronquido— ya estaban cada uno conectado a una maraña de cables y a punto de conciliar el primer descanso. Todo se había dado bien, puntualidad y ligereza, lo mejor para que cada cual ocupara pronto su sitio y el silencio lo invadiera todo.

El técnico de la Unidad del Sueño estaba afeitado con esmero, parecía incluso más peinado de lo habitual; el día comenzaba para él. Si no fuera porque ya le conocemos, Luis Ferrero bien podría parecer un hombre feliz, recién aseado con risueño salero, mucho más que el de los pacientes acalorados y grasientos que fueron a terminar allí el día, como quien regresa a un hotel de dos estrellas después de una agotadora jornada de trabajo en cadena. Primero llegó uno, inmediatamente después el otro. Los dos seguían las pautas indicadas en origen por el doctor Plancton.

La importancia de los peces fluorescentes

Una vez terminados los trámites, el técnico de la Unidad del Sueño estaba dispuesto a digerir cada palabra de un periódico manoseado, todavía del día anterior.

Leía con ganas. Estaba fresco y cualquier cosa cobraba interés para él. Faltaba la tostada con mermelada y un café humeante con leche para que la escena fuera totalmente reconfortante. Sin embargo, Luis Ferrero ya había desayunado en su casa. Eran las 11.30 de la noche.

Los robots submarinos, estaban tomando el pulso al océano, leyó Luis en ese periódico que había sobrevivido a las labores de limpieza en la sala de la Unidad del Sueño, ya que el periódico no se encontraba en la papelera, clave fundamental para que Rosita no lo hubiera tirado. Y si es cierto que no hay nada más viejo que el periódico del día anterior, en este caso no fue así porque, a pesar de ser antiguo, se presentó como novedosa esa información no leída que hablaba en letras pequeñas de la existencia de unos animales muy pequeños que desprendían luz allá abajo, en las profundidades del mar.

En realidad, la noticia se centraba en la puesta en marcha de unos submarinos robóticos que podían pasar horas, o semanas, en las zonas más oscuras del océano con el fin de recoger allí, in situ, importante información para el estudio, por ejemplo, del calentamiento del planeta o la salud de los bancos de peces.

—Claro...

Luis dio la razón en alto cuando leyó que, hasta el momento, el mar se estudiaba fundamentalmente desde el aire, pero que, aunque sonara muy altilocuente, esta práctica arrastraba grandes carencias en la pesquisa de datos, porque, si bien los satélites observaban los océanos de todo el planeta a lo grande, sin embargo sólo conseguían captar las condiciones de la superficie. ¿Qué ocurría en la profundidad del mar? ¿Qué ocurría allá, en el fondo, donde siempre es de noche para los peces...? Luis estudió una vez que esos animales carecían de párpados y, por tanto, no podían cerrar los ojos. Los peces descansan suspendiendo cualquier movimiento durante algunas horas.

—Claro... —repitió.

Ya entonces pensó que esa vida del fondo del mar tenía algo en común con las unidades del sueño. Siempre existía un ligero descanso en suspensión y siempre había alguien con los ojos abiertos.

El técnico de la Unidad del Sueño continuó hablando frente al periódico:

—No basta con analizar la superficie, con eso no se hace nada, hay que profundizar, como en la vida... —Era tal la soledad de la noche profunda que Luis a veces respondía hipotéticamente a alguien como si, de verdad, fuera otra persona la que le estuviera narrando cualquier novedad, sin asumir que era él mismo el único emisor y receptor de la noticia—. ¡Y estos submarinos están propulsados a pilas, como si fueran un juguete... Qué adelantos!

Doscientas cincuenta pilas alcalinas. Era todo lo que necesitaba el submarino *El Dorado* para pasearse durante horas o semanas por el fondo del mar con el fin de desentrañar los misterios de las honduras e intimidades del agua. Este robot y otros más —continuó leyendo— se dieron cita en la bahía de Monterrey, unos cuantos kilómetros más allá de Los Ángeles, en lo que debió de ser una gran expedición. Por lo visto, ese entorno era inusual ya que, según leía Luis, al contrario de

La importancia de los peces fluorescentes

la poca profundidad que existe normalmente frente a las costas, el lecho marino de esa bahía caía bruscamente, no lejos del litoral, hasta alcanzar los tres kilómetros de profundidad, como un gran cañón sumergido.

—Lecho marino… —repitió el técnico de la Unidad del Sueño.

La misma información ocupaba unos minutos en las televisiones locales de Los Ángeles. Se informaba con detalle de los avances que suponían estos adelantos para establecer, por ejemplo, las predicciones oceanográficas; esto es, que igual que se sabe de las tormentas en la tierra, se podría conocer cuándo llegan las borrascas en el fondo del mar.

En el mismo momento en que Luis avanzaba en su lectura, el doctor Plancton revisaba mil detalles de la sala de musculación de El Oráculo. Todo estaba en correcto funcionamiento; aire acondicionado, monitores, máquinas… Era el último repaso antes de la inauguración. En realidad esto no le correspondía a él, pero tenía mucha prisa por alcanzar, cuanto antes, la tranquilidad definitiva. Estaba en ello cuando sus ojos quedaron clavados en las aguas oscuras que emitían —como por efecto multiplicador— todas las pantallas de televisión que se sucedían en línea, frente a las bicicletas estáticas. Cada dos aparatos de cardiovascular había una televisión. Veinte en total. Todas enfiladas, exactas, miraban al doctor Plancton.

Sobre esas aguas se oían las voces de unos científicos. Explicaban que, gracias a esos robots, esperaban comprender el funcionamiento de las corrientes verticales, esas que aportan al plancton los nutrientes de las profundidades, unos nutrientes que permiten que ese mismo plancton florezca y, a su vez, alimente a los peces…

Se apagaron las voces. Sólo quedó agua y silencio. Agua oscura entre la que imaginó Luis Ferrero, sin imágenes, unos animales microscópicos transmisores de luz, como si fueran microlinternas. Los dibujó con detalle en su cuaderno de reflexiones, sin pensar que esos mismos peces fluorescentes serían los protagonistas de un sueño ajeno. Mucho más sintetizado, en realidad: enjambres de lápiz emborronando una hoja, a modo de oscuro fondo marino acompañado por varios puntos de rotuladores fluorescentes de colores naranjas, verde limón y rosa fucsia, pululando en la parte inferior de la hoja. Aún más, dibujó después una gran cama en la base del papel, que hacía a su vez de base del mar. Incluso le pintó las sábanas, un registro como otro cualquiera para escribir sobre ellas unas palabras que casi parecía que estuvieran bordadas.

Dos palabras, en realidad: lecho marino.

* * *

Antonio Plancton se empezó a encontrar mal, tanto que tuvo que apoyarse en uno de los aparatos cardiovasculares aunque mantenía la mirada aún elevada hacia el monitor. Le sobrevino la angustia —esa que él ya conocía bien desde la accidentada muerte de sus padres— y se tuvo que marchar. Avanzó entre fuertes respiraciones hacia la zona de hidroterapia y se preparó, como pudo, una bañera para relajarse por medio de la flotación y un preparado de algas. Se dio prisa, la misma prisa que tienen los fumadores por abrir la cajetilla de tabaco, o los adictos a las pastillas por encontrar sus cápsulas de colores. Flotar era una terapia que él mismo se había prescrito para vencer esa fobia al agua. Sintió su tibieza, y un fuerte olor que le llegó al poner en contacto las algas secas —esparcidas desde una bolsa— con el agua caliente.

Mar sin mareas, flotaba en tierra.

Poco a poco sintió que las respiraciones entrecortadas iban desapareciendo. Era tal el agotamiento que proporcionaba la ansiedad y el miedo, unido a los excesos de trabajo, la falta de descanso y las responsabilidades acumuladas, que el doctor Plancton, sin pretenderlo, se durmió en su lecho de agua.

Escuchó el mar de fondo, como lo escuchaba cada noche una vez que se ponía los tapones para dormir. Antonio Plancton era muy sensible al ruido, por eso usaba unos pequeños garfios de gomaespuma de color amarillo que, dentro del oído, dilataban su grosor. Le costó acostumbrarse a ellos, pero después de tres o cuatro días se convirtieron en sus compañeros cotidianos, como si fueran sus zapatillas, su cepillo de dientes o la cuchilla de afeitar. Más de diez años ya. Sus tapones reducían hasta un 60 o un 70 por ciento el ruido del exterior y, desde luego, le facilitaban el aislamiento y posteriormente el sueño. Un sueño que le llegaba siempre acompasado con un inofensivo sonido de mar, como el que sigue transmitiendo una caracola, aunque lleve años seca, en la tierra.

Así dormía Antonio Plancton. Flotaba. Descansaba.

Pero luego llegaban las pesadillas. Desde tiempo atrás el mar ya no le hacía temblar, ni su madre, ni ese coche que era imposible de abrir bajo las aguas, ni esa mujer que amaba, esa que le decía que todo iba bien justo antes de morir. Agua destructora.

La apertura de El Oráculo y sus nervios, o la angustia, o los recuerdos inoportunos, que son caprichosos, como las fobias, como el azar, como la misma suerte… Algo sería, pero el caso es que ahí, tendido apaciblemente en la bañera, el médico padeció terrores nocturnos en plena tarde. Soñó, más que soñar, peleó directamente con un pez terrorífico, lo veía de esa manera, gigante. Así era en su pesadilla, un pez mucho más grande que sus originales treinta centímetros de longitud. Era una rata de mar, la *uranos-copus scaber,* según decían unas voces que surgían de la ultratumba. Este animal vivía normalmente debajo de la tierra, en el fondo del litoral mediterráneo; también en el mar Negro, en el Atlántico, en el norte de África y en la zona de la península ibérica.

Antonio Plancton no pudo ni racionalizar que, a pesar de ser cierta esa pesadilla, él estaba en realidad en la Costa Oeste de Estados Unidos. Se encontraba a salvo, ese pez allí no existía…, pero los sueños no se atienen a explicaciones que concuerden con la estricta geografía, de manera que los trágicos acontecimientos continuaron. El pez salió del fango y sólo mostró los ojos y la boca. Fue suficiente para sentir el terror de la propia muerte… Bastaba con que apretara las mandíbulas una y otra vez para que murieran cientos de pececillos que pasaban delante de él. Detrás de sus branquias, además, ese pez monstruoso escondía más armas de destrucción: espinas, veneno… Y ahora le miraba a él. Miraba a Antonio; abría sus mandíbulas la rata de mar y se acercaba a él, y el médico nadaba y nadaba sin poder mover los brazos. Le pesaban sus propias extremidades, no le obedecían, por eso intentaba huir sólo con las piernas, como podía. Nadar sin brazos es una pesadilla cuando se está en el fondo del mar perseguido por un monstruo que ya lanzaba sus primeras descargas eléctricas...

Sudaba Antonio Plancton sobre el agua. Los líquidos se encontraban. Vapor y agua. Olas de miedo ocasionadas por los espasmos del doctor. Y gritos, que eran mudos en realidad porque el miedo, cuando actúa vigorosamente, te deja sin voz. La rata de mar no sabía de clemencias y ante ella ya se había rendido el doctor. Él mismo empezó a tragar agua en su pesadilla para provocar su muerte y caer inconsciente ante las fauces del pez gigante. Se vio morir, se sintió hinchado y creyó que eso que ya estaba viendo al frente, esos diminutos destellos, eran las luces que abren las puertas a la otra vida, la muerte, en realidad. Y sintió alivio porque eso significaba que moriría sin notar el mordisco del pez, que rozaba ya sus brazos... Las luces cada vez estaban más cercanas... Eran peces, sí, preciosos peces de colores fluorescentes naranjas, verdes y amarillos que iluminaban el entorno y, lo que es mejor, asustaron a la rata del mar.

—Me envía Luis Ferrero, no le conoce pero nosotros sí. Trabaja de noche para usted. Hemos de actuar —dijo el pez de color amarillo limón de la pesadilla—. Hemos de sacarle de aquí. Nos ha pedido que no le dejemos morir porque quiere hablar con usted.

Le empujaron hacia arriba, ese pez minúsculo y otros más. Muchos diminutos pescados de luz, que se multiplicaban al saltar desde el dibujo de Luis Ferrero hasta la pesadilla del doctor Plancton mientras el técnico, ajeno al alboroto, dormitaba en su silla con esa ligera duermevela que tienen los que cuidan a otros, en este caso, dos fornidos pacientes que roncaban a sus espaldas y no necesitaban mayores cuidados.

Antonio Plancton notó la pesadez de su estómago, como si le hubieran tirado al mar atado a mil piedras..., y a la inmovilidad de sus brazos se sumó la de sus piernas... Estaba casi muerto, sólo los ojos permanecían autónomos al infortunio. Ellos sí se abrieron, suavemente, y el espectáculo le hizo llorar porque mil peces de colores le miraron a la cara y le hacían burlas graciosas y le daban calor. Esos peces eran la expresión misma de la gloria. Iluminaron todo el camino hacia la superficie y con ellos se hizo la magia que hasta el momento sólo habían conseguido las hormigas en las fábulas, cuando todas juntas y bien organizadas lograban transportar a un elefante. Así, rodeado de cientos de peces de colores estridentes, Antonio Plancton volvió de su pesadilla, y de su propia muerte.

Nunca más tendría terrores nocturnos, ésa fue la última vez.

No sabía cuánto tiempo había pasado, sólo tiritaba dentro de una bañera medio vacía que aún conservaba restos de agua que fue caliente.

Antonio Plancton notó una fría humedad en la espalda al incorporarse. La misma humedad que cuando se levantó después de estar largas horas postrado bajo la lluvia ante la tumba de sus padres. La ducha caliente, más que eso, ardiente, le reconfortó. Pero el tiempo de un largo riego no era nada comparado con la vida entera. Esa vida que le llevaría a intentar comprender cómo, sin conocer a una persona, cómo... se la podía querer. Eso no era posible. No, no lo era. Un empleado de su equipo, alguien que, es verdad, compartía con él planes y objetivos; un ser al que nunca intercambió con nadie más, ni le hizo rotar a otros turnos u ocupaciones...

Cómo era posible que aquel de quien se olvidó en vida le salvara en la muerte. Los sueños, es cierto, transmiten extrañas sensaciones, y también los no sueños, y las vigilias, y las horas de espera hasta que llega, al fin, el descanso reparador... y el rechinar de los dientes, y las piernas inquietas, y la narcolepsia y las ochenta y tres patologías del sueño que él mismo había contabilizado... Todas ellas estaban unidas en una sólida y única batalla... Pero ninguna de ellas conseguiría que Antonio Plancton eliminara esa sonrisa de su cara. Una sonrisa de pez microscópico que ya estaba integrada sutilmente en el cuaderno de reflexiones de Luis.

Su cuaderno, los desvelos, las inquietudes, incluso sus más personales impresiones sobre el funcionamiento del hospital y de la Unidad del Sueño en particular, todo lo hablaría con esa persona que no permitiría que viviera más tiempo al revés. Desde el reverso del sueño podría aportar sus veinticinco años de experiencia. Si es que él lo deseaba. Si es que él quería, si él, de una vez, podía hacer caso a Rosita y dormir cuando había que dormir y comer cuando había que comer. Tal vez Luis podría ver una nueva dimensión a tantos años de esfuerzos, tal vez podría recobrar el gusto por las pequeñas cosas, por su pequeña casa, por su discreta mujer.

Pero todo esto era hablar de más porque, en realidad, Antonio Plancton, ya más recuperado, se dirigía en esos momentos a su hotel y Luis Ferrero apoyaba definitivamente su cabeza dormida sobre una almohada de brazos en su mesa de trabajo, como si fuera un niño de escuela. Nunca le había vencido el sueño así, de esa manera. Ninguna noche en veinticinco años. Tal vez su cuerpo se iba preparando para algo que su cabeza no había registrado aún. Era su propio nacimiento a los biorritmos que defienden la luz del día.

El doctor Plancton dijo adiós a las pesadillas cuando ya estaba muy cerca la fecha en la que Luis Ferrero iba a decir adiós a la noche en la Unidad del Sueño. Pero ¿y Salvador? ¿Qué pasaba con ese enfermero alejado con fórceps de su trabajo? Tal vez era él quien había redimido tanto al directivo como al técnico; sin embargo, él aún seguía sin rumbo, pululando como pululan las libélulas en una charca. Lo único que alcanzaba a ver es que estaba lejos de una casa que, por otro lado, no sabía bien dónde debería estar.

Capítulo
24

El presidente del Consejo de El Oráculo fue el primero en llegar en la tarde de la inauguración. Se encontró con uno de los accionistas, un norteamericano de origen hindú. A él le hablaba.

—Somos expertos en generar necesidades… No nos va a costar buscar motivos para celebrar mil fiestas, sin caer en ninguna reiteración. El júbilo siempre ha de ser virginal…

Después hablaron con el doctor Timblen; tenía todo preparado para que, en esa ocasión, los invitados pudieran disfrutar de una bótox-*party*. Él mismo quería invitar en esa noche de inauguración que coincidía, casualmente, con su cumpleaños. Quiso repetir la misma iniciativa de un año atrás en los jardines de su casa y en la que sus invitados, entre bailes y canapés, pudieron recibir unas infiltraciones rejuvenecedoras, o bien de colágeno o de la toxina botulínica. También, comentaba a sus interlocutores, esa noche se podían hacer *peelings*, aunque las mujeres, estaba seguro, preferirían no desmaquillarse; por eso, adelantaba que esa propuesta tendría más éxito entre los hombres. La gente realmente se divertiría —anunciaba—, iría del baile al canapé y del canapé a la barra de las copas, para, antes de bailar de nuevo, desdibujarse, por ejemplo, las arrugas del entrecejo y las suaves patas de gallo.

El trabajo sería exhaustivo para todo el equipo del doctor Roger Timblen. Se había preparado, ex profeso, una amplia, higiénica e iluminada zona para estos retoques, menores de todo punto para lo que estaban acostumbrados a hacer en las sesiones de cirugía. Sin embargo, el ruido de la música invitaba a mover los pies y esto resultaba contradictorio con el trabajo que estaban haciendo sus manos. Era un servicio a la carta, discreto, eficaz y completamente gratuito.

Muchos asistentes ya conocían de sobra a esos médicos y a todo el plantel de enfermeros y enfermeras del equipo del doctor Roger T.

Salvador tuvo ocasión de conocerlos aquella noche, poco antes de su regreso a Madrid. En una de las franjas de descanso, no pudo evitar intercambiar unas palabras al pie de la barra con Alan, uno de los sanitarios. Hablaron de la enfermería y las enfermedades. Contrastaron la diferencia de matiz que existe entre un enfermo y un paciente, y aún más, entre un paciente y un cliente. Salvador confirmó que, en una sociedad como aquélla, era más importante la carrocería que el motor, la apariencia valía más que cualquier otra cosa.

—Acá, si luces bien —le decía Alan, de origen hispano—, lo demás va por añadidura. Incluso una enfermedad horrible no lo es tanto acá, siempre y cuando no se vea. Mientras uno se pueda curar discretamente... Pero desengáñate, acá, como en todas las partes civili-

La importancia de los peces fluorescentes

zadas del mundo, es más fácil morirse que curarse... Lo que está entre medias es aderezo y eso es lo que aquí deja buena plata.

—Ya veo... —No dijo más Salvador.

—A ti se te ve bien, ¿qué te has hecho?

—¡Nada!

Y este pensamiento lo acompañó de una mueca, a modo de sonrisa con peso, como la que tienen los que transportan con alegría un mueble de época que les ha sido regalado, pero han de llevarlo a rastras hasta el coche y pesa, pesa mucho....

—¡Vaya! ¿Ni siquiera te has subido el párpado? Me engañas...

—¡No, lo prometo!

—Yo he de estar muy bien... —se justificó—. He de dar una imagen extraordinaria ante los clientes; muchas veces quieren ver en mí los adelantos de las cosas nuevas... Además, te lo digo por si alguna vez te animas, más vale empezar poco a poco que hacer un cambio drástico más adelante...

—¡Pero si a mí ya me han jubilado!

—¿Y cómo así? ¿Qué te movió a dejar el trabajo? ¿Qué planes tienes?

Salvador, tal y como estaba viendo que era la costumbre que se estilaba por allí, respondió sólo a la última pregunta. Y ni siquiera, porque apenas ofreció unas divagaciones sobre planes y proyectos que no merecían mayor atención. Era fácil desviar la atención a otro punto. Cualquier cosa se aceptaba en Los Ángeles, con tal de que la conversación no sufriera altibajos. Después, Salvador dijo pausadamente:

—Yo era de los que curaban lo que no se ve.

—Que la suerte no nos deje de su mano… —respondió Alan mirando despistado hacia los lados—. Yo tengo un amigo que también cambió. No soportaba la pena de dar siempre malas noticias a los familiares de los enfermos; se veía inmerso en las bullas, que si a unos miembros de la familia se les podían decir las cosas pero a otros mejor no… Aquello le malhumoró —continuaba Alan—. Por eso pidió traspaso a la Unidad de Cuidados Intensivos. Sí. Allí no había familiares porque, como tenían poco tiempo para la visita, lo utilizaban en ver al enfermo y no lo malgastaban en comentar con el enfermero las cosas del padecimiento.
—¿Y sigue en Cuidados Intensivos?
—Tampoco. Ya cambió, ahora está en maternidad.
—¡Buen cambio!
—Sí, cuando las cosas van bien, amigo. Cuando no… ¡Pero bueno, cambiemos las caras! ¡Lástima que no pueda yo bailar esta noche, que si no…!

Se acabó el tiempo del descanso y Alan volvió al esquinazo habilitado por la clínica del doctor Roger T. Había tarjetas de su consulta por todas partes, y más que eso, globos, serpentinas, piñatas, tartas con azúcar y tartas sin ella. En ese momento aparecía Ariel, la esposa del doctor, con la más grande; en la gran panza de azúcar cabían muchas diminutas velas. Nadie diría que eran velas de cumpleaños sino, más bien, la reproducción en pequeño de una sala de conciertos con muchas manos al alza mostrando el mechero encendido en señal de irrefrenable unión. Así era Roger, igual que un cantante de éxito. Algunos amigos. Muchos seguidores.

Fiestas como ésta se sucedieron a menudo en El Oráculo. Cada vez eran más atrevidas, como aquella que se le ocurrió a un adinerado informático indoriental instalado en Los Ángeles. Celebró la fiesta del pijama con un buen puñado de amigos. Después de una suculenta cena a oscuras, en el restaurante, les invitó a pasar la noche en el Laboratorio de los sueños. Allí durmieron todos, y a todos se les interpretaron sus desvelos. Al final, siguiendo la idea del informático, crearon un guión que incluyera todos los recuerdos de las imágenes soñadas. Una historia interpretada por todos ellos en pijama, delante de la mejor cámara doméstica que ninguno había visto en la vida.

El informático era adicto a las novedades en este sector, un consumidor compulsivo de los más revolucionarios inventos. Asistía, en ocasiones, al Laberinto del consumo feliz, pero lejos de sanear sus ansias, se enamoró, o eso creía él. El caso es que el informático indoriental bebía los vientos por Sara Lort —la ex diseñadora de moda, responsable del área—, a quien compraba continuamente joyas y abalorios de Tiffany's y cámaras digitales de diminutas proporciones. Sara Lort, con cierta pena, iba devolviendo sistemáticamente todos los regalos porque ni ella estaba en el circuito de sus compras ni él era el hombre de su vida ni, en definitiva, las normas de la casa le permitirían aceptar semejantes dislates. El consumidor derivó entonces su decepción hacia algo que le entusiasmara, y encontró su ilusión: presentarse a un concurso de cortos con aquello que surgiera del rodaje con sus amigos. Podría ser un moderno juego de los disparates, aunque no surgían tantos porque las ensoñaciones estaban llenas de significados que Pitia, la adivinadora, que también participaba en el film, descifraba a unos y otros.

Las falsas sacerdotisas, igual que los monitores de sala, las modelos, las relaciones públicas del restaurante y del hotel, los profesionales de cada uno de los rincones, las profesoras de aeróbic, los adivinadores del futuro, las hetairas del simposio (aquellas que, acicaladas con ligeras túnicas, tenían la suave misión de incorporarse a los diálogos con mansas melodías interpretadas por ellas mismas)... Todos los que trabajaban en El Oráculo formaban una ciudad en pequeño. Una silenciosa y obediente ciudad que recibía a las personas anhelantes de acción y consuelo. Personas saludables en el pleno sentido de la palabra, y que aún pretendían más. Procuraban que prevaleciera el recuerdo fiel de sus sueños; de lo que fueron y lo que aún querían ser. También deseaban eliminar las toxinas o los excesos que embadurnaban los otros sueños, aquellos que no se dejaban soñar cuando estaban con los ojos cerrados.

En esa ciudad de lujo, todo estaba preparado para que primara la discreción; por ello, las secuencias comprometedoras que se sucedían en cualquiera de los rincones nunca trascendían. En realidad había lejanos puntos de unión entre El Oráculo y La Trastienda, y, quién sabe, hasta con el propio hospital de la ciudad de Madrid. Así lo creyó Salvador en alguna ocasión.

Por él deambulaba Rosita, si es que se puede deambular cuando ella, tan activa, no dejaba descanso ni a la fregona ni al trapo en ese lugar que había sido construido para la reconversión de la salud y desde el cual los enfermos imploraban otra oportunidad: el privilegio de poder estar de pie una vez más. A grandes zancadas, atravesaba las dependencias hospitalarias la más enérgica de las limpiadoras, animando a los camilleros, a los enfermos, a los contratados, a los inesperados, a los visitantes, a los que estaban fijos en la plantilla, a los médicos, a los técnicos, a Luis, que se iba, y a otros tantos que, como ella, llegaban. Cada día, un arranque a las ganas. Eran muchos con los que se cruzaba en su jornada laboral. Horas en común en un entorno hospitalario donde predominaba el blanco: en las sábanas, en las caras, en las paredes, en las toallas... El blanco. El mismo color que reinaba en El Oráculo, aunque quebrado levemente por la tonalidad de una suave vainilla.

Los colores claros resultaban más fáciles de limpiar. Así le parecía a Rosita. Hacían resaltar más su trabajo porque lo limpio se veía limpio, decía ella, no como el azul oscuro, o el granate; no comprendía que hubiera gente que eligiera esos colores, por ejemplo, para las toallas de sus casas.

Aunque esa situación nunca se daría, la especialista en limpieza podría llevarse igualmente bien con los rincones minimalistas de El Oráculo y sus complementos. No sólo porque las toallas de color vainilla le parecieran aceptables, sino porque el resto de las laboriosidades higiénicas le resultarían tan dignas y asequibles a un lado como a otro del océano Atlántico. Eso sí, Rosita —tan hecha ya a su hospital— no encajaría en El Oráculo porque en ese mundo, la salud, algo tan indócil, sin embargo, se sobreentendía. Y ahí llegaba el problema porque, cuando lo básico no se tomaba en consideración, Rosita inmediatamente se sentía perdida.

Lo básico en el mundo de El Oráculo era lo más parecido a la nada; el primer peldaño, pueril, inofensivo; algo tan simple y asequible como un billete de dólar. Sin embargo, para Rosita, lo básico era lo primero, lo incuestionable... Tal vez serían razones de matiz a contrastar en los diferentes idiomas pero, más allá de diplomacias, para Rosita no había nada más importante que lo elemental, que de puro evidente, no por ello dejaba de ser algo grande, y en eso no daría su brazo a torcer ante ningún traductor: hacer bien su trabajo, cuidar su entorno, sus amigos; dar lo mejor de sí, mantener en calma su alma. La suma de todo esto le hacía dormir bien, y eso sí que se sobreentendía para ella; era de cajón, decía, que un cuerpo cansado dentro de una vida ordenada durmiera. El sueño le llegaba con ese brío y salud que mostraban las fregonas perfectamente escurridas al terminar su jornada, apoyadas, bien limpias, en las paredes de su pequeño cuarto de faena en el hospital de Madrid.

Capítulo
25

Salvador aplazó el regreso una semana pero ya el tiempo se iba agotando. Estaba convencido de que, a pesar de tanta algarabía y fuegos de artificio —lo que había sido su vida últimamente—, debía respetar la nueva fecha del billete de avión, ese que indicaba unas coordenadas claras para el regreso. Lo que fuera a hacer después lo tendría que decidir desde Madrid; por eso, su vuelta no ofrecía dudas, aunque nadie lo sabía. En eso pensaba cuando le llegaba la noche, de una manera diferente a lo antes vivido, porque hay veces que la noche llega en vano, no por la falta de sueño sino porque los ojos no perciben la oscuridad por completo. Así le ocurría a Salvador durante los últimos días de estancia programada en la ciudad de Los Ángeles.

En esas últimas jornadas se dedicó a la contemplación, algo que no había podido hacer durante las dos semanas asignadas a los manjares de ocio ofrecidos por la compañía Nueces de California. Porque si algo descubrió en esa ciudad fue por intuición. Porque fue intuición el percibir la luz natural que parecía eléctrica en esa ciudad contaminada, era intuición también adivinar dónde quedaba la playa y dónde la montaña, era mera percepción el contraste del color chicle con el azul permanente del cielo y la presencia verde de las palmeras al lado de la carretera, en fila, siempre en fila, como los niños antes de cruzar la calle.

Todo ello, tanto él como sus compañeros de la suerte lo percibieron de canto, entre las recepciones y las cenas, al bajar las ventanillas de las limusinas, antes de los juegos o después de las galas... En los trayectos, pasaban delante de sus ojos ciudades dentro de ciudades: China, Vietnam, Salvador, México..., cosas difíciles de asimilar de un vistazo. Pero la ciudad de Los Ángeles sin las nueces era un espacio desconocido, el decorado de otra función, lo que queda en el escenario cuando ya se ha vaciado el patio de butacas pero aún no se ha desmontado la escenografía ni se han alejado las tramoyas. Eso era Los Ángeles; lo que estaba por conocer, es decir, todo. Todo menos un pellizco del lujo: Beverly Hills y algo de Malibú. Desconocía lo demás y Los Ángeles, al menos desde el cielo, se veía espectacularmente grande.

El ex enfermero, eso sí, dispuso de su chófer, una gentileza del presidente de la Compañía que ya ultimaba los detalles de su contrato. Y comoquiera que fuera que deseaba andar, requirió los servicios del conductor. Porque, si en Los Ángeles deseas andar has de agenciarte un coche; así se lo dijo Salvador al conductor que ya le dirigía hacia la playa.

—Se toma la máquina para ir al gimnasio, allí luego se camina en la cinta. Eso es lo que gusta por aquí —le respondió amable quien, como tantos conductores, y jardineros, y camareros, era latino.

La importancia de los peces fluorescentes

Salvador ya había estado en el gimnasio del hotel esa misma mañana. Había caminado por esa cinta siempre negra que podía llegar a ofrecer hasta un quince por ciento de pendiente. Esa máquina que, como segunda opción, explicaba las instrucciones básicas de su funcionamiento en un idioma parecido al español, y eso que los mensajes eran bien sencillos, del tipo que para empezar había que pulsar «empezar» y para terminar había que pulsar «stop». Después se indicaba que la pérdida de equilibrio al pasear sobre la cinta podría generar caídas y, con ello, lesiones. Las máquinas por las que Salvador se fue entrenando estaban llenas de obvios mensajes, o tal vez era él, que estaba acostumbrado a mayores raciocinios. Le llegaba a molestar que la máquina ASC29, la de los abdominales, resaltara en alto en una pegatina que los músculos implicados eran los abdominales. Igualmente, la ASC04, la «femoral de piernas tumbado», resaltaba que los músculos implicados eran los femorales, y en la de pectorales, los pectorales, y así sucesivamente.

Demasiada planicie. Tal vez era que, ante todo, quería conflicto y no tenía con quién enfrentarse. Más que eso, quería contraste. Todo era fácil en Los Ángeles, en eso estaba de acuerdo con la mayoría, pero no estaba acostumbrado a la facilidad sin rivales; no estaba acostumbrado a la concatenación de mil secuencias obvias sin huella, a los diálogos sin freno, a los lujos sin reparo, a los halagos excesivos. Ya no estaba acostumbrado a ellos, o tal vez no lo estuvo nunca o, simplemente, ahora no le sonaban bien del todo. La mueca de un enfermo que quería sonreír, eso sí era un halago para él, porque hay veces que tiene más fuerza un débil gesto que un estruendoso espaldarazo. Más fuerza incluso que el haber enamorado a una mujer de la que no sabía tanto, salvo que era una de esas habitantes de la ciudad que sueña, que salta, que vuela cuando está despierta y duerme suave cuando descansa; una impecable mujer que ahora perseguía el anillo de compromiso que creía que él, su futuro marido, seguro le quería regalar.

Se enfadaba Salvador consigo mismo como cuando era insomne. Quería ver las cosas de otra manera. Pero aparecían de nuevo las imágenes por su mente, como esa que se le tornaba patética en el recuerdo, cuando él confesaba en su discurso ante cientos de desconocidos reunidos en una cena de gala… que era un prejubilado forzoso. Por eso corría por la cinta; corría cuesta arriba y por su cabeza transcurrían imágenes a toda velocidad, como si su mente fuera una lavadora en la fase del centrifugado. Todo quedaba a la vista en el escurrido final: Florence y todas las amigas de Florence, las nueces, el cirujano plástico, su mujer Ariel, los conocidos de las Nueces, su presidente y la mujer del guardarropa, su discurso y el de Sigrid la alemana, los recepcionistas del hotel y el personal de Marketing de la Compañía que le estaba esperando, las cervezas y la ginebra no bebida, el mar, Haendel y sus coros, los desvelos y la piedra de los dulces sueños envuelta en una cajita junto a su almohada en la mesilla del hotel, el avión que le llevó a esa ciudad y todas sus azafatas, el vuelo que aplazó porque él, ciudadano de primera clase, podía hacer cuanto quisiese con su pasaje de vuelta, la libertad.

Sólo él, corriendo en una cinta negra como la noche. ¿Acaso esa vida sin pliegues no sería otra forma de insomnio? De noche dormía bien, pero el día transcurría sin dejarle más cansancio que el de sus pies. De eso era consciente precisamente ahora, mientras corría, aunque no era la primera vez que pensaba en ello. De hecho se lo intentó explicar a Antonio Plancton, aquel que, entre otros, aconsejó la idoneidad de su persona para avanzar en el número de bajas laborales perseguidas por la Administración del hospital. Y, sin embargo, ahora le apreciaba.

—¡Qué extraña la vida! —pensaba Salvador mientras se retiraba el sudor.

Ni odiaba al doctor Plancton, ni se sentía feliz por su nueva oportunidad laboral, ni quería del todo a su nueva novia, ni notaba frío en noviembre, ni tampoco calor, ni comía con esa hambre deliciosa que le hacía una vez saborear los platos, ni bebía un simple zumo con ansia por calmar la sed. Además, aún no sabía con exactitud cuándo terminaba la mañana y cuándo comenzaba la tarde; algo mejor se intuía el momento en el que se acercaba la noche aunque eso no significara que con ella llegara la hora de cenar. En su entorno hablaban de la Navidad y las tiendas ofrecían mil trajes de fiesta para la noche de fin de año y, en cambio, él sentía su cuerpo caldeado como si se moviese en un permanente mes de junio. Salvador, ciertamente, se encontraba a la deriva. Necesitaba un metrónomo, cualquier instrumento que le recordara la medida de las cosas, las horas y los tempos. A falta de ese diapasón interior se sentía como un ser de cartón que, afortunadamente, sudaba frente al espejo, al trote de sus zancadas.

Ese sudor, como el agua en un paisaje desértico, denotaba alguna esperanza. Aún había vida en su cuerpo.

Agua va, y agua viene.

Luis, en ese mismo momento, se iba a descansar mientras se oxigenaban las calles con palmadas de agua fresca, tan fresca como los rostros de la gente con los que se cruzaba a primera hora de la mañana. Él, sin embargo, se acomodaba cabizbajo en un asiento de la parte de atrás del autobús y, como ocurriría desde que dijo no ante la posibilidad de ir a Los Ángeles, mascullaría su decisión con la cabeza apoyada sobre la ventana a lo largo de todo el camino de vuelta a su casa. Siempre ocurre con las decisiones; cuando la cabeza opta por una, en la mente permanece escondida aquella otra que se despreció, y ése es el momento en el que la opción descartada crece, y crece porque consigue auparse sobre sí misma para hacer valer aún su protagonismo. Estas sensaciones se mezclaban con otras, inventadas, de la ciudad de Los Ángeles donde Luis imaginaba feliz a su amigo Salvador. Así, al arrullo de los neumáticos del transporte público de Madrid, el técnico de la Unidad del Sueño meció su viaje imaginario con la suavidad de una vigilia en el colchón de su propia cama.

Salvador, casualmente, también pensaba en Luis y en esa fortaleza para aguantar un poco más. Si ese día pudiera escribirle en su cuaderno de notas alabaría la claridad de su mente, no contaminada por la oscuridad del entorno de su oficio. Eso cavilaba el ex enfermero cuando avanzaba hacia el paseo frente a la playa en una hora extraña en la que no era de noche ni era de día. Sin embargo muchos patinadores y patinadoras seguían deslizándose a gran velocidad, mostrando unos cuerpos esculturales, ajenos a los puestos de churros mexicanos que aparecían en algunos puntos del inmenso recorrido.

La importancia de los peces fluorescentes

Salvador se sentó frente al mar, y le despistó el sol naranja. Un sol que casi podría cruzarse por delante, como hacían E.T. y su amigo cuando viajaban en bicicleta por el cielo. Una bola plena de fuego dulce, indoloro, un gran centro de vida y calor. Y se frenó observándolo porque pocas veces el sol te deja mirarlo de frente sin apenas tener que pestañear. Al cabo de un rato, ensimismado como estaba en sus pensamientos, volvió sus ojos al astro y descubrió que eso que admiraba no era el sol que se iba sino la luna que aparecía, plena, gorda, mostrándose sin complejos ante los cuerpos de todos los deportistas que corrían por el paseo. Una luna que, al elevarse, se iba desprendiendo de sus tonalidades, como si fuera un gran huevo único en su especie, un huevo no ovalado que estuviera dejando poco a poco escurrir el contenido de la yema. Las brumas del color desperdiciado quedaban abajo y ella, altanera y gorda, cada vez más blanca, ascendía despacio con el aplomo de una gran dama.

—El sol no se puede tapar con un dedo. ¿Lo ha intentado alguna vez? —le había preguntado instantes antes el conductor.

—No, la verdad... —respondió Salvador.

—Pues así es, señor. ¿Dónde desea que nos dirijamos ahora? —hiló a continuación.

—Continúe por aquí...

Pasaron las horas, tantas que el conductor cumplió hasta el extremo su jornada de tarde. Ni aun cuando se fue a descansar Salvador sintió la noche cerrada. No era noche de lobos, esa noche de aldea, pequeña noche profunda, no. La oscuridad en Los Ángeles era de un gris alborotado, como si se abrieran muchas puertas imaginarias que aclararan el ambiente. Sólo el reloj decía que era tarde y el ex enfermero se dejaba guiar.

Su paseo transcurrió por un valle y por otro, por las colinas, y en descenso hacia el centro de la ciudad; el barrio chino y el de más allá, la catedral, los grandes museos y auditorios de música… Salvador pateó la ciudad sentado, apoyando la cabeza en el cristal del automóvil de lujo, la misma posición en la que Luis Ferrero se trasladaba en autobús. Uno veía la localidad, el otro la soñaba, pero ni con la suma de las dos fuerzas visuales se conseguiría abarcar esa metrópoli, tan etérea como su propio nombre.

Habían transcurrido casi tres semanas desde que Salvador llegó allí, por casualidad. Era su primer otoño sin trabajo, su primer declive del año sin una bata blanca a mano, sus primeras fiestas navideñas sin intercambiar guardias con los compañeros de planta. Y, sin embargo, tan lejos, había perdido la percepción de las cosas, parecía que estaba en un permanente viaje vacacional.

Fue la primera vez que tuvo la certeza definitiva de que debía volver a su casa real. Ocurrió cuando, después de horas de ruta, mandó parar un momento al conductor. Salió del coche y se sentó un rato en un suelo cualquiera. Le atraparon las vistas que ofrecía un árbol poblado de ramas e invadido por uno de los focos de luz que iluminaban la carretera. El conductor, aparcado a un lado, en una zona de descanso, estaba ajeno a su cliente. Le daba la espalda desde su coche con la absoluta discreción que se sobreentendía en su trabajo.

Salvador, también ajeno a todo, apoyó su espalda en el tronco del árbol y, sentado a ras de suelo, miró desde abajo esas enormes ramas meciéndose, allá arriba, al baile de un suave ronroneo. Esas ramas, invadidas de luz artificial, crecían majestuosas hacia el cielo aún de color azul oscuro. Salvador sintió el mismo efecto que cuando uno bucea en el mar y, mira hacia arriba y ve cómo las plantas se menean al vaivén de las aguas. Fijos a tierra, esos vegetales consiguen crecer hacia una lejanía ascendente porque allí, en lo alto, se encuentra la luz que atraviesa las aguas.

Los ojos de Salvador se llenaron de agua porque él sentía que buceaba en realidad. Buceaba con oxígeno suficiente en sus pulmones, tanto como para poder mirar sin prisas cómo se insinuaban las hojas y todas las ramas. Era grandioso el árbol e insignificante la luz de carretera. Sin embargo, la suma de ambas cosas era algo extraordinario, sobrenatural. Tal y como se colaba por entre las ramas, nadie pensaría que ese simple bolón de claridad pudiera conseguir semejantes destellos. Tampoco ese árbol cercano al asfalto reunía ningún condicionante añadido por el que destacar entre esa clase de árboles comunes que soportaban bien la contaminación de los tubos de escape y, por añadidura, servían de acompañamiento en el camino. Sin embargo, de cerca, su tronco era robusto, recto, consistente, enorme. Y aún esa luz lo agrandaba más cuando el árbol respondía desde las hojas a esos pequeños espasmos de aire.

Salvador, quieto, nadaba, más aún, buceaba; veía la luz a través de las aguas imaginarias, allí arriba. De haber estado solo se hubiera quedado ahí a pasar la noche, acompañado de ese resplandor incandescente y ese ruido de los coches, sordo y constante, que bien podrían recordar a los robots submarinos que en esos días estaban tomando el pulso al océano.

—Debe ponerse este chaleco, señor. Es obligatorio cuando se está tan cerca de la carretera. —El conductor le extendió la prenda de color amarillo chillón y volvió a ocupar el volante del coche parado.

Salvador se acomodó nuevamente en el suelo y, con su chaleco reflectante, se hizo pequeño.

—Gracias, José. Ya voy enseguida.

—No hay prisa, está bien.

En realidad Salvador no se quería mover de allí. Podría dormir en la base de ese suelo no especialmente frío porque, con tantas hojas, hasta parecía que tuviera una forma de lecho marino. Una mano semiabierta, una concavidad de suave caricia, un nido humano. Ahí mismo se acurrucó el ex enfermero envuelto en su chaleco de un color tan amarillo como el de los peces fluorescentes en el dibujo de Luis. Esos mismos peces minúsculos que salvaron al doctor Plancton de la rata marina de su pesadilla y que ahora también parecía que se acercaban hacia Salvador. ¿Cómo podía suceder semejante cosa en la base de un árbol, a un lado de la carretera, en una pequeña zona de descanso cerca de Clarendon Road, en Beverly Hills?

Sin embargo, si se apunta que Salvador miró y miró con sumo detalle el tintineo de las hojas a través de la luz con una insistencia que apenas le permitía pestañear, se entenderá que esos ojos se llenaron de agua, y esa agua de lágrima encharcada unida a la luz fue lo que provocó increíbles visiones en quien aún permanecía acurrucado al abrigo de la tierra. Él tenía la suave percepción de que estaba rodeado de seres vivos, fluorescentes; tal vez, fueron a salvarle a él también. Se sentía acompañado por linternas de luz y suaves sonidos marinos, como esos que están escondidos por siempre en el estómago de una caracola.

Tal vez, él mismo, sin párpados que cerrar, se convirtió en un pez, o se convirtió en un bebé de luz. O tal vez lo soñó cuando al fin sus ojos, sus brazos, sus piernas, todo él encogido se dejó vencer por el sueño con la misma paz que si estuviera al cobijo de los brazos de su madre.

Llegó el momento de volver a Madrid. Se encontraba bien por la decisión tomada, igual que se encontró bien el doctor Plancton cuando se despertó de su última pesadilla en la bañera de El Oráculo y dijo adiós para siempre a la ansiedad, o cuando Luis desentumeció los brazos después de dormir sobre su mesa de trabajo, la única vez que lo hizo, como si fuera un niño rendido sobre el pupitre de la escuela. Al despertarse, el técnico de la Unidad del Sueño dejó marcada en su agenda la fecha en la que le habían comunicado que se reuniría con su director de la Unidad, una vez que éste regresara a Madrid.

Llama la atención cómo, en un sencillo dibujo de grafito pintado al azar por el técnico de la Unidad del Sueño, pudieran verse claramente reflejadas tres personas. Sobre una simple hoja de papel cuadriculado. Pero esto era algo que ni Salvador ni Luis ni el doctor Plancton intuían.

Capítulo 26

Salvador se quedó dormido unos minutos bajo el cielo. Incluso al lado de la carretera, conciliaba el sueño sin problemas. Ojalá no dejara de ocurrir esto tras su regreso a esa inhóspita ciudad dormitorio del sur de Europa, llena de grúas, ladrillos y hormigoneras. Le produjo escalofríos asumir que regresaba a ese país que le hizo veterano sin honores y le privó de lo que más quería, curar a los enfermos. Eso es lo que pasó, que sin enfermos, él enfermó. Y en sus desvelos se revolvieron sus fantasmas del pasado y, además, se volvió caprichoso y malhumorado, tanto que, en la oscuridad de la noche, se empeñó en cosas imposibles, como era encontrar una madera que, en contacto con el fuego, desobedeciera a sus impulsos primarios y no ardiera. Tal vez fue sólo la respuesta infantil de un prejubilado que no entendía por qué debería obedecer las órdenes más insolentes, esas que le obligaron a dejar de trabajar cuando estaba al máximo de sus posibilidades, justo cuando, al fin, encontraba respuestas hasta en las preguntas más incoherentes.

La importancia de los peces fluorescentes

Pero le fueron regaladas unas semanas. Era consciente de su suerte. Dos semanas más una y tantas cosas le habían pasado. Sin embargo, se sentía como se podría sentir un héroe del oeste sin barba que afeitar cada mañana, más que eso, se sentía como una preciosa mariposa rodeada de flores pero sin encontrar acomodo en ninguna de ellas. De noche dormía, pero al despertarse, todo cuanto le sucedía de día le resultaba ajeno. Estaba dormido de día con los ojos abiertos y dormido de noche con los ojos cerrados. Pocas cosas le dejaban huella y eso era más de lo que él mismo podía ser capaz de asumir, por eso decidió marchar aunque, tal vez, se arrepintiera de esa decisión cuando regresara al viejo continente y la realidad, disfrazada de insomnio, se le plantara delante de su cama con los brazos en jarras, otra vez.

Pero, sin duda, era mejor la mala realidad que la ficción permanente. Eso le diría a su psiquiatra Laura X, aunque casi no hacía falta porque ella le conocía bien. Sabía de sus desvelos y de los pasos de cada uno de ellos. Sabía que para Salvador, después de la prejubilación y todos los mazazos que le llegaron antes de tiempo, el mayor enemigo siempre había sido la ficción. Para eso ya estaban los sueños, solía decir. Sólo necesitaría recolocarlos en su sitio. Los sueños debían volver a la cama y, si aún pudiera pedir más, debían igualmente levantarse con él cada mañana.

En esos minutos bajo el cielo, Salvador, después de tanto tiempo, visualizó a su psiquiatra; más aún, la escuchó. Fue extraño su sueño. Él ya estaba de vuelta en Madrid y acudía a la primera consulta con su psiquiatra. Ella hablaba mucho, más bien se podría decir que era ella quien parecía la paciente. Hablaba sin parar de los matices que ofrecían el sol y el mar... Ella incluso aseguraba que entre el astro y el agua existía una imposible y escurridiza relación.

—Según lo que dice, tal vez cada puesta de sol es un acto de amor escondido... —se escuchaba Salvador a sí mismo interviniendo como podía en el sueño.

—Tal vez —respondía Laura X.

—Y, desde luego, es insomne... El sol es insomne, de eso no hay duda. El cabrón no duerme nunca, pero no afloja en sus fuerzas. ¡Siempre está bien!

—Tal vez —volvió a sonreír su psiquiatra a medias.

—Pero Laura, mi vida ha dado un giro absoluto y aquí estoy, en mi primera consulta... hablando del sol, de los cencerros... ¿Por qué hablamos de esto? ¿Acaso no quiere saber cómo me ha ido? ¿No quiere saber cómo estoy?

—¿No está de acuerdo conmigo, Salvador? —preguntaba, ausente. ¿Acaso no cree que el cencerro es el instrumento más triste que haya existido jamás?

—Sí, vale. Lo admito. Es triste... ¿Era usted quien me decía a mí que pusiera los pensamientos en positivo?

—Sí —le decía Laura X, ausente—. Era yo.

—A veces los cencerros se convierten en campanillas. ¿Está bien así? ¿Se conforma con eso? ¿Podemos seguir, por favor?

—No, ese ejemplo no es creíble. Eso no funcionaría... Pero bueno, Salvador —se recompuso su psiquiatra en el sueño—, dígame, ¿cómo ha dormido hoy?

—¿No me pregunta cómo me ha ido durante todo este tiempo? —repitió.

—Lo sé. Lo sé todo.

—¿Que lo sabe todo?

—Bueno, es una forma de hablar… —retrocedió—. De todas formas es largo de contar y hoy me encuentro un poco cansada; apenas he dormido. También acabo de llegar de un viaje y, además, he estado toda la noche trabajando.

—¿En su tesis?

—Sí. Estoy en mis últimas palabras.

—Se nota… Se ha quedado exhausta. ¿Qué conclusiones ha sacado?

—Quiero saber si ha conseguido dormir bien esta noche.

—¡Pues vaya síntesis!… No lo sé. Aún es pronto. Tengo *jet lag;* acabo de llegar. Lo primero que quería era venir a verla a usted porque he pasado por todos los estados de ánimo que se pueda imaginar… Allí he dormido muy bien.

—Y aquí ocurrirá lo mismo, Salvador.

Se hizo un silencio aparatoso en el sueño que, sin embargo, no resultaba incómodo.

—¿Significará que esta terapia ha sido un éxito? ¿O lo que ha sido un éxito ha sido su tesis? ¿Qué me espera ahora, Laura, qué dicen sus folios?

—Dirán lo que tú quieras que digan, házmelo saber. Ahora. —Le tuteó.

—Me prometen grandes planes. El doctor Plancton, también Luis… Hemos hablado mucho sobre proyectos en los que podremos colaborar los tres.

—Cuéntame lo que tú has pensado, no lo que has hablado. —La voz sonaba como suenan las voces de los sueños, real y distante a la vez—. ¿Cómo estás, Salvador? ¿Cómo te encuentras?

—Lo sabré al ir a ver a mis enfermos.
—¡Muchos se habrán ido, Salvador, por favor! ¡La vida sigue!
—Estoy bien. Supongo que estoy bien...

De nuevo volvieron a su mente los cuerpos de los enfermos envueltos en pijama, y sus caras hundidas de aburrimiento en almohadas de color blanco. De nuevo recuperó para él esos rostros apagados, sólo iluminados levemente con la pátina de la grasa que desprendía su piel; esos rostros que, sin embargo, él sabía que se encendían al verle aparecer detrás de la puerta. Notó el confort de la caricia en el pie con la que él mismo se despedía antes de accionar el picaporte de la habitación. Todo se desenvolvía a cámara lenta, como ocurre en los sueños, y sólo en los sueños, que las cosas buenas no se esfuman tan rápido... «La vida continúa, vamos Salvador». Las palabras del sueño de su psiquiatra le hicieron volver justo cuando él notó un halo de frío en su espalda. Laura X estaba cansada, muy cansada. Salvador notó algo extraño, es como si al despertarse él, ella, en cambio, pudiera quedarse dormida, durmiendo en la continuación de su sueño.

Salvador recordó, como pudo, dónde estaba.

Bajo el cielo de Los Ángeles. Su chófer, esperándole.

※ ※ ※

—Bueno, ya está bien por hoy, José. Muchas gracias.
—El antiguo enfermero se introdujo en el coche al tiempo que intentaba entrar en calor frotándose los brazos.
—¿Nos dirigimos al hotel, señor?

—Sí, al hotel, por favor.

En la habitación le esperaba Florence, sonriente Florence. Estaba preparado Salvador para oír hablar a su compañera de habitación sobre las decenas de sortijas de compromiso que habría visto durante el día, pero ella, en cambio, le sorprendió con la pregunta que estaban a punto de responder en un concurso de televisión esos concursantes que aún permanecían en la pantalla.

—Hola, amor. Acaban de preguntar —dijo sin apartar la cabeza de la televisión— por qué, cuando hay una pelea de *cowboys* en las películas del oeste, una de esas peleas de las cantinas, por qué... cuando uno de los hombres coge una silla y la rompe en mil pedazos en la cabeza de su adversario, ¿por qué... se rompe la silla y no la cabeza del adversario? ¿Lo sabes? —Miró a su novio, al fin—. Dime, dime —dijo dando saltitos como lo que era: una niña pequeña deseando participar telefónicamente en un concurso de la tele. Efectivamente, hubo quien se adelantó en la respuesta cuando Salvador le empezaba a decir con extrema calma:

—O las cabezas de los *cowboys* son duras o las sillas son blandas.

—No sé si te la darían por buena la respuesta. —Florence ya se calmó al pasar la oportunidad—. Sí, tal vez sí. Ellos lo han dicho bien —señaló a la televisión—. Las maderas que utilizan en las películas del oeste son de balsa, una madera muy ligera y frágil. ¡Claro! ¡Por eso saltan las sillas por los aires y ellos como si nada!

—¿Y cuál es la madera más dura?, ¿lo han preguntado?

—No, ya no preguntaron más cosas de maderas...

—Es… la que se hace llamar la madera de hierro.

Ya no le escuchó Florence, se lo impedía su propia risa ante las nuevas ocurrencias que aparecían en la pantalla. Realmente estaba contenta; en realidad, nunca la había visto de otra manera. A lo mejor no se le iría la sonrisa ni al saber que ese hombre con quien compartía habitación se iría pronto. No sabía cómo decirle que ese del que estaba enamorada no se sentía ni el portavoz de ninguna compañía grande ni el enfermero particular de esa mujer que le quería hacer padre. Le diría que todo fue un espejismo y que ella misma se desenamoraría si viera su vida destartalada en Madrid, sin chófer, ni limusinas; una casa llena de trastos y un dueño sin nada que hacer. Le diría que tendría que pensar cómo llegar a fin de mes a no ser que ideara para sí mismo alguna alternativa laboral y, desde luego, le confirmaría que ese hombre que le hablaba debía, cuanto antes, reiniciar las visitas a su psiquiatra. Le diría, en definitiva, que ese de quien estaba enamorada no se encontraba bien.

Pero esa noche no surgió el momento. Siguieron viendo el concurso de la tele como si fueran un matrimonio tranquilo que ya había olvidado, hacía mucho tiempo, su luna de miel.

Capítulo
27

La inauguración, tal y como se esperaba, fue un éxito. En cierta manera se repitió el esquema del día anterior, aunque calculando escrupulosamente los tiempos y los modos, la iluminación y la música; las pausas, la comida y los brindis, los saludos y, cómo no, las autoridades y las *celebrities*. Atenciones para unos, aunque fueran de apariencia desconocida, sin desmerecer a los otros. La prensa y los accionistas, los patrocinadores y los fotógrafos. Todos.

Los expertos de cada rincón explicaban su disciplina a quien se acercaba a curiosear a su espacio de trabajo. La sala de la luz, por ejemplo, estuvo abarrotada largo tiempo; sin duda resultaban impactantes esas cabezas invadidas de sol enérgico en plena noche. No había sino exclamaciones ante todas las posibilidades que ofrecía ese macroespacio para la salud de la mente y del cuerpo, como reflejó un periódico ese mismo día. Igualmente se apuntaba que El Oráculo marcaba una nueva época, dejando a los exclusivos balnearios de ciudad empañados en su propio vaho, el vaho del pasado.

Avanza el agua, avanza la tierra, el agua, la luz y el fuego.

El presidente lanzó palabras de gratitud para todos aunque se detuvo especialmente en Antonio Plancton, de quien resaltó esa noche su origen griego por encima de cualquier otra cultura, y ese acierto para predecir el hoy con la sabiduría del ayer. El médico, sin duda, agradecía todos los parabienes y los aplausos aunque, en realidad, intuía que todo era un cómputo final de vanidades. Él, que no se había detenido ante el micrófono de ninguna radio o televisión, él, que no había ocupado ni una línea en los medios que cubrieron la noticia; él era quien debía hablar en la gran noche. Así lo consideraba todo el cuerpo accionarial. No en vano era el auténtico valedor del lujoso mundo que hoy se inauguraba, un duro trabajador a la sombra que merecía hacerse oír en la víspera de su partida.

Salvador quisiera haber contrastado opiniones con el doctor Plancton pero le resultó imposible en las últimas horas. Sentía por él una sincera amistad, esa que surge a veces después de las peleas.

La psiquiatra del antiguo enfermero intuía que su paciente, ese hombre que daba vueltas en pequeños pasos, intentaba situar su mente en positivo. También sabía que le resultaba difícil conseguirlo cuando apenas él sabía cuál era la cara y la cruz, el sol y la luna, el color blanco y el color negro, la sonrisa y la mueca, el amor y el afecto. ¿Cómo saber entonces qué es lo positivo y qué lo negativo? A Salvador le habían ocurrido muchas cosas pero, aunque pudiera parecer increíble, tanta actividad dejó su mente anestesiada, por ello había sido lento tomando decisiones. Por un lado, porque, con la prejubilación, había perdido la costumbre de hacerlo y, por otro, en cambio, porque en Los Ángeles se había acostumbrado a dejarse llevar. Y ese fácil desliz, lejos de acrecentar sus acciones, había conseguido frenarle. Se encontraba tan estacionado que costaba creer que pudiera dormir tan bien... Tal vez no era sueño sino que su mente también estaba anestesiada. ¿Pero acaso era eso dormir bien? Ya no se acordaba.

Salvador se hacía esas preguntas en medio de la sala cuando, en ese momento, recibía espaldarazos que le hacían volver al barullo del ambiente. Era un invitado que había escuchado su discurso unos días antes, en la cena de gala de la compañía Nueces de California. Le recordaba lo genial que estuvo y él, mientras daba las gracias, hubiera dado cualquier cosa por recuperar la mínima parte del brío que sintió aquella noche en la que se hubiera comido el mundo si se lo hubieran puesto en un bocadillo. Esa noche en la que le ofrecieron trabajo y su chica le declaró amor eterno y hasta le sugirió la idea de ser padre, y él recitó a Neruda, y se encontró al doctor Plancton y le dijo a la cara todo cuanto quiso, y en su nombre y en el de Luis... le llamó serpiente... Pero... Hoy era otro.

Tenía el estado de ánimo que siempre le había acompañado en todas las recaídas. De repente, sintió ante él una gran sonrisa. El presidente de la compañía Nueces de California, que estaba invitado a la inauguración de El Oráculo, le saludó con la efusividad con la que se palmea a un colega, no a un empleado.

—¿Cuándo podré brindar con mi portavoz? ¿No te han llamado mis abogados? Ya está todo preparado,

hemos de celebrarlo... —dijo el máximo responsable de Nueces de California.
—Claro, claro. Pronto. Ya me diréis.
—¿Sabes que he dicho que transcriban tus palabras, esas que relacionaban al ser humano con los troncos de los árboles? En fin, todo aquello de lo que hablaste de las maderas y las nueces... Fue escalofriante, la verdad. ¡Supremo! ¿Y qué te parece El Oráculo?
—Bueno, lo ha ideado mi amigo el doctor Antonio Plancton, no sería imparcial... Pero yo creo que, a la vista está, *suprême*... —le imitó en su vocabulario; algo menos en su énfasis.
—¡Ahora nos vemos, Salvador!
Y desapareció de repente; alguien más alegre que el antiguo enfermero le saludaba.
Salvador sintió su lengua acartonada y todo a su alrededor le pareció cartón. Y tenía sed. Y estaba rodeado de botellas pero llegó Florence, como siempre, su redentora Florence, que le dio un beso en los labios y, aunque ese beso le supo a champán, sin ella saberlo le libró de alargar el brazo hacia la bandeja con muchos vasos de alcohol que ya trasportaba hacia él un camarero. Después del beso llegó un largo abrazo.
—¡Cómo sudas, mi amor!
—Sí, no sé... No me encuentro bien.
No le mintió a la protagonista de sus primeros sueños, a su compañera de la batalla campal en la última jornada de las nueces. No le mintió a la que se acurrucaba junto a él en la cama, a aquella que no le dejaba a más distancia que la recomendable y por eso posibilitaba buenos desenlaces. Era Florence, su chica, su novia, una mujer a la que no sabía si quería aunque agarraba

del brazo fuertemente cuando ella le presentaba a uno y a otro y a otro más, que la velada parecía el anuncio oficial de un compromiso.

—Sí, es Salvador, mi novio. Te presento...

* * *

El doctor Plancton apareció detrás de un atril, una lámpara iluminaba unos folios pero pronto se apagó también. Ante las mil sorpresas de la noche, llegaba otra más, cuando una música anunciaba que la luz desaparecería al completo de la sala. El doctor se presentó cuando había absoluta penumbra y, con el mismo temple que utilizó el día anterior el experto en el manejo del humor y el silencio, alabó el color negro, así, a oscuras.

—La noche nos hace iguales —comenzó.

Después dejó un silencio.

—Dirijo la Unidad del Sueño en un hospital de Madrid. Estoy acostumbrado a tratar con gente que aborrece la noche porque no duerme. Esta noche que nos envuelve y nos serena es el enemigo mayor de muchos insomnes del mundo. Sin embargo, la oscuridad es igual, siglo tras siglo, desde el principio de los tiempos. Escuchamos hablar de las enfermedades del afecto, de las enfermedades sociales que surgen por el desequilibrio profundo que hay entre la indiferencia en la que vivimos y la sed de infinito que tanto anhelamos. Las nuevas enfermedades, amigas, amigos, siempre han existido porque son esas... que se gestan de día y nos martirizan de noche. ¿Qué estamos haciendo con el día que tanto se enfada la noche? ¿Por qué no podemos dormir?

Volvió la luz en el momento señalado; era una luz nueva. Surgió perdiendo intensidad la oscuridad, como si amaneciera y llegara un sol tranquilo. Sí, era una nueva luz. Alegre, no estridente. Una luz quieta, pero activa. Incluso intensa, pero no cegadora. El doctor Plancton continuó con las palabras, observando que los demás apreciaban estas ocurrencias severamente estudiadas.

—Hemos pensado que, tal vez... debemos empezar desde abajo. ¿A qué nos referimos? Nos referimos a que debemos aprender a comer, a diferenciar la mañana de la tarde y la tarde de la noche, debemos hacer deporte y fragmentar las energías. Debemos no dar la espalda a lo que de trascendente tiene nuestro ser; sí, hemos de dedicar un tiempo a lo que nos trasciende y es más significativo que nosotros mismos. Debemos aprender a dar importancia a las cosas que la tienen, debemos aprender a descansar, y a consumir, a gozar, a vivir... intentando ir un poco más allá de lo que tienen en común todos los periódicos de el mundo, del más conservador al más liberal. ¿Y sabéis qué es? Doce constelaciones y cuatro apartados: salud, trabajo, dinero y amor. Todo esto lo cubre El Oráculo; sin embargo, es tan pobre detenerse en algo tan común... Nosotros vamos más allá, hacia lo insólito, vosotros mismos lo descubriréis.

»El futuro está hecho de sueños y de incertidumbres. Ni los sueños son los protagonistas absolutos de la noche ni las incertidumbres lo son del día. Todo está mezclado: si nosotros no somos capaces de soñar despiertos, si los sueños los reservamos únicamente para las falsas verdades de las vigilias, si tampoco aprendemos a avanzar por la vida sabiendo que no dominamos la

La importancia de los peces fluorescentes

certeza final, entonces no somos nada. No todo se puede predecir en la vida, afortunadamente. Sin embargo, nosotros somos conscientes del interés que ha suscitado el mundo de las adivinaciones que, a través de los sueños, hemos traído hasta aquí... El hombre moderno tiene las mismas preocupaciones que el hombre antiguo. Cualquiera de los que estamos aquí lo sabemos.

Nadie dejaba de escuchar.

Después dijo que si el futuro estaba lleno de incertidumbres, el presente lo que estaba era poblado de problemas y de inseguridades. ¿No será por eso por lo que se busca ayuda en un mundo distinto?, preguntó sin esperar respuestas. Él sólo avanzó escuetamente a través de la historia; les decía que se hablaba de los dioses, los espíritus, los astros, lo divino... Porque, en realidad, nunca el hombre ha sido capaz de enfrentarse a las incertidumbres...

—... y, en cambio, a mí se me tornan preciosas... —hizo una pausa.

»Quiero deciros que éste es el espíritu de El Oráculo, el que vosotros habéis querido que sea. Un lugar lleno de herramientas para que os conozcáis mejor, para que cada cual mire para sí y su entorno y sepa por dónde debe empezar a andar. Andar y brincar y bañarse, y hacer deporte, y hablar sobre mil cosas, y perderse en los rincones y escuchar. Este lugar no es sólo un gimnasio, tampoco es un templo —aunque muchos lo llaméis así—, porque los templos son lugares sagrados y nosotros no aspiramos a tanto. Pero sí debemos reinventar nuestro entorno y para ello debemos volver a saber lo que es caliente y lo que es frío porque lo hemos olvidado...

»¡Qué contradicción! —Se ayudaba elevando ligeramente los brazos—. ¡Reinventar la vida! Sí... —Sonrió a todos al tiempo en un gesto que no estaba estudiado—. Es necesario volver a la vida desde lo que siempre fue en su confusión absoluta, porque la risa es alegría pero también es disimulo y es vergüenza, igual que las lágrimas son tristeza pero también emoción, o rabia.

La luz volvió a descender en su intensidad aún más hasta llegar a la negrura absoluta.

En ese momento el doctor Plancton tenía una sorpresa, a modo particular, y, por tanto, consensuada y, como siempre, aplaudida por el presidente del Consejo.

Tras un silencio levantó la cabeza y, aunque sabía que era para ver a la audiencia sin verla, pudo comprobar por la naturalidad de la mudez de la sala, que los asistentes se hicieron a la oscuridad con mayor destreza que en el primer apagón. El doctor Plancton no tardó en continuar.

—No vamos a estar así mucho más tiempo. Simplemente quisiera llamar a una persona que no veo. Se llama Salvador Maza y me gustaría que los camareros del restaurante, que creo que ya se encuentran cerca de él, le ayuden a llegar hasta aquí...

Fue imposible huir de allí. Salvador sintió que le tomaban del brazo y le orientaban con mucha destreza hacia delante por un camino sin obstáculos.

No tardó mucho en llegar.

—Gracias, Salvador.

El antiguo enfermero permanecía en silencio, con un terrible frío difícil de controlar.

Afortunadamente nadie le veía.

—Salvador era insomne —elevó aún más la voz el doctor Plancton frente al micrófono—. La suerte hizo que le tocara un viaje a Los Ángeles...

—¡Fue el sorteo de la compañía Nueces de California! —se oyó al fondo una animada voz masculina sin cara...

—Y aquí empezó a dormir y con el sueño le han empezado a ocurrir muchas cosas, todas buenas. Sin embargo no despierta. No despierta de día. Esto también puede ocurrir. —Salvador se quería ir pero Antonio Plancton le agarró del brazo.

»Ya que me voy mañana quisiera dedicarle un sueño que yo sé que tiene. ¿Y por qué he de hacerlo? Me siento en la obligación, siempre estamos a tiempo de... —se le quebró la voz—, de... reconocer que tenemos la vida entera para enmendar los errores o avanzar hacia nuevos mundos. Ojalá Salvador, de alguna manera, pueda formar parte de mi equipo de investigación, en Madrid. Ojalá pueda regresar, si es que por aquí no lo raptan del todo, que está muy solicitado...

»Por favor, esto que vamos a ver es una idea de Salvador Maza, por eso me gustaría que este rincón dedicado al estudio, a la charla, a la investigación y contraste de las ideas... recibiera su nombre. Se llamará el Rincón Salvador, o el Rincón de Salvador, lo que cada uno prefiera.

»Pediría...

En ese momento se hizo una gran llama en esa parte de la sala. Llama de fuego que provocó muchos aplausos. Una gran chimenea de madera se iba dejando ver entre la lumbre. Toda ella de madera.

Salvador aún seguía aturdido cuando el doctor Plancton agradeció la escucha e invitó a los presentes a presenciar el espectáculo de la madera dando fuego a la madera. Ellos sabían todo lo demás, para qué seguir hablando. Todo el grupo de amigas de Florence resaltó que la luz del fuego era tan favorecedora como la del atardecer. Florence, en cambio, no sabía qué pensar cuando Salvador se limpiaba dos lágrimas que, según ya se había comentado, podrían ser de pena o de alegría; lo malo era que en ninguno de los dos casos sabía muy bien en qué lugar quedaba ella.

—¿Cuántas veces he de decirte que tú y yo vamos a hacer grandes cosas? —le dijo en voz baja Antonio Plancton—. ¡Y Luis! Tengo ganas de conocerle. —Esto casi se escuchó por el micrófono.

—Tengo que despertar. Estoy paralizado —dijo Salvador mirando aún a la madera que ardía y a la madera que no ardía. Era posible... —sonrió mientras regresaba también la luz suave del ambiente, poco a poco.

—Que se lo digan a mi padre, te enseñaré la chimenea que él hizo en mi casa. Todo es posible, Salvador, si uno se lo propone.

Los presentes aprendieron a mirar desde la oscuridad al fuego y desde el fuego hacia la dulce luz eléctrica reinventada. Todo se tornó naranja y rosa a la vez, como esa gama dinámica y resplandeciente que esconden por igual tanto los peces como la gloria, o como el mismo infierno. Ese doble color, yema y bermellón, también lo consigue el sol cuando, al terminar el día, desciende al mar (o tal vez es el mar que se eleva a la luz). En ese momento algo increíble debe ocurrir entre el gran astro y el agua aunque nunca lo sabremos porque, a lo lejos, el horizonte censura la hazaña y sólo nos permite ver un globo incandescente haciéndose a sí mismo una aguadilla. Durante el proceso de su propia puesta de sol, el gran astro se infla, por eso se manifiesta grande, majestuoso, naranja pero también rosado… y así, como si le faltara el aire, consternado, se rinde al mar.

Cuando llega ese momento, tan íntimo y preciso, el sol nos manda a dormir, aunque él no lo haga.

En realidad, no miente; sólo nos dice hasta mañana.

Capítulo
28

El sol dice hasta mañana.
Yo también. En esta ocasión voy a dormir.
Dejo este espacio cubierto por si alguien quisiera que figurara en el Índice algo así como un apéndice final de la investigación.

Pero sólo como Epílogo o, más que eso, un *THE END*. Sí, sería lo más adecuado para esta película doctoral, esta tesis empírica y, tal vez, algo dramatizada; unas últimas líneas que acompañen a la música antes de que lleguen también al fin los títulos de crédito.

Pero esto no es una Conclusión, que nadie lo vea así. Puede haber tesis doctorales sin conclusión; al menos en la mía ocurre. Hay demasiadas suposiciones, demasiadas secuelas a lo largo de estas páginas como para pensar en un solo cumplimiento. Por otro lado, dedicar un espacio a un cierre, o incluso a un resumen, no haría sino descender el nivel de la propia investigación, marcada por una actitud abierta y anfitriona de la reflexión como punto de partida.

Es verdad que he estado muy sola; no obstante, en esa soledad, mi director de tesis me ha dado toda la libertad. Toda, a mi alcance. Sin embargo, no ha existido la orientación. A veces ocurren estas cosas en el mundo académico. No lo digo como reproche póstumo a la finalización tras cuatro años de trabajo sino como una forma de asumir el rigor o los desvaríos de esta tesis en mi propio nombre, sin comprometer a nadie más.

Cuando no hay orientación surge el devaneo, que es otra suerte de delirio, pero consciente. A veces hacen falta los disparates para hablar de la realidad, que siempre supera. Yo doy fe de la dramatización de los supuestos; sin embargo, todo es cierto. De ahí el rigor, de ahí la ciencia empírica que reivindico y que, con pena profunda, asumo que no va a ser entendida en el Departamento.

Sin embargo, confío en las palabras que aquí quedan. Confío en que habrá peces fluorescentes que también puedan salvarme a mí, tan cansada como estoy en el fondo de las aguas. Me salvarían dando luz a estas hojas grises y blancas; a estas líneas que algunos verán torcidas y no son sino el reflejo del sentir de una sociedad enferma de sueño.

Ésta es la película y, como en todas ellas, la ficción y la realidad se mezclan. No debería el mundo académico separarse de esta premisa.

Antes decía que no había Conclusión final. Es cierto. Eso no significa que no haya habido muchas a lo largo del desarrollo impuesto en la propia investigación. Ojalá se hayan dejado ver.

**

Se ha hecho de noche. Eso ya son suposiciones mías, lo sé. Será mi terrible cansancio o… tal vez es que confío en la noche. Confío en que en algún momento nos haga iguales: un puñado de seres que se columpian entre el sueño y los sueños y duermen en paz.

Si aún no ha llegado, si todavía es de día se pueden cerrar los ojos. Un instante. Como dice el doctor Plancton: la noche siempre está a nuestro alcance. Es verdad. Me atrevo incluso a decir que, si no sólo cerramos los ojos sino que los guiñamos con fuerza, una y otra vez, los más afortunados o los que más se afanen en dar con el vigor de guiño exacto tal vez puedan llegar a ver en medio de la oscuridad, a modo de chispazo, unos diminutos peces fluorescentes.

Es una forma de pedirles que vengan a nuestros sueños.

Al menos eso es lo que ocurrió tanto a Salvador como a Luis o Antonio, paciente, técnico y director de la Unidad del Sueño del Hospital Central de Madrid, respectivamente, los tres casos de los que ha partido esta investigación. Ellos cerraron sus ojos con desesperación en diferentes momentos de sus vidas y, sin saberlo, accionaron con la exactitud precisa unos guiños que pasaron a convertirse en una lejana llamada de atención, un faro de alerta que sólo perciben los peces de colores fluorescentes en momentos muy precisos. No se sabe bien cómo se produce esta comunicación aunque este estudio aporta tres posibles vías. O bien la comunicación fluye a través del agua, en cualquiera de sus manifestaciones, o a lo largo de los diferentes estados de vigilia, o tal vez sean los propios peces los que directamente reciben la chispa de luz mientras saltan de sueño en sueño.

La importancia de los peces fluorescentes

Ninguna de estas variantes, ni siquiera su planteamiento, está demostrada científicamente. No por ello se quiere obviar en este estudio, especialmente por si alguien, en un futuro, algún erudito de las investigaciones empíricas o fabuladas, quisiera continuar. Lo que sí es cierto es que los tres protagonistas de esta historia nunca imaginaron, y probablemente nunca sabrán la importancia que este faro de aviso supuso para sus desvelos.

* * *

Permítaseme dar unas pistas sobre qué es lo que ocurrió con nuestros personajes; imaginen que son esas palabras que aparecen en pantalla al final de la película.

El doctor Plancton, a pesar de su triunfo en Los Ángeles con El Oráculo y la expansión de la idea empresarial en otros puntos exquisitos del planeta, continuó dirigiendo la Unidad del Sueño del Hospital Central de Madrid. Esta Unidad creció en proporción acorde con su demanda de enfermos, con mayor dotación económica y de personal.

Luis Ferrero, el técnico de la Unidad del Sueño de la novena planta del Hospital Central de Madrid, abandonó el trabajo nocturno; continuó de una manera muy activa en el mismo equipo, pero trabajando de día. Esos cambios le hicieron recuperar la vida con su mujer y la lejana idea de sacar a la luz las frases sueltas de veinticinco años a los pies de la cama de muchos enfermos de sueño. Siguió durmiendo bien. Dejó de asistir al local La Trastienda que, por otra parte, fue cerrado por orden judicial, atendiendo a razones que aludían genéricamente a una falta de licencia.

Salvador Maza puso orden a su vida, que en un principio afectaba sólo a los trastos de su patio pero prometían ser más cosas en un futuro próximo. Se incorporó a la Fundación del Hospital Central de Madrid donde, además, trabajaba como enfermero voluntario en la misma planta de la que sus propios compañeros llegaron a entender que nunca debió haber salido.

Rosita siguió siendo Rosita; enérgica y amable. Su prudencia hizo que no se supiera mucho más de ella que eso.

Tusca regresó a su casa y Florence al mundo del colágeno y la gimnasia pasiva. Ella se quedó en la ciudad de los sueños y nunca conocería la especial luz que hay en Madrid incluso para los insomnes.

Esta tesis, todo el trabajo de investigación, esta película, está dedicada al enfermero Salvador Maza.

Fundido a negro final.

Este libro
se terminó de imprimir
en los talleres gráficos
Lavel Industria Gráfica, S. A.
(Humanes de Madrid, Madrid)
en el mes de febrero de 2009

Suma de Letras es un sello editorial del Grupo Santillana

www.sumadeletras.com

Argentina
Avda. Leandro N. Alem, 720
C 1001 AAP Buenos Aires
Tel. (54 114) 119 50 00
Fax (54 114) 912 74 40

Bolivia
Avda. Arce, 2333
La Paz
Tel. (591 2) 44 11 22
Fax (591 2) 44 22 08

Chile
Dr. Aníbal Ariztía, 1444
Providencia
Santiago de Chile
Tel. (56 2) 384 30 00
Fax (56 2) 384 30 60

Colombia
Calle 80, 10-23
Bogotá
Tel. (57 1) 635 12 00
Fax (57 1) 236 93 82

Costa Rica
La Uruca
Del Edificio de Aviación Civil 200 m al Oeste
San José de Costa Rica
Tel. (506) 22 20 42 42 y 25 20 05 05
Fax (506) 22 20 13 20

Ecuador
Avda. Eloy Alfaro, 33-3470 y Avda. 6 de Diciembre
Quito
Tel. (593 2) 244 66 56 y 244 21 54
Fax (593 2) 244 87 91

El Salvador
Siemens, 51
Zona Industrial Santa Elena
Antiguo Cuscatlan - La Libertad
Tel. (503) 2 505 89 y 2 289 89 20
Fax (503) 2 278 60 66

España
Torrelaguna, 60
28043 Madrid
Tel. (34 91) 744 90 60
Fax (34 91) 744 92 24

Estados Unidos
2023 N.W 84th Avenue
Doral, FL 33122
Tel. (1 305) 591 95 22 y 591 22 32
Fax (1 305) 591 74 73

Guatemala
7ª Avda. 11-11
Zona 9
Guatemala C.A.
Tel. (502) 24 29 43 00
Fax (502) 24 29 43 43

Honduras
Colonia Tepeyac Contigua a Banco Cuscatlan
Boulevard Juan Pablo, frente al Templo
Adventista 7º Día, Casa 1626
Tegucigalpa
Tel. (504) 239 98 84

México
Avda. Universidad, 767
Colonia del Valle
03100 México D.F.
Tel. (52 5) 554 20 75 30
Fax (52 5) 556 01 10 67

Panamá
Vía Transísmica, Urb. Industrial Ozillac,
Calle Segunda, local 9
Ciudad de Panamá
Tel. (507) 261 29 95

Paraguay
Avda. Venezuela, 276,
entre Mariscal López y España
Asunción
Tel./fax (595 21) 213 294 y 214 983

Perú
Avda. Primavera, 2160
Surco
Lima 33
Tel. (51 1) 313 40 00
Fax. (51 1) 313 40 01

Puerto Rico
Avda. Roosevelt, 1506
Guaynabo 00968
Puerto Rico
Tel. (1 787) 781 98 00
Fax (1 787) 782 61 49

República Dominicana
Juan Sánchez Ramírez, 9
Gazcue
Santo Domingo R.D.
Tel. (1809) 682 13 82 y 221 08 70
Fax (1809) 689 10 22

Uruguay
Constitución, 1889
11800 Montevideo
Tel. (598 2) 402 73 42 y 402 72 71
Fax (598 2) 401 51 86

Venezuela
Avda. Rómulo Gallegos
Edificio Zulia, 1º - Sector Monte Cristo
Boleita Norte
Caracas
Tel. (58 212) 235 30 33
Fax (58 212) 239 10 51